天蚕土豆 著

图书在版编目（CIP）数据

斗破苍穹. 14 / 天蚕土豆著. -- 杭州：浙江文艺出版社, 2025. 3. -- ISBN 978-7-5339-7809-9

Ⅰ. I247.5

中国国家版本馆CIP数据核字第2024UV9356号

策划统筹	许龙桃　周海鸣
责任编辑	柳聪颖
营销编辑	宋佳音
封面设计	嫁衣工舍
版式设计	吕翡翠
责任印制	吴春娟

斗破苍穹14

天蚕土豆　著

出版发行	浙江文艺出版社
地　　址	杭州市环城北路177号
邮　　编	310003
电　　话	0571-85176953（总编办）
	0571-85152727（市场部）
制　　版	杭州天一图文制作有限公司
印　　刷	浙江新华数码印务有限公司
开　　本	710毫米×1000毫米　1/16
字　　数	220千字
印　　张	15.5
插　　页	2
版　　次	2025年3月第1版
印　　次	2025年3月第1次印刷
书　　号	ISBN 978-7-5339-7809-9
定　　价	49.00元

版权所有　侵权必究

目录

001　第一章　米特尔之难

018　第二章　大开杀戒

041　第三章　震惊云岚宗

055　第四章　安顿萧家

068　第五章　公会风波

077　第六章　见面

091　第七章　混元塑骨丹

100　第八章　幽海蛟兽

109　第九章　大战来临

119　第十章　对战古河

133	第十一章 杀无赦
142	第十二章 决战云岚宗
156	第十三章 鹜护法
165	第十四章 三色火莲
179	第十五章 变故
189	第十六章 斗宗大战
204	第十七章 被捕
214	第十八章 云岚宗结局
231	第十九章 宗门大会

第一章
米特尔之难

  庞大的山峰孤独而寂寥地矗立在一片平原之上。高耸入云的山峰犹如剑刃，隐隐散发着凌厉的剑气，直插云霄。在那云雾缭绕处，有洪亮的操练声和清脆的金属碰撞声响起。

  云岚山，依然是当年的那座云岚山，然而位于其中的云岚宗与当年相比，却大变了模样。整座山峰布满了暗哨，任何踏足其中的人，都会立刻被暗处的目光监视，这里俨然是一个防卫极其森严的要塞。

  这里，正是云岚宗的大本营！

  如今的云岚宗，由于连年大肆招收弟子，规模比三年前庞大了许多。因此，他们才有足够的人手，在这庞大的山峰中布上三步一岗的森严防线。

  不过，虽然宗门实力变得强横，但不仅是外人，就连一些云岚宗弟子都能够感觉到，如今的云岚宗已经不是当年那个加玛人心中的修炼圣地了。云岚宗这三年间的种种举动，证明他们已与寻常势力无异。为了扩张势力，他们也同样不择手段。

在云岚山山顶之上，庞大的宗门基地一直延伸至视线尽头。宽敞的广场上人影闪掠，种种喝骂声、刀剑碰撞声汇聚在一起，连缭绕天际的淡淡雾气都被驱散了许多。当年的修炼圣地，已不再有那种脱俗超然的气息。

在山峰中央，一座恢宏大殿如年迈的猛兽般匍匐在地，散发着一种沧桑的气息。这大殿是云岚宗成立之时建立的，历经岁月的洗礼，倒还保留了几分以前的超然气派，不过大殿之外那些脸色阴冷的白袍护卫，却令这里多了些许阴寒气息。

大殿之中，一些人正安静地坐着，目光中皆噙着一抹畏忌，望着那首位之上的老者，不敢发出丝毫声响。

老者一身白袍，袍服之上绘着云纹，双袖处绘着剑纹，袍袖展动间，剑纹犹如实物般隐隐有凌厉剑气溢出。老者一头白发，然而脸上皮肤却有一种细腻的光泽，看上去像个年轻人。

老者微闭的眼睛缓缓睁开，淡漠的眼睛中有令人遍体生寒的精芒掠过。不经意间瞧见其眼中锋芒者，顿时有一种冷汗直冒的感觉，无不赶忙移开目光，不敢直视。

在云岚宗拥有这等威慑力的人，除了云山之外，还能有谁？

"云帆那边，有何消息传来？"大殿中的安静持续了半晌，云山方才缓缓抬起眼来，淡淡开口道。

听到云山的问话，大殿内所有人都不禁挺了挺身子。其中一人迟疑了一会儿后，恭声答道："宗主，云帆那里还未传来消息，想必正在等待时机吧！"

"一个镇鬼关而已，竟然如此拖沓。"闻言，云山微微皱眉道，"传信给他，五日之内必须掌控镇鬼关！还有，传我命令，其他地方也可以视情况出手，只要将皇室的军队掌握在手中，就不怕他们翻出什么大浪来。"

"是！"听得云山的命令，先前那人赶忙应答。

"呵呵，宗主这些年我们韬光养晦，已将云岚宗弟子渗透进了加玛帝国大部分重要城市之中，到时候只要一声令下，这加玛帝国就得有大半地域属于我们云岚宗了。"一个中年人冲着云山笑道，那笑容颇为谄媚。

"这只是第一步而已，我云岚宗的步伐，可不会止于加玛帝国。只要将加玛帝国彻底掌控，云岚宗的实力必然会暴涨，到时候，这斗气大陆西北之域，将无其他势力能与我们抗衡。只要云岚宗成为西北之域的霸主，那真正称雄大陆，也就指日可待了。"云山淡笑道，眼中充斥着与其年龄不符的野心。

"呵呵，宗主说的极是。以往这西北之域的宗门大会，我云岚宗顶多算中流，想必下一届大会时，必能叫那些往日说我云岚宗鼠目寸光的无知家伙眼珠子都惊掉。"那中年人继续附和云山的话。

云山脸上扯出一抹淡笑，挥了挥手，道："我吩咐下去的事情，办得怎样了？"

闻言，大殿中立刻有一人站起，恭声道："禀宗主，人手已经召集完毕，只待宗主一声令下，便可直入帝都，将那米特尔家族连根拔除！"话到此处，他略微顿了一下，迟疑道："不过米特尔家族的海波东有着斗皇实力，目前这些人手的话，有可能不够……"

"云督，云刹，这一次由你们二人带队，将米特尔家族彻底铲除。记住，在除掉米特尔家族之后，一定要将萧家残党搜出来！"云山瞥向大殿一角，低喝道。

"遵命！"听得云山的话，大殿一角，两名一直保持着沉默的老者迅速起身，恭声应道。

两名老者虽然极为低调，但他们在云岚宗的地位明显不低，从两人起身后，大殿中的其他声音弱了许多便可瞧出。

"呵呵，云督、云刹两位长老这三年在宗主的帮助下已突破到了斗皇层次，有他们出手，那海波东也翻不出多大的浪花了。"先前那禀报之人瞧见站起来的两位老者，笑着道。

听到他这有些讨好的话语，云督和云刹笑了笑，对视了一眼，眼中不着痕迹地掠过一抹诡谲的黑芒。

"你们的任务是清除米特尔家族和寻出萧家残党。帝都之内的其他势力，应该不敢插手。当然，若是真有哪个势力不长眼，也一并除了便是。"云山缓缓扫视着全场，淡淡地道。

闻言，云督和云刹再度点了点头。

将事情吩咐完毕，云山轻靠着柔软的椅背，挥了挥手，道："都各司其职吧。近段时间，先清除米特尔家族。"

听得云山这话，大殿中众人连忙点头，旋即起身，对着云山躬身行礼，缓缓退出了大殿。

殿中再度安静下来。这安静持续了一段时间后，大殿中某处黑暗角落，一道阴影蠕动。旋即，一团黑色雾气诡异地涌出。

"记住，这次不能再放过萧家任何一人！上次，你做得可不怎么让人满意。"黑色雾气翻腾着，飘浮至大殿中央，阴森森的声音自其中传出。

"你们到底要在萧家找什么东西？一个小家族而已，有什么东西这么吸引你们？"云山皱了皱眉，对这个问题，他已经好奇和疑惑了许久。

"不该问的，还是不要问的好，有些事情，知道了对你没什么好处。我们魂殿能让你突破至斗宗强者，也能将你打回原形。"阴冷的声音在大殿之中回荡着，令人毛骨悚然。

脸微微抖了抖，先前还威风八面的云山，此刻在此人面前却只能颇为不爽地点了点头，道："若是将萧家人全部猎杀后，依然没有找到你们要的东西呢？"

"我们需要的东西，萧家一定有，只是不知道究竟在谁身上罢了。如果萧家找不到，那就只能寻那逃出加玛帝国的萧炎了。"

"萧炎？"对这个名字，云山真是记忆尤深，一听到这两个字，他顿时脸色就不太自然了，道，"那小子三年都没什么音信，说不定早死在哪里了。"

"桀桀，这恐怕要让你失望了。"闻言，黑雾之中传出一声怪笑，"我前段时间便接到殿中传信，在距离加玛帝国万里之遥的黑角域中，发现了萧炎的踪迹，而且那小子的实力，已经足以击杀斗皇强者。"

"击杀斗皇，怎么可能？"云山脸色顿时一变，从椅子上站起来，失声道。虽说当年那家伙施展了一种威力颇为强悍的火莲斗技，击杀了实力处在斗王阶别的云棱，不过击杀斗皇，可完全是一种不同的概念，这之间简直有天壤之别。

"没什么不可能的。当年你让他逃离加玛帝国便是一个错误。哼，说不定日后，你还真会栽在那小子手中。"黑雾中那道声音阴冷地道。

云山抖了抖脸皮，眼中涌上一抹森然，阴森森地道："能击杀斗皇又如何？当年我能让他犹如丧家之犬般逃亡，这一次，依然可以！"

"桀桀，那便祝你好运吧，不过在这之前，你最好还是先将萧家残党一个不漏地抓起来，不然，殿主真会发怒了。"黑雾飘浮不定，撂下一串冷笑声后，便在一阵波动中诡异地消散了。

听得"殿主"二字，云山的脸色也有些苍白。他望着黑雾消失的地方，缓缓紧握拳头，眼中掠过些许阴森寒芒。

"这一次，定要将萧家斩尽杀绝！"

加玛圣城——加玛帝国的帝都，作为整个帝国最为繁华的一座城市，这里每天吞吐的人流量，达到了一个颇为恐怖的数字。然而今日，这座繁华城市的气氛却格外压抑，隐隐有一种风雨欲来的压迫之感。

而这种感觉，是从突然宣布暂时关闭所有拍卖场和商铺的米特尔家族中弥漫出来的。作为帝国三大家族之一，米特尔家族的这般举动，无疑在向所有人诉说，将会有不小的麻烦落在他们头上。

民间并不乏一些消息灵通之辈，因此，隐约已有一些传言，说云岚宗有清除米特尔家族的企图。

　　这些传言一出,立马就在城中引起了不小的骚动。这些年云岚宗越发强势与嚣张,加玛帝国的人都瞧得清楚;而且在这加玛帝国,能够让如今已成为三大家族之首的米特尔家族都这般谨慎对待的,除了皇室,恐怕也就只有那距离帝都不远的云岚宗了。

　　满城谣言四起,位于城南的米特尔家族总部,气氛也是格外紧张。匆忙的身影在庄园之中来回走动,所有护卫皆从其他地方抽调回来,将这座庄园防守得极其严密。黑暗之中,无数箭镞闪烁着寒芒,一旦出现不速之客,锋利的长箭就会瞬间射出。

　　庄园中心处的宽敞议事厅中,气氛颇为凝重。在座之人皆是米特尔家族的核心成员,不过此刻,他们的脸色都有些难看。当然,在这加玛帝国,不管是谁,突然被云岚宗列为打击目标,恐怕都笑不出来。

　　"雅妃,云岚宗要对我米特尔家族出手的消息,真的属实?"大厅中,一名老者紧皱着眉头,声音低沉地问道。

　　听得老者发问,大厅中的目光顿时全部投射到那坐于首位的美丽女人身上。女人那张妖娆俏脸,此刻也布满凝重。面对众人的目光,她微微点了点头,道:"大长老,这消息假不了,两日之内,恐怕云岚宗便会动手!"

　　虽然心中已经有了答案,但是在听到雅妃确定的回答后,大厅中依然有不少人脸色瞬间变得灰暗了许多。

　　被称为大长老的老者,面容有点儿熟悉,仔细看去,原来便是当年米特尔家族的族长——米特尔·腾山,不过听雅妃对他的称呼,似乎在这三年间,他已经将族长之位让了出来。

　　听得雅妃回话,米特尔·腾山缓缓地叹了一口气,在这种近乎绝境的危机面前,陷入了沉默。

　　"这都是萧家那些家伙惹的祸。若是不帮他们,就不会得罪云岚宗,也就不会有今天这些事!"在"云岚宗"这三个字所带来的压迫下,突然,一道有些尖锐的声音响起，而这声音一出，立刻引来了不少附和声。显然，在大祸临头之时，他们忍不住开始埋怨萧家。

"给我住嘴！"听得议事厅中的吵闹，米特尔·腾山顿时大怒，手掌狠狠地拍在桌上，突如其来的巨响骇得众人连忙闭嘴。

将众人压制之后，米特尔·腾山看了一眼身旁坐于轮椅之上、一脸平静的男子，旋即再瞥了一眼雅妃身旁一直闭目，可脸色有些冰寒的海波东，苦笑了一声，道："萧鼎先生，族人失态，让你见笑了。"

听得米特尔·腾山的话，萧鼎笑着摇了摇头，目光缓缓地在众人脸上扫过。凡是与其对视之人，片刻后便会忍不住转过头去。这个男人虽然如今双腿已废，但是不知为何，当望着他那张一直挂着淡淡笑容的脸时，所有人心中都忍不住生出一些寒意。

家族险些被灭，自己又变成了这副样子，这些变故足以让寻常人发疯。然而，这个男人却丝毫没有情绪波动，好像他根本没有情感一般。这种人的确可怕。

"腾山大长老，这事的确与我萧家有关系。"萧鼎淡淡一笑，看向米特尔·腾山，道，"若云岚宗真的要对米特尔家族出手，你便将我和一半萧家族人交出去，对外说这是萧家所有残余之人，其他的族人，便请你们想办法让他们悄悄离开此地。萧家遭此大难，恳请你们帮忙保留一丝血脉。"

听了萧鼎的话，大厅中许多人都有些愕然，望着萧鼎脸上的笑容，心中寒意更甚：这家伙几句轻描淡写的话，便把自己和一半族人的性命交了出去，这一手不可谓不狠。

米特尔·腾山也因为萧鼎这话抬了抬眼皮，深深地看了一眼微笑的萧鼎，心中暗道："年龄不大，却理智非常。萧家有此人才，不愁不兴旺，不过，可惜……"

"萧鼎小子，放心，不会有人把你交出去。就算拼了这条老命乃至半个米特

尔家族，老夫也会保你无恙！"冰冷的声音突然响起，众人一抬头，却见到海波东不知何时睁开了双眼，那对蔚蓝的眼瞳此刻寒光闪烁，有异议的人，在这寒芒之下，也不得不识相地吞下了到嘴边的话语。

"海老……"萧鼎一怔，那一直古井无波的眼睛中也出现些波动。他心中清楚，若非雅妃和海波东竭力支持的话，恐怕萧家族人早就失去了米特尔家族的庇护。不过他依然没料到，事情到了这种地步，海波东依然顽固地坚持着，甚至甘愿搭上半个米特尔家族。

"海老，您还在等我三弟回来吗？"萧鼎苦笑一声，轻叹道。到了这种时刻，连他也没有太大信心。或许他只能寄希望于萧炎日后归来，能够为萧家报此血仇。

"哈哈，我对那小子有信心。"海波东大笑一声，旋即瞥了一眼旁边的米特尔·腾山，冷哼道，"你们这些家伙，总是鼠目寸光。难道你们以为云岚宗对我米特尔家族出手，只是因为萧家吗？这些年他们做了什么事你们不是不知道，这帝国三大家族甚至皇室，哼，你们看着吧，看看有谁能够幸免！"

米特尔·腾山沉默了，旋即苦笑着叹了一声。他又何尝不知道，如今的云岚宗已经有要清洗帝国势力之势，不过若是这一天能够晚点到来，那也是好的。心中虽然这样想，但是他不敢说出来，海波东才是家族中的太上长老，米特尔家族能够有今天的地位，海波东的功劳毋庸置疑，连他都不敢反驳海波东。当然，若非海波东在米特尔家族有这般声望，光凭雅妃一人之力，纵使她再有才华也难以成为这个家族的掌舵人。

"那现在如何是好？要不我们向木家和纳兰家族或者炼药师公会、皇室求助？"米特尔·腾山叹息道。

"没有用……"雅妃摇了摇头，纤细的玉指轻轻点在桌面上，明眸扫了扫大厅道，"云岚宗如今的实力太过强大，以至于谁都不敢招惹。若是他们真想帮助我们的话，不用求助，他们也会派人前来；若是不想或者不敢，再怎么求助，都无济于事。"

"那……难道就这样等死不成？"大厅中，一些人忍不住道。

雅妃偏头对着米特尔·腾山道："大长老，为防出现最坏的局面，我已经暗中将米特尔家族的一些年幼之人送出了帝都，以保存家族血脉。但如果真的到了那一步，恐怕我们除了投降，唯有拼死一战！"

"唉，你这妮子倒是看得远，竟然预先给家族准备了后路，不过那种情况……也太糟了。"闻言，米特尔·腾山一怔，看来他也是刚刚知道这些事。

"投降？我可不认为那会有太好的下场。"

轰！

米特尔·腾山叹息了一声，刚欲说话，突然听到一道雷鸣般的响亮爆炸声。

爆炸声滚滚不休，令满城目光都聚焦在天空之上。此刻，在那爆炸声轰动之地，出现了一朵由能量汇聚而成的云彩，一柄散发着凌厉剑气的长剑正笔直地刺向云彩。

"这是云岚宗的信号。"望着天空上那特殊的能量印记，整座城市爆发出了阵阵惊呼。一些敏感之人一脸骇然：云岚宗难道真的要对米特尔家族出手了？

在米特尔家族中，涌出大厅的人也看见了天空上的印记，一时间，脸色都有些发白。

"米特尔家族，交出萧家余孽，否则，灭族就在今日！"

在能量印记出现后不久，一道冷漠的喝声，便在雄浑斗气的裹挟下，响彻整个加玛圣城！

如雷的喝声夹杂着斗气，在加玛圣城的每一个角落回荡着。这一刻，城中的人都抬起了头，将目光投向同一个方位——那里，冲天斗气如天柱般暴涌而起。

米特尔·腾山、雅妃、海波东等人皆涌出了大厅，脸色凝重地望着那雄浑斗气爆发之地。

"现在怎么办?"米特尔·腾山沉声问道。

"还能怎么办?既然不想投降,那就拼死一战吧!"海波东冷哼了一声,淡淡的寒气缭绕周身,在这股寒气的笼罩下,他双眼之中的蔚蓝之色也愈加深沉。

"所有人听命,严守自己的岗位,不可慌乱,一旦有人入侵,无须禀报,杀!"雅妃俏脸冰冷,凤目含煞,冷喝声在米特尔家族之中响起。

望着有条不紊地下达命令,迅速稳定骚乱局面的雅妃,海波东微微点头,旋即微眯着双眼,冷漠地望着斗气爆发之地,袍袖中的拳头缓缓紧握。

"云山老杂毛,你想灭我米特尔家族,老夫也要让你伤筋动骨,多流点血!"

在米特尔家族严阵以待之时,那斗气爆发之地,猛然传出一道齐整的厉喝声。旋即,整座城市的人都瞧见了那铺天盖地从某处涌出,然后在建筑物上弹射飞掠的白袍大队。他们的白色上有着特殊的云彩剑纹,使人们能清楚地辨认出他们的身份——赫然便是云岚宗之人!

"嚯——没想到云岚宗这次竟然派了这么多人来,看来是想一口将米特尔家族给吃掉啊!"

望着那些闪电般从建筑物上飞掠而过的白袍人,不少人都吸了一口凉气,旋即有些愤怒:云岚宗这般大张旗鼓地动手,气焰实在是太嚣张了!

白袍部队犹如白色的洪流,从帝都北面径直涌来,铺天盖地地向米特尔家族所在的方位包围而去。看那声势,恐怕云岚宗至少调动了千人,这般规模足以媲美一支小型军队了。

白色洪流涌过后,整个帝都犹如沸腾的油锅般骚动了起来。不少人跳上楼顶,远远地跟在这股洪流之后,最后在能够看到米特尔家族的地方,停下了脚步,寻个视线不错的地方,密切关注着这场加玛帝国百年来最轰动的大事。

加玛帝国三大家族皆在帝国屹立了很长时间,这些年中,三大家族势力愈加雄厚,寻常家族已难以超越。今日云岚宗对米特尔家族出手,无疑是这百年来,发生在加玛帝国之中规模最大的一次冲突。

对这场对战，不少人心中都充满了好奇。因此，在云岚宗那股白色洪流到达米特尔家族之前，米特尔庄园周围的一些制高点上，就已经挤满了黑压压的观战之人。

"萧大哥，待会儿若是发生战斗，你便躲在一旁。"望着那从远处席卷而来的白色浪潮，雅妃偏过头，对坐在轮椅上的萧鼎说道。

"到了这种时候，躲在一旁能有何用？难道你真以为我是手无缚鸡之力的人吗？"萧鼎笑着摇了摇头，手掌一抬，一股异常浓郁且充满生机的绿色斗气迅速涌出，将其手掌全部包裹。

"咦？你晋入斗灵了？这是何时的事？"一旁的海波东瞧见萧鼎突然释放出来的气息，顿时一怔，有些惊讶地道。

"腿没了知觉，便只能安安静静地修炼，所以进展倒是快。只是平日未曾施展斗气，所以大家都不知道而已。"萧鼎笑道。

"有自保之力就好，待会儿如果情况不妙，你和雅妃便找机会逃离，全都死守这里可并不明智。你们能逃离的话，就算米特尔家族真的被灭了，日后也能有人替我们报仇。"海波东点了点头，突然低声道。

听得海波东这话，萧鼎和雅妃皆是一怔，刚欲说话，海波东的脸色却已变得凝重，缓缓道："来了……"

两人抬头望去，只见庄园之外的建筑物之上，已经站满了白袍人，他们手中齐刷刷地握着锋利长剑。在阳光的反射下，森冷的剑芒尽数倾洒进庄园之内，令人遍体生寒。

"你们二人镇守庄内，我带人阻拦云岚宗的人。"海波东对着雅妃说了一声，脚掌一点地面，便暴冲向天际。其身后的米特尔·腾山见状，赶忙一声大喝，众多实力颇强的米特尔家族的人便紧跟而上，闪现在庄园外围，与云岚宗大部队对峙。

身体悬浮半空，海波东双肩一颤，一对斗气冰翼便从背后延伸而出，双翼

振动,将其身形稳定。海波东双眼泛着冰冷,望着外面那犹如白色浪潮般的云岚宗大部队,强悍斗气自其体内暴涌而出,而随着斗气的涌动,一股磅礴气势也缭绕而出,异样的压迫笼罩了方圆百米范围。

海波东以斗皇级别的实力释放出的斗气,不仅令云岚宗大部队中出现了一些骚动,就连周围高耸的建筑物上的众多围观者也发出阵阵惊叹声。作为加玛帝国中屈指可数的斗皇强者,海波东的声望在这三年中,也恢复到了当年的巅峰程度。

"海波东,不要负隅顽抗,凭你一己之力,还想力挽狂澜不成?若是识相的话,就尽快交出萧家残党!"

就在海波东斗气涌动时,两道厉啸声突然自城中传出。随后,两股足以和前者相媲美的斗气陡然出现。

在这两股斗气出现的一刹那,一阵破风声紧跟而来,两道流光划过天际,闪现在米特尔庄园外的半空上。

出现的两人是老者模样,一身云纹白袍显示着他们的身份,而那两股强悍斗气明显也是两人发出的。

突然出现的两位云岚宗长老,吸引了满城人的视线。特别是在察觉到那自两人体内散发出的压迫感之后,不少人心中涌上一些骇然——这两人竟然都是斗皇强者?云岚宗何时又出现了两名斗皇?

海波东的目光也被两人吸引了过去,当他看到两人的面孔时,心中顿时大惊,低沉的声音带着难以置信:"云督、云刹,你们怎么也晋入斗皇了?"

"嘿嘿,你能成为斗皇,难道别人就不行吗?"听得海波东这话,那名叫云刹的老者冷笑了一声,道。

"海老,这两个老家伙三年前只是四星斗王而已,怎么可能短短三年便突破至斗皇?"一道身影闪掠至海波东身旁,来者正是米特尔·腾山,此刻他也一脸不可置信地望着天空中的两人。

海波东脸色阴沉，微眯着眼睛，目光在云督、云刹两人身上扫了扫，片刻后，摇了摇头，道："这俩家伙的气息有点儿不对，虽然看似达到了斗皇阶别，但是气息远远不如斗皇强者那般流畅自然，想必是云山使用了什么诡异秘法，强行提升了他们的实力……"

"那现在如何是好？"米特尔·腾山有些着急地道。就算那云督和云刹并非真正的斗皇强者，可分出一人来拖住海波东，应该不算什么难事，而另外一人，凭自己的实力明显极难抵挡。更何况，外面的云岚宗弟子一旦发动攻击，光靠家族中的这些强者，怕是抵挡不了多久。

"还能如何？这种时候难道还能投降不成？"海波东皱眉冷斥了一声，沉声道，"我会尽快将他们其中一人击杀，然后来助你斩杀另外一人。只要将这两个领头的杀了，其他的云岚宗弟子就不足为惧！"

米特尔·腾山苦笑一声，如今也只能这样了，就算今日战败，他也虽败犹荣！

"海波东，我再问一次，今日，究竟交不交人？"云刹阴寒地瞥了一眼悬浮在庄园上空的海波东二人，喝道。

"云岚宗这些年的所作所为，简直丢尽了前代宗主的脸！云山那老杂毛，难道就不怕列祖列宗复活来找他算账吗？"海波东嗤笑了一声，嘲讽道。

闻言，云刹和云督的脸色彻底沉了下来。在众人的注视下，两人缓缓举起手来，然后猛然挥下，在手掌挥下的同时，那充斥着杀意的冷喝声也在空中响起。

"云岚宗众弟子听命，今日，血洗米特尔家族！"

随着两人喝声的落下，森冷的剑气猛然自那白色潮流中暴涌而起，遮天蔽日地将整座庄园笼罩！

那将米特尔庄园围得水泄不通的云岚宗弟子，顿时犹如猛虎下山，携带着凌厉剑气，向庞大的庄园冲杀而去。顷刻间爆发出的杀伐声，令围观者们脸色泛白。

"杀!"

当云岚宗弟子如潮水般朝着米特尔庄园涌去之时,响起一道冷喝声。旋即,只听得整个庄园内一片弓弦拉动的声音,无数支箭瞬间撕裂空间,化为箭雨,向那暴涌而来的白色浪潮射去。

箭雨稍稍阻拦了云岚宗的攻势,不过紧接着,无数团明亮斗气涌起,箭被打落了不少,那白色浪潮更加接近庄园,一些速度快的人已经快要冲进庄园了。

噗!噗!

突然间,有一种异常低沉的拉动弓弦的声音响起,然后,一道道通体血红的箭影,猛然自庄园之中暴射而出!

血红箭雨与先前的箭雨明显有着很大的不同,这从箭身划过空气时发出的声响便能发现。而且,当这些箭射中云岚宗弟子时,他们身体表面缭绕的斗气根本阻挡不了这些箭,甚至这些箭射穿一人的身体后,还有余力将其身后之人洞穿。这般恐怖的杀伤力,看得观战的人遍体生寒。

血色的箭狂射而出,在空中留下淡淡的痕迹,不少云岚宗弟子无力倒地。看来作为加玛帝国三大家族之首的米特尔家族,也并非任人揉捏的软柿子。即使以云岚宗之力,想要兵不血刃地灭掉米特尔家族,也是不可能的事。

下方展开了凶狠的战斗,但天空中的几人并未因此分神。云督和云刹停顿了片刻后,同时展动身形,向海波东暴掠而去。

瞧见两人竟然都冲着海波东而去,米特尔·腾山顿时冷喝道:"两个老王八蛋,你们把我给忘了?"

"嘿嘿,腾山,哪儿敢将你忘了,对付你还不用云督、云刹两位长老出手,让他们安心地将海波东解决掉吧。"米特尔·腾山的声音刚刚落下,突然,两道身影从云岚宗大部队中飞掠而起,振动着背后双翼,悬浮在距离米特尔·腾山不远的地方。

"云浮?云旭?没想到你们也来了!"瞧见这突然出现的两人,米特尔·腾山的心头顿时一沉。这两人也是云岚宗的长老，虽然实力没有云督二人强横，但也是斗王阶别的强者。看来云岚宗为了对付米特尔家族，果然是下了血本啊。

"宗主对你们米特尔家族已经容忍到了极限，我们也只是奉命行事。"两人似乎与米特尔·腾山相识，话语中有着一抹无奈。

米特尔·腾山阴沉着脸，望向海波东。云督和云刹已经接近了海波东。三人体内那三股强悍斗气，即使隔着一段距离，也令米特尔·腾山感到体内的斗气有些流通不顺。斗皇强者，果然远非斗王可比。

"你小心点，他们两人我来对付，你顾着自己就好！"在米特尔·腾山为海波东担心时，海波东低沉的声音却已经传了过来。

闻言，米特尔·腾山只得放下心中的忧虑，转向面前的对手，手掌一翻，雄浑的斗气自体内暴涌而出。这股气势虽然比不上海波东，但是也不容小觑。

"得罪了！"感受到海波东那边爆出的能量波动，云浮二人不敢怠慢，对着米特尔·腾山喝了一声，旋即背后双翼一振，化为两道黑影，向米特尔·腾山暴射而去。

目光阴沉地望着飞掠而来的两人，米特尔·腾山心中涌起一股许多年未曾出现过的豪气，仰天大笑道："好，今日就算我米特尔家族难逃大难，你云岚宗也休想全身而退！"

笑声落下，米特尔·腾山背后的斗气双翼一动，在众人的注视下，毫不畏惧地向云浮二人冲撞而去。瞬息后，宛如惊雷般的能量爆炸声，便在加玛圣城的上空响起。

这一刻所有的目光都投注在这场浩大的强者之战中，这一战，将决定米特尔家族的生死存亡。

在米特尔家族与云岚宗拼杀时，帝都某几处势力，却保持着缄默。

位于城中心的皇城之内，一处可望见全城的高塔之上，几道人影默然站立，

观望着远处爆发的惊天大战。

站在最前方的是一名身着麻袍的老者。老者满脸皱纹,此刻那张总是古井无波般的苍老面孔上,却布满了挣扎与徘徊不定的犹豫。

"太爷爷,我们真的不出手相助吗?"在麻袍老者身后,一名身材高挑、俏脸隐隐噙着些许威严的紫色锦袍女子,望着远处的大战,终于忍不住问道。从她头顶戴着的那顶象征身份的紫金凤冠来看,她的地位似乎不低。

"唉,夭夜,你也知道云岚宗如今实力多么强悍,若是激怒了云山那老杂毛……"麻袍老者叹息了一声,说道。

这位头戴紫金凤冠的高挑清丽女子,赫然是当年与萧炎有过几面之缘的皇室大公主夭夜。

"可太爷爷,您也知道,云岚宗这些年的举动昭示着何等野心。我们若是联合炼药师公会和三大家族,或许还能与他们抗衡;可若是坐视他们被云岚宗清除,而不为所动,那日后,我皇室恐怕也会沦落到这般下场!"这位已经逐步开始掌管整个帝国的加玛女皇蹙着柳眉,颇为焦虑地道。

听到夭夜犀利的言辞,加老一阵沉默。云山始终是压在他心头的一块重石。他清楚,以云山的实力,若是想杀自己的话,并不难,而一旦自己身亡,那皇室就会失去庇护,到时,皇室要面对的危机就更大了。因此,即使在这种关键时刻,他也依然难以下定决心。

"唉,再看看吧……"沉默了良久,加老还是轻叹了一口气,挥了挥手,脸色阴晴不定地望着远处天空中能量爆炸发出的光亮。

瞧见加老如此优柔寡断,夭夜明亮的凤目中闪过些许无奈与失望。她抬起头望向米特尔家族所在的方位,只得在心中祈祷,这个帝国三大家族之首能够创造奇迹,在云岚宗的攻势中屹立不倒。

炼药师公会,一处顶楼之上,身着炼药师袍服的老者目光闪烁地望着城中能量爆发之地，时紧时松的拳头，说明了他内心的不平静。

"法犸会长……"其身后一位也身着炼药师袍服的老者，忍不住开口道。

法犸当年与萧炎颇有一些关系，三年后，他依然掌管着加玛帝国的炼药师公会。

"先等等吧。"法犸微微摇了摇头，声音嘶哑道。

"唉！"听得法犸这话，后面的老者也只得轻叹了一声。

纳兰家族，族内核心成员也站在高楼上望着远处的战斗，脸色皆有些阴晴不定。居于首位的，自然便是纳兰家族最强的人——纳兰桀！

"父亲，这事……"在纳兰桀身后，纳兰肃一脸凝重地低声道。

"等！"纳兰桀紧绷着一张老脸，半晌，方才吐出一个字来。对于云岚宗那个庞大势力，他同样不敢招惹。虽说纳兰嫣然也算是云岚宗的人，可如今不仅云韵被软禁，连嫣然也进入了那所谓的生死门，三年来杳无音讯，是死是活，连他都不知道。

"唉，希望日后云岚宗能看在嫣然的分上，放过我纳兰家……"纳兰桀苦笑了一声，在心中暗自祈祷。不过到那时，恐怕纳兰家族也将尊严扫地了。

木家，作为三大家族之一，同样也挣扎和犹豫着，不过最后也同样没有人敢在这个时候站出来。因为他们知道，那与帝都相距不远的云岚山上，有一名足以毁灭任何家族的斗宗强者——云山！

这时，他们唯有将希望寄托于奇迹了，只要米特尔家族能够扛过去，借着这股胜利之势，几方势力就有胆子商讨合作。

就在米特尔家族与云岚宗的火拼越发白热化时，加玛圣城百里之外，十几头巨大的飞行魔兽，正追星赶月般地飞掠而过，一股令整个加玛帝国都为之一颤的恐怖势力，即将到来！

第二章
大开杀戒

锵!

染着鲜血的刀剑碰撞在一起,摩擦出一阵阵火花。人影闪掠,锋利的刀刃划过肉体发出低沉的声响,这令人毛骨悚然的声音在庄园之外不断响起。

经过几轮冲杀,云岚宗弟子打退了米特尔家族的几波反击,他们开始冲进庄园外院,现在真正是短兵相接了!

虽说云岚宗近些年大规模招收弟子,但在短时间内也难以将他们调教得十分厉害;而米特尔家族则不同,家族护卫大多是精心训练了许多年的精锐子弟。因此虽然米特尔家族在人数上并不占优势,但任云岚宗弟子如何狂猛冲杀,也只能在庄园最外围打转,难以冲进庄园之内。

此刻这偌大的庄园,在米特尔家族的森严防守下固若金汤,饶是凶猛如云岚宗,也只能被拒于门外。

庄园的外围,已经彻底变成了血腥的绞肉场,刀来剑往,凄厉的惨叫声不绝于耳,殷红的鲜血四处飞溅,将那高耸的院墙渲染得如同红色幕帘一般,刺鼻的血腥味缓缓蔓延，甚至扩散至整座城市。

在战场外围的一些制高点上，围观者在这等惨烈的拼杀中也安静下来，呆呆地看着那不断倒在血泊之中的双方人员。即便如此，那如同白色浪潮般涌上来的攻势，依然没有一丝停顿。而米特尔家族的人也满脸凶悍，红着眼，与那白色浪潮狠狠地厮杀在一起。

作为旁观者的他们，清楚地感觉到，人命在此刻是多么廉价。

嘭！

天空中突然响起一道剧烈的能量爆炸声，满城目光顺着声音望去，便瞧见米特尔·腾山被云浮二人震退的身形。看这情形，似乎米特尔·腾山应付两名斗王强者颇为吃力。

背后双翼一阵扇动，米特尔·腾山这才将身形稳住，伸手抹去嘴角的血迹。在先前的激战中，他受了一点儿轻伤。

"腾山，不要再负隅顽抗了，虽然论单人实力，我二人不及你，但是我们联手，你却必然落败。"看了一眼被震退的米特尔·腾山，云浮缓缓平息体内震荡的斗气，沉声喝道。

听到云浮的喝声，米特尔·腾山未加理会，偏过头，望向海波东的那处战圈。此刻，那里的战况比这边更加激烈。三人模糊的身影在天际闪掠，偶尔相触，便会爆发出惊天的能量波动。

寻常人虽然难以看清战况，但是米特尔·腾山看得清楚，此刻的三人，战得激烈无比，依然难以分出胜负。

虽说云督、云刹二人的斗皇实力很有水分，但毕竟是两人联手，威力自然倍增，而且两人也并非初次合作，配合得极为默契，所以即便单人实力远逊海波东，但却依然能够保持着不败的局面。

此时，海波东三人的战斗已进入白热化，外界的任何动静都不能令他们分神。

"没想到这云督、云刹竟然已经强到可以与海老相战而不败的程度。"望着难分胜负的战局,米特尔·腾山心中略微一沉。看这情形,恐怕海老要打败那两个家伙还需不短的时间,而自己这边情况也不太妙。一旦自己不慎落败,云浮二人恐怕也要加入那处战局,到时候局面或许就一面倒了。

"一定要拖住这两个家伙,给海老争取足够的时间!"米特尔·腾山咬了咬牙,趁着双方的气息皆不太稳定的空当,又望向下方那极其激烈的厮杀。

庄园外围,此刻已经洒满了鲜血,云岚宗的弟子与米特尔家族的护卫,在这里展开了寸土必夺的惨烈之战。虽说米特尔家族护卫的实力比云岚宗那些普通弟子要强上一些,但后者人数实在太多。此时,那铺天盖地犹如洪水般的攻势,猛烈地冲击着米特尔家族的防线,庄园的外院已经陷落大半。

情况有些不妙,但好在庄内有雅妃等人的指挥,米特尔家族的人倒还不至于太过慌乱,一条条泾渭分明的防线布满了这座庞大的庄园,想要将这些防线尽数摧毁,云岚宗也要付出不小的代价。

"连祖宗的家业都丢了,还有何脸面活下去?"将目光收回,米特尔·腾山冲着云浮二人笑道。

闻言,云浮二人再度摇了摇头,也不再给米特尔·腾山说话的机会,背后双翼一振,在天空上画出两道弧线,一左一右,再度攻向米特尔·腾山!

三人再度交手,天空中的能量爆炸声越发响亮,在那雷鸣声响中,城中众人是心惊肉跳,生怕突然有一道斗气从天空落下,将自己炸得血肉横飞。

战斗,还在继续!

随着时间的推移,响彻加玛圣城天空的杀伐声开始逐渐减弱。显然,这场血拼对双方都是巨大的消耗。

米特尔家族顽强的反抗,的确令云岚宗付出了血的代价;但在云岚宗如潮水般的攻势下,米特尔家族后继乏力的劣势也开始显现。劣势一出现,不过短短十几分钟，米特尔家族庄园的外围便被云岚宗彻底占据。虽然想要攻占内院还很艰难，但这般僵持下去，米特尔家族的覆灭只是时间问题。

就在下方米特尔家族极力抵抗时，天空中突然出现变故，令米特尔族人的心沉了下去。

天空中，经过一番激战，米特尔·腾山依然未能将云浮二人拦住，反而一时分神，被两人逮住机会，受到了一记真正的重击。

被云浮二人击中的米特尔·腾山顿时脸色苍白，忍不住喷出一口血雾，其身形也急速坠落，在即将落地时，被一名眼疾手快的米特尔族人跃身接住。

"大长老！"

米特尔·腾山的落败立刻在庄园中引起阵阵惊呼，甚至人心都波动了起来，若非雅妃及时出面，恐怕米特尔·腾山溃败的恐慌便会从内部向外蔓延了。

击败了米特尔·腾山，云浮二人未作丝毫停留，立刻展动身形，在众人的惊呼声中，冲进了海波东所在的那处战圈。

两名斗皇、两名斗王，四人联手，就算是海波东也决计不可能抵挡，落败只是迟早的事。

果然，云浮二人加入战圈之后不久，原本攻守有度的海波东就迅速落入下风，险象环生。

望见天空中的这个情况，帝都之中，一些人的脸色彻底阴沉下来，他们期待的奇迹并没有发生。

皇城高塔上，加老紧紧地盯着空中那已经一面倒的战况，袍袖中干枯的手掌发出嘎吱的握拳声，不过想起云岚宗那个恐怖的家伙后，加老全身顿时软了下来，此刻他仿佛衰老了许多。

若是对上云岚宗的那个老杂毛，他实在是没有半分获胜的把握，若是今日出手相助，云岚宗恐怕明日便会拿皇室开刀了！

在加老身后，身着紫色锦袍的夭夜，遥望着天空中的战斗，贝齿紧咬着红

唇。她知道，海波东一旦落败，米特尔家族就彻底地失去了抵抗力，这帝国三大家族之首就会被清除。一旦米特尔家族被灭，帝国之内，还有谁敢出面与云岚宗抗衡？

"海波东要输了……"

加老苦涩地缓缓说道，逐渐闭上眼睛。日后，这加玛帝国恐怕要属于云岚宗了。

加老话音刚落，遥远的天空中此四道身影重叠，那股融合在一起的滔天能量，就算是海波东，挨上了也绝对是重伤的下场。在拳影挥动间，那股能量已经锁定了海波东，他逃脱不掉这四人的合力一击。

这一刻，全城人的目光都汇聚在天空之中，甚至连下方庄园的争夺战都停了下来。

一些眼尖之人隐隐能够看见海波东脸上噙着一抹无奈与绝望。

看到这一幕，夭夜浑身冰凉——米特尔家族今日算是彻底倒了，恐怕下一个便该轮到自己了。

满城寂静无声，天空之中那汇集着四人全力的攻势，使整座城市都感受到了压抑，人人毛孔紧缩。

就在众人神情恍惚时，突然，一道清啸由远至近翻滚而来。啸声初始极为模糊，断断续续时有时无，瞬息之后便至，最后宛如九天雷霆般，轰隆隆地在整座城市之中暴响。

高塔之上，原本绝望地闭上双眼的加老，陡然睁开双眼，难以置信地望着啸声传来的方向。那里，一股令他都有压迫感的气息，正风驰电掣地飞掠而来，而且最令他惊讶的是这股气息居然有一种熟悉的味道。

怔了瞬间，加老猛然瞪大双眼，苍老的身体因为激动而颤抖着，连说话声都带上了颤音。

"这气息……是他？那个家伙……那个家伙真的回来了？！"

听到突如其来的清啸声后，炼药师公会会长法犸也分辨出了来者的身份。帝国之内不同地方，几位拥有不弱实力的强者，皆一脸惊愕地望着啸声传来的方向。那啸声中夹杂的磅礴斗气，令他们脸色大变。这般实力，就算是皇城的加刑天老妖怪也不及啊，加玛帝国何时又出了这般强者？

有此疑问的，不仅他们几人，整个帝都的人皆是满脸错愕，但没有一个人知道答案。

清啸如雷，滚滚而至，就在所有人心中充满疑惑时，一道银色闪电自帝都之外暴掠而至。这道银色闪电的速度快得恐怖，甚至连几名斗王强者都只能模糊地看见天空中一闪而逝的银芒，心中翻起惊涛骇浪。

银芒掠过天空，短短一瞬便从那遥远的城外射进城中。光芒一闪，一道全身被包裹在碧绿火焰之中的人影，便犹如鬼魅般出现在米特尔庄园上空的那处战圈之中，而其所立之处，赫然便是海波东身前。

那显眼的碧绿火焰人影现身后，一道道惊疑不定的声音响了起来。看这情形，似乎刚才那清啸声，便是这个神秘人所发，而瞧他的站位，好像是来帮助海波东的。

说来话长，但其实从那清啸响起，到碧绿火焰神秘人出现在海波东面前，不过是短短两三秒的事。当他出现在海波东面前时，云督四人合力的凶悍一拳，方才夹杂着震荡不已的空间波动，狠狠而至。

碧绿火焰人影的出现，令海波东一脸错愕。他动了动身子，发现云督四人加在自己身上的锁定被解开了。他怔了一下便很快明白，这是面前的神秘人所为，不过这种时候他也来不及询问对方来历，只得大喝道："朋友，小心他们的攻击！"

听到海波东的大喝声，碧绿火焰人影却并未回头，只是随意地挥了挥手。

"云岚宗之事，你也敢管？找死！"突然出现的碧绿火焰人影，同样令云督等人一愣，不过他们发现对方的目的后，脸色顿时阴沉下来，冷喝声响起的瞬

间，那合四人之力的一拳顿时声势暴涨，呜呜的尖锐破风声响彻全城，令人耳膜一阵刺痛。

集合了两名斗皇、两名斗王全力的一拳，威势巨大，然而那碧绿火焰人影却停在天空，纹丝不动，看这模样，似乎是想要硬接下四人的攻击。

见到他这般举动，下方顿时响起道道惊呼声，这个突然出现的家伙，未免太托大了吧？要知道，他的对手不是寻常强者，而是四名货真价实的斗皇与斗王，是连冰皇海波东都只能退避三舍的对手！

不止下方众人，就连海波东乃至帝都一些地方一直关注着此处的强者，瞧见神秘人这般举动，都脸色微变。以先前此人展现出来的恐怖速度来看，要躲开四人这记攻击明显不难，他却选择硬接，这般作为，若不是有绝对实力的话，那就是傻子了。

能有如此强横速度的人，会是傻子吗？答案很明显，不会！

在帝都无数人的注视下，那汇聚了云督四人全力的凌厉一拳，将周遭十来米的空气尽数震开，在这片天空形成一处真空地带，而那道恐怖一拳以一种肉眼难以捕捉的极快速度，对着碧绿火焰人影暴掠而去！所过之处，空气四处逃逸，导致这片空间看上去极度扭曲。

当那恐怖一拳即将近身时，碧绿火焰人影终于有所动作，手掌平探而出，手臂猛然一颤，一股恐怖力量在极短的时间内迅速凝聚，最后在一道低沉喝声中，猛然爆发！

"八极崩！"

被火焰包裹的拳头并没有华丽的招式，但在拳头出动的那一刻，空间却犹如被投入了石头的湖面一般泛起阵阵涟漪。

嘭！

下一瞬，双拳骤然相碰，一道惊雷般的爆炸声猛然响彻天空。旋即，一股劲风涟漪犹如海浪，朝着四面八方席卷而去。

双拳在众人的注视下一触即分，火焰人影身形一阵摇晃，向后退了几步方才卸去劲力；而对面的云督四人，却犹如被打飞的沙包一般，倒飞了十几丈，方才有些狼狈地稳住身形。

下方众人惊骇地发现，四人双臂之上的袍袖皆已裂开，露出光秃秃的手臂。这一次的对碰，云督四人不仅丝毫未占得上风，甚至还在那神秘人的一拳攻击下，狼狈溃败。

这一刻，满城鸦雀无声。不管是充斥着战火的米特尔庄园，还是其他地方，所有人皆目瞪口呆地望着天空。刚才的那一幕，令他们有一种在梦中的感觉。

凭一己之力，击溃两名斗皇、两名斗王的联手攻击，这般实力，偌大个加玛帝国，恐怕唯有云山一人具备。

而这个神秘人显然不是云山，那么这位全身包裹在火焰中的神秘人，又是何方高人？

此时，众人绞尽脑汁猜测着这个神秘人的身份，却毫无头绪。

海波东也一脸错愕地望着不远处的火焰人影，虽然他猜到此人实力不弱，但是没想到，此人不仅能够抵御云督四人的联手攻击，而且还有余力将四人震退。这般实力，当真恐怖。

寂静在整座城市持续了片刻，终于被云督那有些尖锐的声音打破了。

"阁下究竟是何人？还请报上名来！"

云督四人你看看我，我看看你，眼睛之中皆有一抹骇然。经过先前的接触，他们能够隐约猜出，面前的火焰人影实力绝对比皇城那个老妖怪加刑天更恐怖。加玛帝国何时又出现了一名这么厉害的强者，他们云岚宗竟然丝毫不知情。

"呵呵，三年不见，没想到云岚宗最擅长的事，依然是以多欺少。"天空之中，那团火焰人影终于发出了一道轻笑声。

笑声从火焰人影中传出，无数人一怔，听这声音，这个神秘人的年纪应该不会很大。

寻常人听到这道笑声或许只是诧异这人如此年轻,然而,这笑声落在下方庄园中的雅妃和萧鼎耳中时,却令他们的身体陡然僵硬。他们微微地张着嘴,缓缓转头对视了一眼。片刻后,他们皆从对方眼中瞧见了那抹从心底涌出的难以置信。

海波东对那声音没有什么特殊的感觉,却也隐隐地觉得有些熟悉,皱眉思考,却想不出答案。

"这位朋友,不要以为我们四人奈何不了你,便可肆意妄为。在这加玛帝国,可还无人敢挑衅我云岚宗!"听得火焰人影话中的嘲讽意味,云督的脸色变得阴沉了许多,厉声道。

"若是有本事,就现出真身来,藏头露尾、鬼鬼祟祟可不是高人所为!"

听得云督的冷喝,火焰人影再度发出一声轻笑。旋即,众人便察觉到,那缭绕在其身体之上的碧绿火焰开始缓缓消散。

望见这一幕,刚才还窃窃私语的众人,再度安静了下来。众人眼睛眨也不眨地望着天空,对这个神秘强者,所有人都抱着极大的好奇心。

当然,有这个念头的不仅是这些寻常人,米特尔家族庄园、皇城之内的炼药师公会、纳兰家、木家……这些地方的人也都瞪大了眼睛,死死地盯着天空之中的火焰人影。

在无数道炽热目光的注视下,那火焰人身上的火焰逐渐消散,一道瘦削的身影,缓缓出现在所有人的视线中。

米特尔家族庄园之中,雅妃抬起俏脸望着那有着几分熟悉的背影,纤手忍不住掩住嘴,明眸之中因为激动而雾气翻涌。

真的是他!他回来了!

随着一道细微声响,火焰终于完全消散,背负着玄重尺的黑袍青年,振动着碧绿火翼悬浮于天际。

"呵呵,三年了……云岚宗,萧家萧炎回来讨债了!"

黑袍青年悬浮在天空之中，轻笑声缓缓回荡，令所有人脸上的表情彻底凝固。

轻笑声在帝都上空回荡，犹如魔咒般，令所有人的身体骤然僵硬，好似雕塑一样一动不动。

"萧炎？"

这个已经有些陌生的名字，在初听见时，满城之人大多一脸茫然。三年时间，足以让人淡忘许多东西；当然，却也只需要一个小小的引子，就能够唤醒人们的记忆。

很多人脸上的茫然持续了半晌，然后又突然发出惊呼声。

"萧炎？他就是那个三年前把云岚宗闹得天翻地覆的家伙？"

"不是说他已经死在云岚宗的追杀之中了吗？"

"胡说八道！他只是被云岚宗追杀出了加玛帝国而已。不过没想到这才短短三年时间，他竟然已经强到这种地步，真是太可怕了！"

"萧家好像就是被云岚宗灭了的那个家族吧？"

"嘿嘿，你没听见他说的话吗？讨债的回来了。云岚宗，啧啧，看来这一次，要偿还血债喽！这个萧炎，三年之前就能把云岚宗搞得天翻地覆，并且击杀其大长老，看他刚才出手的凌厉速度，明显比三年前更强了。嘿嘿，这云岚宗，看来也嚣张不了多久了啊……"

窃窃私语声不断地响起，很快便蔓延到整个帝都。天空中那背负着玄重尺的黑袍青年，再度被人们从三年前的记忆之中翻了出来。

皇城内的高塔上，加老一动不动地望着天空中那振动着碧绿火翼的黑袍青年。即便先前他便从气息中分辨出了萧炎的身份，但当萧炎真正表明身份时，这个皇室的守护者依然长长地叹息了一声。旋即，双眼之中光芒闪烁，如释重

负地笑着说道："没想到啊，真的是没想到，这个家伙竟然真的回来了。哈哈，云岚宗这次，怕是没那么容易得逞了！"

"太爷爷，那是……"夭夜从那神秘人一拳击溃云督四人所带来的震撼中缓回过神来，又听见那有些耳熟的名字，微微蹙了蹙柳眉，轻声问道。

"还记得当年炼药师大会上的那个岩枭吗？"加刑天笑着道。

凤目中光芒一闪，夭夜也终于记起了三年前帝都中的那位风云人物，清丽的俏脸上划过一道惊愕："原来是他，他不是被云岚宗追杀出加玛帝国了吗？"

"呵呵，离开了，自然还能再回来。"加老一笑，道，"我当年便与你说过，此人定非池中之物。啧啧，三年之前，他不过是一名大斗师而已，而如今，看他刚才出手的凌厉攻势和展现出来的速度，怕是连我都非其对手！"

闻言，夭夜顿时一惊。加刑天的实力，她自然最为清楚。在加玛帝国，能够胜过他的，恐怕只有云岚宗那个老杂毛了。可是云山再怎么说也是修炼了那么多年的强者，可这萧炎，满打满算也不过二十岁左右啊！

一名二十岁左右的斗皇强者？想起这里，就算冷静的夭夜，也有刹那的失神：这个家伙果然恐怖。

"太爷爷眼光的确毒辣，还好当年我们并未与他交恶……"轻轻拍了一下胸口，夭夜有些庆幸地道。

"唉，虽然当年我的确认为这个家伙日后会颇为不凡，但是依然未曾料到，这才短短三年，他便能够到达这般地步……"加老叹了一声，脸上浮现出幸灾乐祸的表情，道，"如此也好，云岚宗剿灭萧家，已经与萧炎成为生死仇敌。加玛帝国多了萧炎这般强者，嘿嘿，对那云山，我倒不用太过忌惮了！"

"夭夜，记着，等今日事过之后，与萧炎接触一下，至少要让他对我皇室有些好感才成。"加老略一沉吟，突然道。

望着天空上振动着碧绿火翼的黑袍青年，夭夜明眸中闪过些许奇异的光芒：这家伙，倒真的算是天纵奇才。

"我建议立刻调动军队压制云岚宗的攻势。虽说这种时候才出手算不上雪中送炭，不过等一切事端平息后，再去示好，效果更是微乎其微。"夭夜轻轻眨动眼睛，一番话展现出了颇深的心计。被当作加玛帝国的女皇来培养，她自然有着常人难以比拟的城府。

闻言，加刑天迟疑了一下，便重重地点了点头。他知道，在这种时候，再优柔寡断的话可就有些蠢了。如今有萧炎这等强者在，就算到时候真与云山干上了，也有一些胜算。

见到加刑天点头，夭夜顿时一喜，当即也不废话，立马转身，开始发布命令。

炼药师公会。法犸长长地吐出了一口压抑在胸膛的闷气，抬头望着遥远天空中的黑袍青年，苍老的面孔上露出一抹笑容。他知道，突然归来的萧炎，将会彻底打破云岚宗称霸加玛帝国的局面。

"这个家伙，果然非常人哪。云山，你当年任其逃走，恐怕会是你这一生最后悔的事。"

木家。木家家主木辰从天际缓缓收回目光，转头望着木家一干核心成员，忍不住得意地大笑道："你们这群鼠目寸光的家伙，当年我说暗中帮萧炎一把，你们还推三阻四，如今这一巴掌打在脸上，爽吧？哈哈！"

望着得意大笑的木辰，木家一干族人只得苦笑着点了点头，心中备感无奈。谁能想到，当年那个被云岚宗追杀得犹如丧家之犬的家伙，竟然在短短三年中，达到这般足以挑战云岚宗的地步？

纳兰家族。相比于其他几处地方的轻松，这里的气氛却显得格外沉闷。萧炎那道轻笑声落下后，纳兰桀的身体便变得极为僵硬。

望着僵硬得犹如干尸的纳兰桀，纳兰肃苦涩地叹了一声。天空中那位足以逆转整个加玛帝国局势的强者，当年差点儿就能成为他们家族的女婿啊。

"父亲……"半晌后，纳兰肃终于忍不住低声道。

"唉……"一道苦涩之意甚浓的叹息声缓缓从纳兰桀口中吐出，他颓丧地挥了挥手，道，"虽然不知道萧炎如今还会不会理会我们，但是为了家族着想，你还是尽力与他接触一下吧。"

"父亲，都怪当年嫣然使大小姐脾气，要不然……"望着纳兰桀那副颓丧模样，纳兰肃忍不住道。

"也不全怪她，当年萧炎帮我祛毒，最后他遭云岚宗追杀，我却因为惧怕云岚宗始终未曾出手相助。这事，以萧炎的性子恐怕不会忘记，所以也有我的责任。"纳兰桀惨然一笑，自嘲道，"没想到，老夫年老之后，竟然眼瞎心盲到了这种地步。"

纳兰肃沉默不语，他能够感觉到，此刻纳兰桀心中有多么后悔，然而这世界上并没有后悔药可买。

天空之上，背负着玄重尺的黑袍青年缓缓转过身来，望着不远处目瞪口呆的海波东，微微一笑，冲着他缓缓弯腰："海老，这些年，多谢您老对萧家的照料。"

"萧炎？"海波东喃喃了一声，片刻后才回过神来，望着那张依稀有几分熟悉的年轻面孔，狂喜逐渐涌上心头，"你这小子，可算是回来了！"

瞧见海老兴奋的神情，萧炎也笑了笑。然而还未来得及细谈，一道惊诧的喝声便传了过来。

"萧炎？怎么可能，你竟然还没死？"

"先将这几个打发了，再和海老细谈。"冲着海波东微微一笑，萧炎偏过头来，望着不远处满脸不可置信的云督四人，轻笑道，"未手刃云山老狗，我怎么会轻易死去？当年我便说过，我萧炎还会回来的。"

云督脸色一阵变幻，突然出现的萧炎算是彻底打乱了他们原来的计划，不过还好，这个家伙还跟当年一样是孤家寡人。以云岚宗庞大的势力，这个小子就算再次回来，也讨不了好！

"狂妄的小子，要对付你还不需要宗主出手！我们可早就防着会有不长眼的家伙前来碍事了！"抬起头来，云督突然一声冷笑，旋即从纳戒中快速取出一个信号筒，使劲一扯，绚烂的烟火暴冲天际，在高空中扩散开来。

烟火炸开后不久，好几道厉啸声自帝都之外响起。旋即，五道流光迅速划过空间，片刻后就出现在了这方天地。

随着这五道身影的现身，城中再次爆发出阵阵惊呼声。人们看到了五副明艳的斗气双翼——这五人，居然全部都是斗王阶别的强者！看来为了清除掉米特尔家族，云岚宗是真正地下了血本！

七名斗王，两名斗皇，这般恐怖阵容，再度令城中响起一道道倒吸凉气的声音——云岚宗的势力果然极其恐怖，看来今日就算是萧炎强势归来，也难以占得上风了。

"又是仗着人多吗？果然是狗改不了吃屎啊。"望着悬浮天际的九道身影，萧炎一怔，旋即饶有兴致地嘲笑道。

"萧炎，小心点，这可马虎不得！"海波东迅速闪掠至萧炎身旁，脸色凝重地说道。

萧炎笑着点了点头，旋即抬起头，望着对面的云督，开口说道："当年吃过的亏，你认为我还会毫无准备地吃第二次？"说完，萧炎突然轻拍手掌，而那掌声如雷鸣般从天际席卷而去。

瞧见萧炎的举动，云督等人顿时一愣，片刻之后，突然有破风声从后方响起。

在破风声响起之时，众人急忙转头望去，最后呆滞地望着那从帝都之外迅

速飞掠而来的十几道身影,在这些身影背后斗气双翼鲜艳刺眼。

"接下来,就让我们以其人之道还治其人之身!"

萧炎戏谑的笑声响起,云督等人的脸色瞬间变得惨白。

流光划过天际,片刻之后,便闪现在帝都的上空。

十几道身影振动着斗气双翼,在满城人的注视下,好整以暇地形成半包围状,将云督等人困住,脸上噙着些许戏谑。

当这十几道背生双翼的人影出现之时,满城再度寂静。众人目瞪口呆地望着这突兀出现的斗王大部队:十几名斗王强者?这阵容……许多人暗中轻吸了一口凉气,旋即感到有些眩晕。整个加玛帝国的斗王强者,加起来顶多几十名而已,然而今日,他们却一次见到了十几二十名!

云督等人的脸色,在这十几道身影出现时,就变得煞白起来,双眼之中充斥着惊骇与难以置信。到现在,他们方才真正地感到恐惧:如今的萧炎,的确已经具备了撼动云岚宗的恐怖实力。

"萧炎,这些都是你的人?"海波东同样被这陡然出现的庞大阵容吓了一跳,当下急忙问道。

萧炎微微一笑,点了点头。

见到萧炎点头,海波东这才松了一口气,心中顿时涌上一阵欣喜。他用力地拍了拍萧炎的肩膀,笑道:"好小子,果然不是以前那个莽撞的小家伙了,竟然也懂得招兵买马了。"

萧炎轻笑了一声,目光一抬,望向对面的云督等人,漆黑的眸中些许寒意浮现:"呵呵,两名斗皇,七名斗王,很好。没想到刚一回来,云岚宗就奉上了这般大礼。既然如此,那在下就不客气地收下了。"

听到萧炎话语中透出的阴寒杀意,云督几人的脸色越发难看起来,看这般情形,自己一行人今日恐怕是凶多吉少。虽然云岚山与帝都距离不远,但毕竟有一段路程。以他们的速度，赶回云岚山也至少需要半个小时，而这个时间足以让自己一行人被击杀。

"哈哈，萧炎，这些家伙便是那云岚宗的人吗？果然出手不凡啊，一出手就是七名斗王、两名斗皇，这般阵容，就算是放在黑角域，也是一股非常强悍的力量了。"不远处，林焱饶有兴致地看了一眼云督等人，冲着萧炎朗笑道。

萧炎笑了笑，旋即一挥手，简单的话语，却透出令无数人胆寒的阴冷杀意。

"一个不留！"

"是！"林焱等人重重点头。顷刻间，一道道丝毫不逊色于云岚宗斗王强者的雄浑斗气自他们体内暴涌而出，众人双翼一振，身形划破天空，化为一道道模糊黑影，夹杂着尖锐劲风，径直朝着那群有些慌张的云岚宗强者冲杀而去。

"萧炎，想要将我们一口吞下，就怕撑死你！"云督心中一阵猛跳，眼中顿时涌上丝丝疯狂，怒吼道。

"云岚宗众弟子，拼死一战！就算拼至最后一人，也要将米特尔家族给我耗死！"

听得云督的怒吼，下方因为天空中的动静而停止战斗的云岚宗弟子，顿时齐齐发出一道应喝声，再度挥动武器，如潮水般对着米特尔家族庄园之内冲击而去。在云岚宗这般疯狂的攻势下，庄园内的一道道防线被急速突破。

"海老，那两名斗皇交给你来对付，其余斗王，便交给他们们！"瞧见下方岌岌可危的庄园，萧炎微皱眉头，偏头对着海波东低声道。这次只带了林焱这些斗王强者而已，至于美杜莎和阴骨老等斗皇和更强者，萧炎并未让他们出现。凡事都需要留一手。刚一回来就将所有底牌都暴露，这种愚蠢之事，如今的萧炎自然不会干。

"嗯，没问题！"闻言，海波东毫不犹豫地一点头。知道情况紧急，他也不多说废话，背后冰翼一振便闪掠而出，冲进战场，将云督、云刹两名斗皇强者拦截住。

见状,萧炎背后碧绿火翼微微一动,对着下方庄园暴掠而去。

"族长,云岚宗即将攻进内院,我们守不住了!"

在天空中的强者们陷入大战时,一道道急喝声也不断地从混乱的庄园中传出。

"大家稳住,不要与他们正面交战。弓弩手,再次准备破气箭!"庄园之中,望着迅速被击溃的防线,雅妃急忙喝道。

"族长,破气箭已经不足百支!"听得雅妃的命令,一名护卫连忙道。

"全部给我用上!"雅妃竖着柳眉,一声叱喝。喝声刚刚落下,便从天际闪掠而下一道黑影。

黑影落地,背负着玄重尺的黑袍青年冲着雅妃微微一笑,露出一口白灿灿的牙齿:"雅妃姐,三年不见,越发漂亮了。"

有些失神地望着面前那张比三年前多了几分成熟的年轻面孔,这一刻,周围那不断传来的急喝声似乎都消失了。雅妃心中涌上些许酸楚,眼睛也有些红,用有些嘶哑却格外动听的嗓音说:"你这臭小子,还舍得回来啊?"

"这三年为了萧家,辛苦你了。"看到那对桃花眸中噙着些许雾气,萧炎轻叹了一声。他知道,这些年,雅妃背负的压力极大,若非有海老的鼎力支持,恐怕她也难以坚持下来。

雅妃心中本来隐隐觉得委屈,但听到这句含着些许歉意的话语,所有的委屈瞬间烟消云散。她展颜一笑,妩媚倾城。

"快来看看你大哥!"突然回过神来,雅妃急忙让开身子,在其身后,一名长发男子微笑着坐于轮椅之上,那对总是平静漠然的眼睛,此刻却充满了柔情与激动。

"大哥?"萧炎一怔,急忙转向那被长发遮住了小半边脸的男子。

"小炎子,终于回来了啊,呵呵,好小子,总算没让大哥失望,你是萧家和父亲的骄傲。"望着比三年前更加成熟的萧炎,萧鼎嘴角浮现一抹欣慰,轻声道。

快步行至萧鼎身旁，萧炎的脸上涌上一阵狂喜，然而当看到其坐着的轮椅时，他顿时瞪大眼睛，震惊地说道："大哥，你的腿……"

"呵呵，没事，腿中了毒，瘫痪了而已，还好，手和脑子没事。"萧鼎淡笑道。

望着萧鼎脸上的笑容，萧炎咬紧了嘴唇。他能够想象，这几年，为了保护萧家人，大哥过得何等艰苦。

"大哥，这些年，苦了你……"

缓缓跪在萧鼎身旁，萧炎双眼通红，声音嘶哑，终于压抑不住内心的情感。

宽大粗糙的手掌缓缓抚摸着萧炎的脑袋，萧鼎微微一笑，声音温和地缓缓道："三弟，苦的可不只是我，这三年，你这小家伙难道就过得很好吗？"

萧炎用袍袖使劲地一擦双眼，抬头笑道："还好，不过，以后大哥便不会苦了。"

"呵呵，我倒是希望。好了，臭小子，大庭广众之下，哭哭啼啼的像什么话，而且现在可不是叙旧的时候。"萧鼎拍了拍萧炎肩膀，笑道。

萧炎笑着点了点头，从地上站起身来，再度转头，对着一旁眼圈泛红的雅妃轻声道："雅妃姐，谢谢你了，外面的事就交给我吧。"

说罢，他也不待雅妃回话，身形一闪，便飞上了庄园半空中。

"哎，小心点，他们人太多。"瞧见萧炎掠上半空，雅妃急忙喊了一声。

萧炎笑着点了点头，转向外围那白色的洪流，眼中闪过一抹阴寒的残忍，手掌一挥，一团碧绿火焰便涌上掌心；双掌一扯，碧绿火焰便化为一团青色和一团无形火焰；屈指一弹，青色火焰自掌心中升起，而那团无形火焰，却猛然间膨胀了许多。

"雅妃姐，让米特尔家族的人后退吧，这些防线也不需要了。"

听得半空中传来的声音，雅妃一怔，也不犹豫，纤手一挥，那固守着防线

的米特尔族人便迅速撤了回来。

随着米特尔族人的撤退，那白色潮流顿时涌了进来，当下便铺天盖地地占领了这座庄园的绝大部分区域。

噗！

在云岚宗弟子疯狂侵占庄园时，突然间，有一道细微的声音响起。白色潮流最前端，一名云岚宗弟子体内突然诡异地涌出一道道火焰，整个人眨眼间便成为一个火人。

突如其来的诡异自焚，令所有人都是一怔，然而众人还在愕然时，一道道低沉的爆裂声竟接连不断地响起。

噗！噗！噗！

于是，在米特尔族人和庄园之外无数围观者惊骇的目光中，涌入庄园的云岚宗弟子，开始一个接一个地化为火人，最后诡异地爆裂。自始至终都没有人发出一道临死前的惨叫声，整片天地中唯有肉体爆裂时发出的低沉闷响。

这一刻，一股诡异的阴寒，缭绕在所有人心中……

云岚宗弟子如潮水般向庄园最深处涌去，后面的人因为视线受阻，对前方的变故并不知情，因此只是一味地向前挤，然而当他们进入某一个界限时，死神的镰刀便悄然划来。

越来越多的云岚宗弟子诡异地自焚，一股由恐惧引发的骚乱终于四处蔓延开来，云岚宗弟子进攻的气势陡然大降，最后他们再也忍耐不住，开始疯狂地溃退。

刚才还疯狂涌来的白色浪潮，片刻之后，便陷入一片恐慌，纷纷狼狈地四处逃窜，生怕那诡异的自焚会突然降临到自己身上。

云岚宗那庞大的攻势不攻自破，所有人的脸上，都挂着如出一辙的恐惧与惊骇，那种悄无声息便能够置人于死地的东西，比锋利的刀剑更容易摧毁一个人的勇气。

当云岚宗弟子逃出庄园最外围后,那种诡异的自焚现象方才逐渐消失,然而此时云岚宗弟子已经损失大半:这次自焚攻击中,起码有一半的人化为一地灰烬。

云岚宗弟子退去,庄园之中,地面上撒满了一种灰白色的粉末,足足有一指之厚。轻风拂来粉末飞舞,令人毛骨悚然。

整座庄园变得死一般寂静。不管是米特尔族人、云岚宗弟子,还是外面那些围观者,皆是遍体生寒,如临深渊。这一幕对他们来说,实在是太过恐怖了。

寂静持续了半晌,一道道目光终于转向半空中那背负着玄重尺的黑袍青年。此刻,萧炎正缓缓探出双手,若是仔细观察的话,能够隐隐地看见一团无形的火焰正在其手掌之上熊熊燃烧。看这情形,先前那一阵可怕的自焚狂潮,正是出自他之手。

退到庄园之外的云岚宗弟子,一脸骇然地望着半空中的萧炎,那模样犹如看见了嗜血的恶魔。萧炎出手之狠,足以在他们心中留下终生难以抹除的阴影。

庄园内,米特尔族人望着地面上的那些粉末,也忍不住咽了一口唾沫,他们你看看我,我看看你,眼中充斥着惊骇之色。先前那将他们打得没有还手之力的云岚宗弟子,竟然犹如爆竹一般噼里啪啦地燃烧起来,顷刻间便被干掉了大半。这一刻,他们方才彻底地明白,在真正的强者眼中,真的是人命如草芥啊。

雅妃同样被这恐怖的一幕吓了一跳,妩媚的俏脸有些苍白,抬头望向半空中表情漠然甚至带着一分残忍的黑袍青年,轻叹了一声。萧炎对云岚宗的仇恨,已经到了恨不得生食其肉的地步。雅妃颇为了解萧炎的性子,正常情况下,他绝不会做出这般事情,一切都是云岚宗咎由自取罢了。

"呵呵,这个家伙,不再是当年那个心慈手软的少年了啊,不过这对他来说,却不算一件坏事情。"对于萧炎的大开杀戒,萧鼎没有觉得不妥,反而心中

隐隐有一分快意，他笑了一声，缓缓地道。声音中有欣慰，也有些许莫名的感伤。

雅妃微微点了点头，刚欲说话，庄园之外却突然响起轰隆隆的马蹄声。她一抬头，愕然地看见一股股漆黑的洪流，突然自城中各处蜂拥而至，片刻之间，便将庄园之外的那些云岚宗弟子围得水泄不通。

"这些人……是皇室的军队？"雅妃诧异地望着那些骑着马匹、身着黑色铠甲的士兵，略感错愕，旋即一挑黛眉，轻笑道，"那夭夜真有手段，先前米特尔家族遭逢大难时未曾出现，如今见萧炎归来，局面大转，便立马出兵帮忙，这见风使舵的速度可真快啊。"

萧鼎淡淡一笑，道："如今出兵，自然是想讨好三弟，不过她来示好自然是好事。米特尔家族能与皇室搞好关系，好处也不少。最重要的是，大家都有一个共同的大敌云岚宗。"

雅妃点了点头，望向那钢铁洪流，却瞧见洪流中分开了一条道，一匹健硕骏马缓缓从中踱出。马儿之上，坐着一名身着紫色锦袍、头戴凤冠的女子，女子身材高挑，凤目中有着丝丝威严，看其容貌，正是如今已逐渐掌控加玛帝国皇室的未来女皇——夭夜。

"云岚宗不顾律法，在帝都之内聚众侵犯他族，这些人全部带走！"夭夜冷冷地瞥了一眼被重重包围的云岚宗弟子，纤手一挥，叱喝道。

或许是因为先前被萧炎那阵屠杀吓破了胆，也或许是因为那一杆杆两三米长的巨枪的威胁，存活下来的云岚宗弟子，这次倒是没有怎么反抗，怏怏地放下武器，任由那些如虎狼般粗暴的士兵，将一副副压制斗气的枷锁套在自己身上。

见到这些云岚宗弟子并未反抗，夭夜也在心中悄悄松了一口气。云岚宗这些家伙皆有些实力，若真要反抗起来，又少不了一番麻烦。

将这里的问题解决，夭夜的目光隐晦地从庄园中扫过，当视线扫到地面上那些粉末时，袍袖中的纤手顿时紧了紧。先前此处突然发生的那阵诡谲自焚，她也看见了，因此现在脸色不太自然。这种力量实在是太强大了！真正的强者难道都是这般恐怖吗？难怪太爷爷在没有绝对把握能对付云山之前，总是选择再三隐忍。

望向半空中的黑袍青年，夭夜的俏脸上露出一个颇为动人的微笑，轻柔的声音从红唇中传出："呵呵，不知道该叫你岩枭先生呢，还是萧炎先生？"

萧炎瞥了一眼这个有几分眼熟的女人，微微皱眉，并未想起她的身份。

"这位是夭夜公主，你当年见过她的。"在萧炎皱眉时，雅妃的轻笑声缓缓传来，令他恍然大悟。

望着从庄园内徐徐行出的雅妃，夭夜冲她微微一笑，旋即翻身下马，亲热地牵起她的手，道："雅妃姐，抱歉了，本来想尽早过来的，不过调动兵马所需时间实在不短。"

对于突然间对自己如此热情的夭夜，雅妃并未表现出丝毫意外，而是笑了笑。她心中清楚，如今的皇室，只是竭力想要与萧炎搞好关系，不过因为当年的一些事，萧炎对于帝国内其他势力都没什么好感，所以面前这个聪明的女人便选择对自己示好，借此与萧炎交好。

"原来是夭夜公主。"听到雅妃提醒，萧炎也随意笑了笑，并未表现出太大的兴趣，他抬头望了一眼天空中的混乱战圈，淡淡地道，"现在并无时间与公主叙旧，等我将这些人解决后，再慢慢谈吧。"

听了萧炎这有点儿冷淡的话语，这位未来加玛帝国的女皇陛下也未表现出丝毫的不满，而是温柔地笑着，点了点头。

将夭夜随意打发，萧炎背后的碧绿火翼猛地一振，骤然暴掠进天空中那处混乱的战圈。

原本因为人数差距悬殊，云岚宗的几名斗王强者皆处于下风，只有招架之

功没有还手之力，而当萧炎这般重量级的强者加入后，局面则彻底一面倒了。

模糊的黑影闪掠天际，仅仅几分钟时间，便有四名云岚宗斗王强者被打成重伤，从天空坠落而下，喷出的鲜血宛如红色雾气般徐徐飘荡。

望着天空上那不断溃败的云岚宗斗王强者，满城人面面相觑，鸦雀无声。谁都能够看出来，云岚宗此刻已经没有翻身之力。

嘭！

又是狠狠一拳砸在一名脸色惊骇的斗王强者的后背之上，强猛的劲力令其瞬间失去战斗力，然后一头栽落天空，不知死活。

缓缓地将胸膛内的一口浊气吐出，萧炎的目光投向帝都远处的一座山峰上，一股凶悍气势猛然自体内暴涌而出，横扫整片天空。

就在萧炎气势爆发的那一霎，远处的云岚山上，闭目修炼的云山和禁殿之中的白袍女子骤然睁开双眼，眼中皆充斥着震惊与难以置信。

"这股气息……怎么可能?!"

第三章
震惊云岚宗

"这股气息……"云山猛然站起身来,难以置信地喃喃道,"怎么可能?这小子还活着……"云山似是突然想起了什么,脸色陡然一变,身形一闪,便犹如鬼魅般消失在了这间用于修炼的密室之中。

先前那股气势明显是在帝都之中爆发的,而此刻帝都之内,正有着云岚宗派出的大部队。

云岚宗大殿内一片混乱,种种嘈杂与惊慌的声音汇聚在一起,盘旋在大殿之中,令人头昏脑涨。

当云山闪掠进入大殿时,看到这混乱的场面,他皱了皱眉,沉声厉喝道:"都给我安静,如此混乱不堪,成何体统!"

见到突然出现的云山,大殿内的嘈杂声音顿时消减,片刻后,终于完全安静下来。

大殿恢复安静,云山这才冷哼了一声,在首位之上坐下,道:"发生何事了?有没有云督他们的消息?"

　　听得云山发问，一名老者连忙快步上前，脸色有些发白地颤声道："禀宗主，云浮等四位长老的魂牌刚才突然爆裂，而云刹几位长老的魂牌，也变得黯淡无光，看这情形，明显是受了重伤！"

　　老者话音落下，大殿之中的所有人，包括云山在内，脸皮都是一阵剧烈抽搐。这次派往帝都的强者，差不多是云岚宗一半的力量。这种庞大阵容，在场所有人都颇为自信：加玛帝国之内，没有一个势力能够抵御得了。然而现在摆在他们面前的事实，却狠狠甩了他们一巴掌，令他们惊慌失措。

　　"云察长老，你怕是看错了吧？"大殿中安静了一会儿后，终于有一道干笑声响起。

　　"我倒是希望……"被称为云察的长老苦笑了一声，手掌一翻，一堆破碎的玉牌便出现在面前的桌面上。瞧见这些熟悉的玉牌，那些原本心中还有些怀疑的人，脸色也彻底难看起来。

　　"怎么可能？那可是两名斗皇、七名斗王强者啊！这帝都之内，还有哪方势力有本事吃下他们？就凭那米特尔家族吗？"一名身份不低的老者，脸色变幻着怒声道。

　　"难道是三大家族和皇室联手了？"某一人突然说出的话，倒令不少人暗中点了点头，现在看来也就这个猜测可能性最大。

　　"他们竟然敢联手挑衅我云岚宗，请宗主下令，将三大家族与皇室从加玛帝国彻底抹除！"

　　"对，宗主，这种挑衅云岚宗绝对不能忍受！一定要让他们付出血的代价！"

　　云山脸色阴沉，扫了一眼群情激奋的众长老和执事，片刻后，手掌猛地狠狠拍在桌面上。众人顿时被剧烈的声响骇住了，皆惊惧地望着云山，不明白他为什么会如此暴怒。

　　"不是三大家族联手！"从椅子上站起身来，云山阴沉沉地道，"是萧家那个小子回来了！"

"萧家？"

闻言，众人一怔，皆有些茫然：一个小小的萧家如今已是苟延残喘，还有何能力将云岚宗这般强大的阵容击败？

瞧见众人一脸茫然，云山心中的怒火更盛，就在他忍不住要再次发怒时，终于有一道惊呼声从大殿中响起。

"难道是那个萧炎？"

"萧炎？"记忆犹新的名字，一瞬间便掀起了众人那被掩盖了三年的记忆。三年之前，那个不到二十岁的少年一人独上云岚山，凭一己之力与整个云岚宗相抗衡，虽说最后被追杀出了加玛帝国，可那个如狼般凶狠的少年，也给无数云岚宗人留下了难以抹去的深刻记忆。

三年时间杳无音讯，众人本已逐渐忘却了这个名字与这个少年，然而今日有人突然提及这个名字，三年之前的一幕幕，又缓缓地在众人的脑海之中浮现。

"那个家伙不是死了吗？"震惊了半晌，终于有人带着些许惊骇喃喃道。

"谁告诉你们他死了？"云山扫视着众人，阴冷地说道，"先前我就感觉到了他的气息，那个家伙应该是回来了，而云督等人，或许是碰见他了吧。"

"就算云督长老他们碰见了那个家伙，可……可也不可能伤亡这般惨重吧？他们两名斗皇、七名斗王，就算遇见三四名斗皇强者，也决计不可能败得这么快！难道萧炎在这短短三年中已经突破到了斗宗不成？"一名长老疑惑地问道，言毕，连他自己都生出了一分嗤笑。

"他或许并未突破到斗宗，但是从先前那股气息来看，恐怕至少是斗皇阶别。"云山缓缓说道。说到此处，他也忍不住抬了抬眼皮，斗皇，以他的实力，自然能够感知到。当年的萧炎虽然战斗力强横，但真正的实力顶多也就在大斗师或者斗灵阶别而已，如今才短短三年时间，那个家伙竟然便到了斗皇阶别。这种速度简直可怕！

云山的话语立马在整个大殿之中引起一阵骚动，先前那名发出嗤笑的长老

也呆住了。短短三年晋入斗皇阶别，这种修炼天赋，唯有"恐怖"二字方可形容。看来当年放走那个小子，的确是大错。

三年时间，他便能够达到斗皇阶别，难以想象，若是再给他三年时间……想到此处，云山心中也忍不住泛上一股寒意。

深深地吸了一口气，云山低垂眼帘，一股难以遏制的杀意自心中猛然席卷而出：这个小子绝对不能留，否则定然会是一个难以收拾的大麻烦。说不定，还真会如那些家伙所说，日后云岚宗会彻底毁在此人手中。

"小子，当年让你逃了，算你好运。不过这一次你自动送上门来，那就不要怪老夫心狠手辣了！"

"宗主，现在如何是好？要不要派人前去解救云督长老等人？"大殿中，终于有人想起了正处于生死关头的云督等人。

闻言，云山略一沉吟，刚欲点头，那位掌管着宗内众多长老魂牌的云察长老脸色突然一变，声音嘶哑道："我想怕是不用了，他们的魂牌……已经全部裂开了。"

此言一出，顿时满场骇然。旋即，众人脑袋一阵眩晕：那可是两名斗皇和七名斗王强者啊，居然在短短几个小时之内尽数陨落，这般损失，就算是云岚宗，也难以承受啊。

"那个小子，也太狠了吧！"大殿中，怒骂声不绝于耳。然而他们在说这话时，却完全不记得当初他们对萧家出手时，是如何心狠手辣。

在这般重大损失之下，云山脸上的阴沉却反常地尽数收敛。他面无表情地挥了挥手，将大殿中的骚动压下，目光闪烁了片刻，漠然地道："不用再派人去帝都了，那个小子会自己找上门来的，既然如此，我们就安静地等着吧。"

听得云山此话，众人一怔，虽心有不甘，却不敢反驳云山的命令，当下只得恭声答应。

"吩咐下去，从现在开始，云岚山进入最高警戒，任何私自入山者，杀！"

"是！"

听得云山话中的阴冷杀意，众人浑身一寒，连忙应喝。

旋即看到云山挥手，众人鱼贯走出大殿。

众人退出后，大殿之内再度变得寂静无声。

"桀桀，怎么样？我前段时间才与你说过，萧炎那个小子在黑角域混得风生水起，看来他此次回来，云岚宗的麻烦不小。"寂静持续了许久，大殿阴影处一团黑雾突然诡异地涌现，旋即盘旋在大殿中，发出怪笑声。

云山抖了抖脸皮，眼中掠过一抹狰狞，森然道："一个小子而已，就算他如今有了斗皇实力，可本宗要杀他依然是易如反掌，等我将他擒住，定会让他尝尝生不如死的感觉！"

"我不管你与他之间的恩怨，如今正好他回来，那么萧家的人便算是大部分凑齐了，也免得我们再去黑角域寻他。"黑雾涌动，声音再度响起，"据可靠消息，萧炎体内有药尊者药尘的灵魂体。当年他能凭借大斗师实力击杀斗王强者，想必也是因为药尘灵魂的相助。等下次，药尘交与我来对付，你只管擒住萧炎即可。"

云山缓缓点头，脸上泛起一抹狰狞的神色，阴森森地道："放心，我会把那小子的斗气废了之后，再交你处置……"

"希望吧，不过提醒你一下，最好不要轻敌，否则到时候下场怕是会格外凄惨。"

黑雾微微涌动，再度传来一声怪笑，之后便诡异地消散在大殿中，留下一脸冷笑与狰狞的云山。

噗！

遥遥天际，雷鸣声响起，黑影陡然浮现。旋即，两道身影便如遭到重击般猛地一颤，他们瞬间脸色煞白，一口殷红鲜血自他们嘴里喷出，那两人如同断

翅的飞鸟，在下方无数道惊骇目光的注视下，无力地从天空坠落。

嘭！

两道身影携带着尖锐劲气径直落入城中，如炮弹般狠狠地砸在了坚硬的街道上，顿时，巨大的冲击力如潮水般席卷而出，条条裂缝从他们落地处迅速蔓延，在这座城市的地面上形成一处颇为显眼的深坑。

灰尘自深坑中飘出，在轻风吹拂下，尽数飘散，其中的两道身影，也缓缓映入人们眼帘。

云督和云刹如尸体般躺在深坑之中，衣衫破烂，脸色煞白，殷红的血迹染红了胸口，原本雄浑的气息也变得细若游丝。萧炎那一记如雷霆般的重击，已经令他们濒临死亡。

深坑中的两人使劲地瞪大眼睛，死死地盯着天空中那背负着玄重尺、脸色漠然的黑袍青年，嘴唇嚅动着，似乎想说什么，可喉咙里涌出来的鲜血从嘴里溢出，将话语淹没。

鲜血从嘴角溢流而下，两人那瞪大的眼睛中，神采与生机迅速流逝，片刻之后，两人的双眼逐渐变成灰色，细若游丝的气息也彻底消失。

这两名在云岚宗内拥有不低地位的斗皇强者，在满城人的注视下，以一种极为狼狈的姿态，毫无意外地陨落身亡了。

众人愣愣地望着那几乎占据了整整一条街道的巨大深坑，在这一刻，所有人的思绪都停滞了。

死在他们面前的，不是斗灵，也不是斗王，而是两名货真价实的斗皇强者。这种阶别的强者，对大多数人来说，是只可仰望的存在。无数人为了达到这个阶别，废寝忘食地奋斗与修炼着，但能够脱颖而出并且成功抵达这个阶别的人，依然是少数中的少数。

在很多人的认知中，到了这一层次的强者，无不拥有呼风唤雨的本领。然而今日，这两个强者却在那个二十岁左右的青年手中，如此狼狈地陨落了。

这残忍的一幕，彻底改变了许多人心中关于斗皇强者近乎无敌的想法。此刻，那些人方才明白，原来斗皇强者也会被人击杀。

或许众人日后会逐渐忘记今日陨落的两名斗皇强者的名字，但那在天空之上振动着华丽的碧绿火翼、名叫萧炎的青年，将会在他们的脑海之中留下难以磨灭的印记。

从今日开始，这个在加玛帝国沉寂了三年的名字，将再度迸发出比当年更加耀眼与璀璨的光芒，而且这光芒无人能挡！

皇城之内的高塔上，在云督二人气息消散的那一霎，一直背负着双手的加刑天长长地吐了一口气，微眯着眼睛望着那远处天空上悬浮着的黑袍青年，半晌之后，方才低声缓缓道："这小子，果然不再是当年那个青涩少年了啊。"

不到一个小时，先后有四名斗王、两名斗皇强者陨落于萧炎之手，这般毫不留情的狠辣手段，即使是加刑天这老谋深算的老狐狸，也暗自吸了一口凉气。他逐渐明白，如今的萧炎比起三年之前，恐怕更加难以对付。

"云岚宗剿灭萧家，而萧炎又斩杀了这么多云岚宗的长老和弟子，这般恩怨，已经没有了一丝一毫调和的可能性，日后这加玛帝国，看来要更加混乱了啊。"

加刑天皱了皱眉，轻叹了一口气。他也未曾想到，萧炎此次回来，竟然还带回了如此多的强者。先前他身后出现的庞大阵容，并不会逊色于云岚宗。原本加玛帝国的形势呈一虎多狼之势，一虎，自然是极为强横的云岚宗，多狼则是三大家族和一些稍强的势力。而如今萧炎的归来，则令这片土地多出了一头凶猛程度不逊色于云岚宗的复仇之虎。所谓一山不容二虎，更何况萧炎与云岚宗本就有着极深的血仇，所以两者不可能共存，必然有一方会被另一方彻底毁灭。

不管这两方谁被毁灭，加玛帝国都将会陷入血雨腥风之中，谁也逃脱不掉。

"看来得联络一下纳兰家族、木家和炼药师公会了啊。既然萧炎已经归来,那么与云岚宗的决战也不远了,若是站错队的话,恐怕就麻烦喽。"苦笑着摇了摇头,加刑天一声轻叹,再度看了一眼遥远天空之中的黑袍青年,这才转身缓缓行下高塔。

云督、云刹两名斗皇强者气息的消散,在城中其他几处地方也引起了不小的骚动。如此等级的强者,在三大家族之中,也是顶尖的存在,更何况纳兰家与木家,连一名斗皇强者都不曾拥有。因此,当他们亲眼瞧见两名斗皇强者在那黑袍青年手中陨落时,内心非常震动与惊骇。

在惊骇之后,他们也与加刑天一样忧虑了起来。如今这形势,萧炎必然已经和米特尔家族联合在一起。日后他们若真打败了云岚宗,那么米特尔家族恐怕立马会将其他两大家族甩得远远的。所以此刻他们不得不开始思量其中的利害得失。

如今的局面,当真是树欲静而风不止。在萧炎与云岚宗的争斗中,帝国之内的这些大势力,怕是也会被波及。

因此,如今他们必须要考虑,自己究竟要站在哪一方。

天空之中,萧炎自然不知道,他击杀云岚宗众长老一事,对帝都之内的那些势力有何等影响。他现在唯一知道的,便是恶人乃可杀之人。如今的他已经不是当年初出家门历练的少年,这些年来,他手上沾染的鲜血并不少。击杀敌人并不会令他产生任何忐忑情绪,这些恶人在他眼中,丝毫不值得怜悯。

萧炎的目光缓缓地从下方这座庞大的城市扫过,只是在某几处地方停留了一瞬,而那几处地方的人在发现他的目光之后,心脏都忍不住猛跳了起来,然后有些不太自然地移开了视线。

萧炎关注的自然是城中的皇城、炼药师公会、木家和纳兰家这几处地方。

收回目光,萧炎向不远处的林焱等人挥了挥手,转身望向还盯着下方深坑

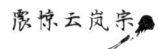

中两具尸体的海波东,笑道:"海老,抱歉了,刚才没忍住抢了你的对手。"

闻言,海老苦笑着摇了摇头,心中却非常震惊。刚才萧炎出手时,连他都只能隐约看见一道银色光芒闪过,然后他又瞧见双方在电光石火间交手十几个回合,片刻之间,两名先前还活蹦乱跳的斗皇强者便已经陨落。那般速度,连他都心中泛寒。他暗想,若是换作自己来战萧炎的话,恐怕支撑的时间也不会比那两个家伙长多少。

"海老,这三年多谢了。"扇动着碧绿火翼在海波东面前停下,萧炎望着海波东那苍老的脸,轻声道。

"呵呵,你这小子,离开三年倒是变得婆婆妈妈了。"海老摇了摇头,笑道。

望着一脸笑容的海老,萧炎一声轻笑,手指上的幽海纳戒光芒一闪,一个透明的玉瓶便闪现而出。玉瓶之中,一枚深紫色的浑圆丹药正安静地散发着一股诱人的光泽。

瞧见这枚丹药,海老一怔。

"海老,这是小子当年答应给您老的报酬,它能够让您恢复当年的巅峰实力,呵呵,不过请见谅,这枚丹药,萧炎拖欠了三年。"

海波东那悬浮在天空的身体陡然僵硬,半晌之后,一股激动之色浮现在他脸上。他颤抖着双手接过萧炎递来的玉瓶,深吸了一口气,老眼泛着些许湿润,声音嘶哑地道:"这一天,我等了三年——亏你这小子还记得。"

云督、云刹陨落之后,这场剿灭米特尔家族的战斗,便在帝都无数人的注视下,以一种谁都未曾料到的结局缓缓落幕。

这一场战斗,来势汹汹的云岚宗遭遇到了疯狂的打击,九名强者尽数陨落,那些普通弟子也死伤大半,活下来的都已被关进了帝都的大牢中。毫不客气地说,这一次云岚宗不仅大败,而且还败得相当凄惨。

当帝都的军队开始清理遭受破坏的街道时,站在米特尔家族庄园之外的围

观者们方才带着震惊的心情，意犹未尽地散了。可以想象，要不了几日，帝都之中发生的事情，便会犹如长了翅膀一般，迅速地传遍帝国的每一个角落，甚至说不定临近的一些帝国，也会收到这些颇为震撼的消息。

这场声势浩大的战斗徐徐落幕，米特尔家族中那些原本一脸绝望的族人也放下了心中的重石，在雅妃等人的指挥下，开始清理一片狼藉的庄园。

带着林焱等人迎着一道道敬畏的目光落进庄园，萧炎冲着坐在轮椅上一脸微笑的萧鼎笑了笑，旋即偏头朝身后道："二哥，还不见见大哥？"

"嘿嘿……"闻言，其身后的萧厉笑着走上前，斗气双翼缓缓收起，对着萧鼎问道："大哥，没事吧？"

望着萧厉那张比两年前更加瘦削与凌厉的面孔，萧鼎微微一笑，轻声道："这次辛苦你了，还好，你这小子记得我的话，没让三弟出什么岔子，不然你可别回来见我。"

听到萧鼎话中的教训和斥责之意，萧厉挠了挠头，却并未有丝毫的不满。

"大哥，你的腿……"萧厉的目光停在了萧鼎坐着的轮椅上，当下他脸色骤然一沉，急声问道。

"没事。"萧鼎随意地挥了挥手，却诧异地对萧厉道，"倒是你小子，怎么才两年时间便到了斗王阶别？"

闻言，萧厉一怔，旋即连忙道："嘿嘿，这当然是三弟的功劳了，不然以我的天赋，现在顶多也就是斗灵而已。"说话的同时，萧厉那背在后面的手却冲着萧炎打了个手势。

瞧见萧厉的手势，萧炎心中黯然。二哥不肯将自己透支生命获取力量的事情说出来，也是怕大哥担心吧。不过这事瞒得了一时，瞒不了一世，按照那噬生丹对生命的透支速度估算，二哥顶多只有半年的寿命了。

"得尽快想办法把二哥那噬生丹的麻烦给解决掉啊。"沉吟了一会儿，萧炎抬起头对着萧鼎笑着点了点头，然后快步上前，蹲下身子，手指按了按他的大腿，皱眉问道："是中毒？"

"嗯，当初逃亡时被一支有毒的冷箭射中了，这些年拖下来，便弄得双腿失去了知觉。不过也习惯了，至少能让我安静地思考事情和修炼。"萧鼎笑了笑，对双腿瘫痪并未有太多沮丧。

"只是中毒的话，倒还有办法祛毒，不过时间太久，怕也只能慢慢来。"萧炎笑了一声，心中松了一口气。

"呵呵，要叙旧也别在大门口啊。走，进去聊。虽然现在米特尔家族一片狼藉，但是一个干净的地方还是能够提供的。"一旁的海波东瞧见聊得颇欢的三人，开口笑道。

众人闻言，发出一阵善意的笑声，旋即便跟着海波东拥进大厅之中。

众人拥进大厅，依次坐好，林焱、林修崖、柳擎几位随意地在萧炎身旁坐下，而那些萧门的强者，例如姚大几人，迟疑了一下后，皆如木桩般在萧炎身后笔直地站立着。虽然这些家伙皆属于桀骜不驯之辈，可对萧炎，他们却颇为敬畏，是真正地将他当作首领来看待的。

一行人的这般举动，海波东尽数收入眼中，心中也隐约猜到一些端倪。

大厅之中也有不少米特尔家族的核心成员。此刻，那些原本对萧鼎和萧家颇有微词的人，已是一脸恭敬之色，偶尔与萧鼎谈话时，也是一脸客气的笑容。经过先前的那一战，他们已经明白，从今日起，以往只能在米特尔家族的庇护下才能苟延残喘的萧家，将会一跃成为加玛帝国最强悍的势力之一，甚至连他们米特尔家族都追之不及。

面对这些人，萧鼎脸上的笑容一如既往地平淡，并未表现出什么诧异。他老早便知道，只要他能坚持到萧炎回来的那一天，萧家必将会再度振兴。

将众宾客安置妥当，海波东屏退了侍女，这才偏头冲着萧炎沉吟道："你这次回来，怕是要与云岚宗不死不休了吧？"

"海老认为,萧家与云岚宗如今还有可能共存于加玛帝国吗?"萧炎淡笑道。

"既然如此,那我得与你说说如今云岚宗的实力。"海波东脸色逐渐凝重,缓缓道,"这三年时间,云岚宗的发展远超你的预料。你应该也知道,三年之前,云岚宗除了云山,整个宗门也就只有云韵一人是斗皇强者。然而如今,虽然云督、云刹二人已经在你手中陨落,但云岚宗内,恐怕还有不下三名斗皇,至于斗王强者,应该也还有一些。"

"他们应该是使用了什么法子强行提升实力,否则,不可能会有现在这种实力。"萧炎捧着茶杯,微眯着眼睛,片刻后轻声道,"而且,先前那云督和云刹虽有斗皇强者的气息,可斗气却虚浮无力,明显是服用了某种丹药或者使用了某种秘法。虽然云岚宗如今的实力的确比三年前强,可也并非无法战胜。"

闻言,海波东一愣,对于萧炎能够在这么短的时间内便摸清云岚宗的情况,感到极为诧异。

"这些年雅妃组建了一张庞大的情报网,在她的帮助下,我发现,那云岚宗之内,似乎有别的神秘势力存在的痕迹,或许这和云岚宗实力快速提升有一些关系。"海波东皱着眉,缓缓说道。

萧炎眉头轻挑,料想那神秘势力定然是魂殿,不然以云山的能力,不可能有本事让云岚宗的长老实力大涨。

"如今云岚宗势力遍布加玛帝国大部分区域,你若是要对付云岚宗,光凭一己之力怕是难度不小,所以我建议你最好能将其余两大家族、炼药师公会和皇室也拉到你这边。这些年云岚宗的所作所为,他们也是极为不满,不过碍于云山的实力,大多是敢怒不敢言。如今你强势归来,对他们来说也是一件好事情。毕竟,加上你的话,就算与云山正面相战,也会有一些胜算。"海波东沉吟了片刻,道。

"他们也敢反抗云岚宗?"萧炎嘲讽地笑道。

"你这家伙,还是对当年那些事耿耿于怀啊。不过这也怪不得他们,云岚宗实在是太过强大，他们也得为族人着想。"海波东摇了摇头，无奈地道。

"虽然你如今带了不少强者回到加玛帝国，但是说句不中听的，光凭他们的实力，与云岚宗相比还是要差很多。更何况，云岚宗还有一个极为恐怖的云山，那个老不死的，实力比起三年前更是强横了许多，光凭你一人的话……"海波东郑重地道。大厅中的林焱等人，以海老的眼力自然能够看出他们的实力，十来名斗王强者，对云岚宗来说，并不算太难对付。

望着海老郑重的神色，萧炎却是一笑，轻声道："我自然知道凭这样的阵容不可能掀翻云岚宗。"说完，他轻拍了拍手掌，掌声在大厅中回荡，之后在斗气的裹挟下传出大厅。

不久，突然有细微的破风声响起。片刻后，三道光影骤然自屋外暴掠而来，径直落进了大厅之中，赫然便是阴骨老、苏媚、铁乌三位斗皇强者。

"嘿嘿，萧门主，我们这次进城，可没有引起任何人的注意。"阴骨老的目光在大厅中一扫，冲着萧炎笑道。

"麻烦三位了。"萧炎笑着点了点头，偏头望向海波东，微笑道，"海老，如今我身边的斗皇和斗王都不比云岚宗少，有何好惧？"

海波东一脸惊愕地望着出现在大厅中的三人，心中涌上一抹震惊。他发现，这三人的实力都与他相仿，那一脸阴沉的老者，甚至还高出他一截。

"你这家伙，没想到还藏了一手，当真是没想到啊。"片刻后，海波东方才从震惊中回过神来，咂了咂嘴，赞叹道。

萧炎笑了笑，手握着茶杯，轻声道："至于那云山嘛，便交给……"

话音还未落下，大厅之中突然一阵波动。旋即，一高一矮两道身影便诡异地浮现而出。那身材高挑者，身着红裙，妖艳的俏脸充满了异样的诱惑，却又冷若冰霜，令人不敢直视；而她身旁是一个身着白衣的小女孩，宝石般的乌黑大眼骨碌碌地转动着，好奇地打量着四周。

突然出现的两人令萧炎一怔。旋即，他便瞧见了小女孩手中握着的一个精

致的玉盒,里面有淡淡的药香飘出。见到这一幕,萧炎嘴角顿时一阵抽搐,脸色铁青。很明显,这两个家伙又背着他到处去偷药材了。

而坐于首位的海波东,心头却迅速涌上一股惊骇,那模样,犹如见到了鬼。

"美……美……美杜莎女王?"

身体轻微颤抖着,片刻后,一道嘶哑中夹杂着恐惧的声音,从海波东喉咙间传了出来。

第四章
安顿萧家

难以想象,那张熟悉的面孔再次出现在海波东面前时,给他带来了何种程度的惊骇,以致这位面对云山都不会恐惧的斗皇强者,连说话都带上了些许颤音。他从没想过,三年之后,这个令他极度忌惮的可怕女人,竟然会出现在萧炎身旁。

并未发现海波东的神色,萧炎愤怒地站起身来,快步行至美杜莎身旁,一把将紫妍拉了过来,旋即迅速把玉盒没收,低头对着满脸讪笑的紫妍沉声道:"以后少跟着她惹麻烦,不然就马上把你送回去!"

听到萧炎的威胁,紫妍赶紧闭上了嘴,连忙抓住萧炎的袖子,示意自己一定站在他这边。

一旁的美杜莎瞧见这么快便缴械投降的紫妍,有些无奈,那对妖艳双眸在萧炎充满怒气的目光下,微微闪了闪,片刻后,似是辩解一般道:"这个……刚才看这边打得火热,我便和紫妍到处转了转,然后偶然间得到了一点儿东西。"

闻言,萧炎一怔,不禁猛翻白眼:敢情这东西还是从米特尔家族中偷出

来的!

望着那死猪不怕开水烫的美杜莎,萧炎饶是有一肚子火,也只能无奈地摇了摇头,随后转头冲着首位上的海波东苦笑道:"抱歉了,海老,这两个惹祸精竟然将主意打到米特尔家族身上了。"说着,他将那玉盒从纳戒中取出,便要送还回去。

一旁的美杜莎见状,嘴唇微微动了动,似乎颇为不舍,不过见萧炎对她不理不睬,也只得抬起头,一对泛着妖异的狭长眼睛,盯着首位上目瞪口呆的海波东,眸中掠过些许危险的光芒。

与美杜莎对视,海波东迅速回过神来,感受到她眼中的危险之意,不禁打了一个哆嗦,连忙起身冲着萧炎道:"不用了,不用了。既然她喜欢,那就给她吧,反正这些东西我们米特尔家族也是要拍卖的,就当是送个人情吧。"

见海波东这般,萧炎只得尴尬一笑,无奈地收回玉盒,转身狠狠地瞪了美杜莎一眼,拉着紫妍回到座位上。

"咳,来人,上座!"见美杜莎独自站于大厅中,海波东赶忙吩咐道。萧炎敢将这个恐怖的女人晾在这里,他却没有这个胆子。

面对海波东的殷勤,美杜莎那冰寒的脸色倒是微微缓和了一点儿,这才觉得这个被自己封印了多年的老头儿还是有一点儿顺眼的。

将美杜莎、阴骨老等人安排好后,海波东这才将目光转向萧炎,苦笑道:"原来你有这么一张底牌,有她相助,云山倒也不足为虑了。"

闻言,萧炎却摇了摇头,道:"这尊大神太难请了,所以别对她抱太大的希望。到时候真与云岚宗开战,云山我会出手对付,她嘛……全看她心情了,应该是在一旁观战吧。"

美杜莎优雅地坐在椅子上,纤手捧着茶杯,缓缓地吸抿着,萧炎的话她似是未曾听见一般,那若无其事的模样令海波东一阵苦笑——这两人究竟是什么关系啊?从刚才萧炎对她的态度来看,两人应该关系不错。否则,以美杜莎女

王的性子，谁敢对她如此说话，早就被撕成几块了。这条美女蛇的凶残程度，海波东最有体会，但萧炎刚才话中又有些冷意。如此一来，倒是令海波东有些茫然。

"你只身对付云山？怕是风险太大吧？"片刻后，没有头绪的海波东只得放弃猜测两人的关系，沉声道。虽说萧炎如今实力大涨，可想打败云山，成功率还是不高。

"这样吧，这几日我们先与其他两大家族、炼药师公会还有皇室联络一下。若是能与他们联手，到时候胜算应该会增加许多，毕竟炼药师公会的法犸、皇室的那老妖怪，也都是斗皇阶别的强者，那老妖怪更是步入巅峰期多年。而且如今我也有了你炼制的复灵紫丹，给我几日时间，想必也能恢复到巅峰时期。到时候我们几人联手，打败云山，还是有不小的胜算的。"海波东建议道。

"随你吧。"对于这建议，萧炎不置可否。皇室那个老妖怪和法犸的确有几分实力，但纳兰家族和木家能提供的战斗力却几乎可以忽略不计。斗王阶别的强者，在这种对战中起不了太大的作用。

瞧见萧炎那无所谓的模样，海波东无奈地摇了摇头，突然问道："你这次与云岚宗打算斗到何种程度？"

"不死不休，我要云岚宗在加玛帝国彻底消失。"萧炎抬了抬眼皮，淡淡地道。

"云岚宗如今势力遍布大半个帝国，你若是想将他们连根拔起，就必须一个不留地全部清除。可光凭你一己之力，或许能将云岚宗强者杀个精光，但余孽却难以清除。这一点，帝国皇室等势力却能够做到。"海波东竭力说服萧炎不要对其他势力抱有成见。

闻言，萧炎微皱眉头。这一点，海波东说得倒也不错。

"三弟，海老说得对。想要真正清除云岚宗，光凭你的人手还远远不够。这些事，由皇室他们来做是最妥当的。"萧鼎略微沉吟，终于缓缓开口说了一句。

听得萧鼎开口,萧炎细想了一下,也就不再抗拒,挥了挥手,道:"既然如此,那就麻烦海老联络一下吧。在与云岚宗开战前,这些不确定的因素的确得提前解决。背后捅刀子的事,这些年我见的也不少。"

"你这小子……"听得萧炎这偏阴谋论的想法,海波东无奈地摇了摇头,不过好在这家伙答应与其他势力商谈一下了。从平日里那些势力对云岚宗的忌惮程度来看,双方应该会有合作的可能。

"不过还有一件事……"

"何事?"萧炎一怔,问道。

"若是要清除云岚宗,或许得先解决一个人。"海波东脸色凝重地道。

"谁?"萧炎微微皱眉,道。

"丹王古河!"

听得这个名字,萧炎一愣,缓缓地念叨了一遍,想起了那个在三年之前便名震整个加玛帝国的第一炼药师。

"你应该也清楚,古河作为六品炼药师在这个帝国拥有何等的号召力。若是他要帮云岚宗的话,恐怕光是帝国十大强者,他便能找来五人以上,所以在对云岚宗出手前,你得解决他的问题。"海波东郑重地道。

萧炎微微点头,他倒是差点儿把这个重要人物给忘了。古河是一名六品炼药师,这个阶别的炼药师所拥有的号召力,萧炎最清楚不过。当初韩枫在黑角域号召的强者,连内院都颇感头疼。虽说古河的炼药术或许不及韩枫,可不管怎么说,他也是一名货真价实的六品炼药师。

"不过要如何解决他,也是个大问题啊。古河可不是省油的灯,虽然这些年他与云岚宗的关系不似以往那般好,但是他始终都是云岚宗的供奉长老。"海波东有些头疼地道。

萧炎虚眯着眼睛,手指轻点,片刻后,突然道:"海老能否联系到古河?"

闻言,海波东一愣,沉吟了半晌,缓缓地道:"古河在炼药师公会也挂着一

个长老的虚衔，或许能托法玛去找他。"

"既然如此，那就请法玛会长出面找一下古河吧。最好能让我与他见一面，我会想办法让他保持中立。"萧炎点了点头，道。

"好吧，我会让法玛帮帮忙。"见萧炎将这事揽在自己身上，海波东也松了一口气。只要古河不出手，那么云岚宗就少一个强有力的帮手。

"联络的事情便交给海老了。另外，也请安排他们好好休息一下，这段时间从黑角域长途跋涉地过来，他们还未曾安稳地休息过一次。"萧炎站起身来，指着林焱等人，冲着海波东笑道。

"呵呵，这是应该的，贵客远道而来，我米特尔家族自然要好好招待。"海老笑着点了点头。

萧炎笑了笑，望向萧鼎，突然道："我想去看看萧家的族人。"

"这是应该的，你是大长老在临终前指定的萧家族长，族人们也等了你两年。"萧鼎微微点头，缓缓地道。

萧炎默默点头。无论如何，他身体里都流淌着这个家族的血液，所以振兴这个家族是他不可推卸的责任。或许这也是父亲的期望吧。

萧炎和萧厉二人推着萧鼎，从米特尔家族的庄园中悄悄溜出，然后转进帝都的街道，顺着街道，向某个地方缓缓行去。

刚经历过先前那番惊天动地的大战，此刻整座城市都在热火朝天地讨论着。一些人激动得脸色涨红，手舞足蹈地向路人炫耀着自己先前看到的景象。然而，那些被精彩的演说吸引的人并没有发现，故事中的主角正从他们身边悄然走过。

推着萧鼎一路转过几条街道，背后的喧哗声逐渐减弱，周围豪华的房屋也开始减少。显然，他们正在朝着偏僻的地方行去。再次转过一条坑坑洼洼的街道，一座有些破旧的大院出现在萧炎的眼前，隐约间还能听见大院中传出的孩童的嬉笑声。

"就是这里了。这些年为了躲避云岚宗的搜查，即便有米特尔家族的庇护，我们也只能隐藏在偏僻之地。"望着这座大院，萧鼎微微一笑，道。

萧炎微微点了点头，而萧厉则快步上前，一把将院门推开。

破旧的大院之内，一些孩童正四处嬉戏，笑声不断。此刻，院中还有几十个衣衫普通的男子，这些男子背后佩着武器，目光中尽是戒备之意。这些年的逃亡生活，令萧家族人没有了以往的那种闲适，取而代之的是一股谨慎与凌厉。

突然被推开的院门，瞬间引起了院内这些男子的注意。当下他们脸色微变，人影闪掠，将那些四处跑动的孩童抓于身后，然后抽出背后明晃晃的武器，对准了院外。

"呵呵，不要紧张。"

在众人如临大敌时，那熟悉的笑声响起，他们这才松懈下来，一道道目光看向院门口的三道人影。

推着萧鼎缓缓进入这座破旧的大院，萧炎的目光从那群有些熟悉的面孔上扫过。这些人，或多或少都与他有些血缘关系。

"大家看看是谁回来了。"萧鼎望着众人，微笑道。

闻言，萧家族人一愣，旋即目光移到了后面那黑袍青年身上。望着那张年轻的脸，所有人都愣住了。半晌，狂喜的浪潮猛然从院中涌出。

"是萧炎少爷！"

"真的是萧炎少爷，他真的回来了！"

"哈哈，萧家终于有救了，快去叫三长老出来！"

望着那些因为狂喜而变得手足无措的萧家族人，萧炎与身旁的萧厉对视了一眼，脸上也浮现出一抹柔和的笑容。外出历练游荡了这么多年，到了这里，方才感觉回了家。

在众人狂喜的叫喊声中，一间房屋的门被打开了，一名老者脚步匆忙地出来，目光迅速锁定院中的黑袍青年。望着那张熟悉的脸，一时间，这些年被磨平了所有棱角的三长老，忍不住老泪纵横——他们终于熬到这一天了！

"三长老，这些年，您辛苦了……"望着三长老那老泪纵横的脸，萧炎轻叹了一声，缓步上前，轻声道。

"不苦不苦，少爷在外面流浪了这么多年，比我们可苦多了。"三长老抹了两把眼泪，道。

瞧见动情的三长老，周围的萧家族人也忍不住红了眼圈。虽然萧家当年算不得名门望族，但是在乌坦城也拥有不低的地位。可惜短短几年时间，家族便迅速衰败。原本衣食无忧的他们不得不四处逃窜，时刻都担心那一夜的惨剧会再度重现。

"云岚宗欠我萧家的，我定会让他们加倍偿还。"轻轻拍了拍三长老的肩，萧炎低沉的声音里有难以掩饰的怒火与杀意。萧家变成这般模样，云岚宗有难以推卸的责任。

"呵呵，小少爷有本事，族长果然有慧眼，比我们三个老不死的要厉害许多。当年……大长老和二长老在临死的时候，都托我为当年那些愚蠢的举动向小少爷说声对不起。"三长老笑了笑，声音却有些嘶哑。

紧抿着嘴，在这低沉而悲凉的气氛中，萧炎也忍不住有些鼻头发酸。若是父亲回来，看见萧家变成这般模样，恐怕也会对自己很失望吧？

"三长老，当年的那些事，以后就不要再提了。我们都有相同的血脉，日后，报仇与振兴萧家，方才是我们的目的。"揉了揉鼻子，萧炎轻柔地说道。

"呵呵，不提了不提了。根据大长老、二长老的遗言，小少爷如今是萧家的族长了，任何族人都会听从您的命令。若有不服者，老夫可以代行族规！"说到此处，三长老沉声道。

"这族长之位，我觉得还是大哥比较适合……"闻言，萧炎连忙道。

"三弟，你就不要推辞了。这是大长老、二长老的遗言，不能更改，而且也只有你，才有能力重振萧家。"萧鼎摇了摇头，笑着道。

"是啊，三弟，这族长的确只能你来做，放心吧，我和大哥会协助你的。"萧厉也说道。

听得两人推辞，再瞧见周围族人那一道道殷切的目光，萧炎只得道："既然如此，那萧家族长之位，就先由我暂代吧，日后再商讨何人最合适。"

见萧炎点头首肯，周围的萧家族人顿时发出阵阵欢呼声。对萧炎，他们有一股莫名的信心，而且他们也看到先前天空中的那番大战了，萧炎的实力他们毫不怀疑。他们相信，在萧炎的领导下，萧家一定能比以往更加强盛。

压下众人的欢呼，萧炎环视周围，问道："如今萧家还有多少族人？实力如何？"

"还有两百零八人，除去没有战斗力的妇孺，大约有一百四十人，大多是斗者和斗师级别，连我也不过才四星斗灵。"三长老沉吟道。

闻言，萧炎轻叹了一声。以往，萧家没有强力的功法与斗技，也没有好的丹药辅助，修炼起来自然颇为缓慢。这般实力，在云岚宗面前的确不值一提。

"这里似乎没有两百多人吧？"萧炎环视了一圈，道。

"我们暗中组建了一个佣兵团，以便赚些外快和训练族人，所以平日里他们大多都分散在外完成任务。"三长老连忙道。

萧炎微微点了点头，偏头对萧厉道："二哥，族人的训练就交给你吧，有任何要求向我提。还有，居住地也换一个地方，日后，萧家不用再苟延残喘地生活了。"

"嗯，没问题，不过我的训练手段可不是寻常人能忍受的，不知道有没有人害怕？"萧厉点了点头，旋即望向众族人，郑重地道。

"萧厉少爷，我的儿子死在云岚宗手里，您说，为了报仇，我有什么做不了？您就尽管往死里训练，我们扛得住！"萧厉的话音落下，便有不少人激动地大吼道。

萧厉微微点头，对于萧家族人这股劲儿颇感满意。实力没有可以修炼，可若没有血性，那再如何修炼也只是懦夫。如今的萧家，需要敢拿命拼的人，不需要懦夫！

"二哥，你将萧门的人也调进城中吧。现在的萧家，的确需要一些保护。"萧炎沉吟了一会儿，对萧厉道。

"嗯，萧家的事，你就交给我和大哥，你现在需要做的，是考虑如何对付云岚宗，这才是最重要的事。你若是能击败云岚宗，萧家定然会名声大振，可若是失败，那就是真正的万劫不复了。"萧厉点了点头，拍着萧炎的肩膀沉声道。

萧炎一笑，道："放心，云岚宗交给我，他们欠萧家的血债，我定会让他们加倍奉还。当然，还有父亲失踪一事。"

"你现在是萧家的顶梁柱，只要你不倒，萧家就会昂然而立，所以，行事时，你要万分小心！"萧鼎轻声道。

萧炎微微点头，将萧鼎的提醒放于心中，缓缓扫视着周围。族人们已经不再像先前那般谨慎担忧。一种异样的期待与信心，再度充溢在他们心中，而这些信心，皆源自萧炎！

这一刻，萧炎再度感受到肩膀之上的重担。

"父亲，放心吧，我会让萧家在我手中走向巅峰！"

云岚宗对米特尔家族的进攻，最终以自身损失惨重而落幕。而就在所有人都认为，这个加玛帝国最强势力定会爆发雷霆之怒时，云岚宗却出人意料地毫无动静。这般异样局面，令不少人满头雾水。

对于云岚宗的异样平静，萧炎等人虽然也有点儿诧异，但是并未深思。既然对方要给他时间来联络其他势力，那就如他们所愿吧。

这时，海波东也展现出了他超高的效率，短短一日，便已经和帝都中其他几大势力联络好。如今萧炎强势归来，并且当着无数人的面展现出了令人震惊的实力，因此海波东的提议，自然没有任何势力敢怠慢，所以这联络工作极为

轻松地就完成了。

商谈的地点，就定在一直保持着中立的炼药师公会。

作为几乎会聚了帝国内大半炼药师的组织，炼药师公会拥有的号召力自然非比寻常。虽说法玛会长的炼药术比起丹王古河要稍逊一筹，但论起资历来，却远非古河可比，就算是古河在法玛面前也非常客气。所以将商谈地点定于炼药师公会，倒是没有丝毫不妥。

一大早，萧炎来到米特尔家族时，正好遇见准备出门的海波东和雅妃二人。

"嘿嘿，你这小子……"海波东一见到萧炎，就笑了一声，刚欲打招呼，却瞥见萧炎身后那张妖异而美丽的脸，当下脸皮一抖，干咳了一声，道，"正要派人去找你，我已经联络好了皇室、木家、纳兰家，今日在炼药师公会商讨合作之事。"

萧炎笑着点了点头，拍了拍紫妍那左摇右晃的脑袋。因为担心这个小妮子又被美杜莎拐去偷别人的药材，他只能把她带在身边，不过对于跟来的美杜莎，他有些无语——这女人，看来对紫妍抱有很大兴趣啊。

"萧炎，这位是……"俏脸上一直噙着微笑的雅妃，瞧见紧跟在萧炎身后的美杜莎时一怔，旋即不着痕迹地笑道。

"一个朋友，你叫她彩鳞就好。"在雅妃那对水灵灵的桃花眸子的注视下，萧炎也察觉到了一点儿不对劲，只能含糊地道。

"呵呵，原来是彩鳞小姐。"闻言，雅妃微微一挑黛眉，上前两步，打量着美杜莎那张精致得连她都有点儿惊叹的脸，微笑道，"彩鳞小姐果然漂亮，难怪会被萧炎弟弟带在身边。"

听得雅妃这话，萧炎顿时一脸愕然。这话说得好像自己是贪图她的美貌一般，这雅妃姐今日怎么跟平时不太一样啊？

萧炎身为男人，难以察觉女人的一些小心思，不过美杜莎却感觉到了：面前这个容貌与气质皆不俗的女人，对自己有些敌意与警惕。修长的睫毛轻轻眨动，慵懒的目光在萧炎和雅妃身上扫了扫，她能模糊地感觉到，面前的这个美丽女人，对萧炎有一些特别的情感。

想到这里，不知怎的，美杜莎忍不住蹙了蹙柳眉，心中升起一种莫名的情绪。这种情绪令她有些烦躁，她转向萧炎，声音也变得冷冽了许多："正事不办，在这里有什么好啰唆的！"

见美杜莎突然变了脸色，萧炎一怔，目光不由得在她和雅妃两人的脸上扫了扫，心中一阵纳闷：这两个女人今天怎么都不太对劲？

一旁的海波东人老成精，一眼便看出雅妃与美杜莎之间气氛不对，当下连忙一阵干咳，把雅妃拉到身后。万一那条凶残的美女蛇陡然出手，以雅妃的实力恐怕一招都接不下来。

"雅妃，今天所有拍卖场都要再度开启，这些事也麻烦，你还是赶紧去指挥处理吧，我和萧炎他们还要赶去炼药师公会。"

听得海波东的吩咐，雅妃虽然有些不情愿，但也只能点点头。不过在临走前，她却缓步来到萧炎面前，瞧见萧炎衣袍有些凌乱，便伸出如玉般的纤手，温柔地帮他抚平，柔声道："小家伙，这次商谈可别意气用事，能拉拢一个帮手是一个。如今你身上，可不仅仅背负着萧家的命运……而且，你还欠我一个承诺，可别耍赖哦。"

萧炎露出一口白灿灿的牙齿，笑道："当然不会忘。当年在离开时，我便说过，就算雅妃姐日后想当女王陛下，我也竭尽全力帮你。"

雅妃莞尔，掩嘴娇笑道："我对当女王可没兴趣。"

见到两人打情骂俏，海波东一阵干笑。他能够察觉到，萧炎背后的美杜莎，脸色越来越冷。

"好了，我先走了，你们也赶去炼药师公会吧。我的情报网最近一直在关注着云岚宗，一有消息，我就会通知你。"轻拍了拍萧炎的脑袋，雅妃不再停留，

转身的同时,她若有若无地瞥了美杜莎一眼,红润的嘴唇微微一翘,有一种小小的得意。

那摇曳着动人身姿的倩影缓缓消失在视野中,萧炎转过头来,对美杜莎笑道:"走吧。"

"没看够的话,再跟上去看看吧。"美杜莎斜睨了萧炎一眼,冷笑了一声,转身便朝庄园外走去。

"这女人……今天怎么阴阳怪气的?"瞧见美杜莎转身离去的背影,萧炎摇了摇头,有些愕然地道。

"吃醋呗,女人不都喜欢这样吗?"一旁的海波东嘿嘿笑道,旋即冲着萧炎竖起大拇指,"小子,你行啊,竟然能把这条令加玛帝国闻风丧胆的美女蛇给驯服,一个字:强!"

"吃醋?"闻言,萧炎哑然失笑,旋即摇了摇头。他可不认为美杜莎会有这种情绪,还驯服?算了吧,说不定一年的约定一到,她就立刻翻脸把自己给干掉了。

"呵呵,这个小女孩……似乎也有点儿与众不同啊。"海波东的目光突然停在那牵着萧炎的手、身着白衣的小女孩身上,惊诧地道。他发现,以他的能力竟然看不透这个小女孩的实力。

"老头儿,不要乱看,否则我让彩鳞姐姐打扁你!"被海波东来回打量,紫妍顿时有些不乐意了,一撇小嘴,道。

萧炎笑着拍了拍紫妍的脑袋,冲海波东笑道:"可不要小看紫妍,斗王阶别中,应该很少有人会是她的对手,甚至连一些斗皇,挨上她的拳头都不会好受。"

听得这话,海波东眼中顿时闪过一抹讶异,没想到这小女孩竟然拥有如此恐怖的实力。

看到海波东脸上的惊讶,萧炎只是一笑,并未细说紫妍的来历。他清楚,紫妍的潜力极为不俗，日后一旦自己将化形丹炼制出来，她的实力不会逊色于美杜莎。而且，她的那种恐怖怪力，连萧炎都颇为忌惮。

可以预料，日后紫妍将会是萧炎不可缺少的一大助力，虽然离这一天或许有点儿遥远。

"走吧，去炼药师公会。"伸了一个懒腰，萧炎不想在这个话题上纠缠，看向炼药师公会所在的方位，淡笑道，"去见见那些老熟人。不知道三年过去了，是否会有物是人非的感觉。"

"当年你不过是大斗师，如今却已经是能够击杀斗皇强者的超级存在，这还不叫物是人非吗？加刑天那老家伙，还依然在斗皇巅峰阶别徘徊呢，可你却已经大变了模样。"海波东笑道，"这次见面，那些家伙的脸色，绝对会比三年前精彩许多。"

听得海波东话语中的幸灾乐祸，萧炎微微一笑，拉着紫妍，转身走出米特尔庄园，向炼药师公会所在的方位缓缓行去。

"皇室、炼药师公会、木家，还有纳兰家，当真是好久不见了啊。不知道你们可还记得萧炎这个名字？"穿过一条条纵横交错的街道，半个小时后，萧炎一行人出现在炼药师公会门口，望着那熟悉的公会大门，萧炎缓缓吐了一口气，在心中轻声喃喃道。

第五章
公会风波

　　与海波东缓缓走进那占地很大的炼药师公会，身后的喧哗声逐渐远去，一股淡淡的药香味钻入鼻孔，令人有种心旷神怡的感觉。

　　如今的炼药师公会，随着新的炼药师不断加入，不论是实力还是人数，比起三年前都要强上不少。至少当年的公会可没有这么大的人流量。

　　进入公会后，海波东需要提前去做一些准备，就将约定地点告诉萧炎，然后便单独离去了。

　　来到阔别了三年的炼药师公会，萧炎颇有些感慨。在这里，他经历了一场对他来说极为不易的炼药大赛。当年他参加大赛时，顶多算是一名能够炼制四品丹药的三品炼药师。而如今，他却是一名能与丹王古河相媲美的六品炼药师了！这之间的差距，可不是一星半点。

　　向四处望了望，萧炎拉着一脸好奇的紫妍朝着记忆中的交易区缓步行去。在这里，只要你有慧眼和不错的运气，就能找到一些不错的东西，萧炎的天火三玄变，便是在此处偶然获得的。

和紫妍走进交易区，那几乎望不到尽头的摊位和黑压压的人流，令萧炎有些惊叹。才三年时间，没想到随着炼药师公会的愈加强大，这里的交易区规模扩大了不少。

刚刚进入交易区，萧炎的目光突然一顿，有些愕然地望着不远处一道白雪般的倩影。

那人一身白色衣裙，一头长发如白雪般透着冷意。这有些熟悉的背影，令萧炎想起了三年之前在帝国中历练时，在黑岩城遇见的弗兰克分会长的弟子——雪魅。

对弗兰克，萧炎颇有好感。那个老头儿帮了自己不少忙，虽说是因为想让自己去参加炼药师大会，可他的确没什么坏心。而且对这个性格清冷如雪的女子，他的印象也不错。

"不知道这三年他们过得如何？"心中闪过这道念头，不过萧炎并未主动过去搭讪，隔着一段距离看了一会儿后，便将目光从那道身影上收了回来，拉着紫妍缓步走在这人流汹涌的交易区。

萧炎汇入人流之后不久，正俯身察看一株药材的雪魅，却像是有感应般转过头来。那张带着些许疑惑、如雪山般纯净的精致脸庞，令周围一些来往的路人忍不住停下了脚步，贪婪地注视着。

感觉到周围的目光，雪魅微微皱了皱黛眉，缓缓涌进人海，消失不见。

拉着紫妍行走在满是摊位的小道上，萧炎的目光不断地从两旁的摊位上扫过。或许是如今眼界提高的缘故，他看了十几分钟，却并未找到能让他动心的东西。

"全是一些破烂货。"紫妍撇了撇嘴，嘟囔道。平日她吃的药丸皆是常人眼中极为稀罕的药材炼制的，寻常药材在她眼中，和垃圾没什么两样。

对此，萧炎也是无奈，看来想要在这里捞到一些和天火三玄变一般的宝贝，还得靠运气。

萧炎又逛了一会儿，依然毫无收获，终于放弃了这种奢望，冲着紫妍无奈地摇了摇头。然而就在他要转身离开时，不远处却传来一阵骚动，偶尔还传出一道道阴阳怪气的嬉笑声。

对于这种场面，萧炎素来不感兴趣，只是瞥了一眼，便要转身离开。可就在他转身时，从人群中传来一道愤怒的清脆声音，他不由得停下了脚步。

目光透过人群缝隙，隐隐看见一道雪白的身影，萧炎冲紫妍摊了摊手，道："看来不能就这样走掉了。"

说罢，他便拉着紫妍快步朝着那边走去，片刻后挤进人群。

人群中央的一块空地上，雪魅正俏然而立，只不过那张平日里十分白皙的精致面孔，此时却满是愤怒。在她面前不远处，几个身着炼药师袍服的男子正笑嘻嘻地望着气得俏脸通红的雪魅，还不断发出阵阵哄笑声。

"奥巴，你不要太过分了！不要以为你的老师是公会长老，便可如此嚣张！"纤指指着对面领头的一名男子，雪魅怒声叱道。

"嘿嘿，雪魅，这交易区本来就是价高者得，我能出更高的价钱，那这东西自然就是我的。就算你闹到会长那里去，也拿我没办法啊。"听到雪魅的叱责，那名胸口佩戴着二品炼药师徽章的男子嘿嘿笑道。说完，他扭头对着摊位的主人喝道："这枚冰火蛇鳞果，我出五万金币，你卖不卖？"

听得奥巴的喝声，那摊位主人一怔，心中不禁大喜。这冰火蛇鳞果虽然珍稀，但也就值两万金币而已，没想到这败家子竟然舍得用这么高的价钱购买，他自然没有不答应的理由。

脸色铁青地望着将冰火蛇鳞果握在手中上下抛动、一脸得意的奥巴，雪魅咬了咬牙，却丝毫没有办法。她最近闭关了一段时间，今日才出关，正好看见自己需要的药材，没想到刚刚才和摊主谈好价格，这个令人厌恶的家伙便如幽灵般冒了出来。

这个奥巴，当初因为雪魅的美貌追求过她，不过雪魅已是一名三品炼药师，他的追求自然是以失败而告终。失败就失败吧，可这个死缠烂打的家伙被雪魅当众拒绝了好几次后，变得极端了起来，总是变着法子来找雪魅麻烦，令她非常不耐烦。而奥巴的老师虽然是近年才加入公会的，但是因为炼药术不错，很快就晋升了长老席位，平日在公会内拉帮结派，整个公会除了会长和副会长，便属奥巴的老师权势最盛。因此，虽然雪魅极其厌烦他，却不敢出手伤这个家伙。

不过雪魅明显低估了这个牛皮糖的可恶程度，她的忍让反而令奥巴得寸进尺，每每有机会便要来找碴儿。今日这种情况，并非第一次出现。

深吸了一口气，望着奥巴那越发令人厌恶的得意面孔，雪魅恨得咬牙切齿，她只能放弃这枚冰火蛇鳞果了。

冰冷地盯了奥巴一眼，雪魅便欲转身离去。可就在其转身时，一道笑声突然从人群中传出："我出十万金币购买这枚冰火蛇鳞果。"

围观众人一怔，纷纷转动目光，便瞧见了一名身着黑袍，拉着一名紫发小女孩的青年。当下一些人忍不住对他投去怜悯的目光，这家伙难道是新来的？竟然敢来拆奥巴的台？

这道笑声也令雪魅转过头来，看到那张有些眼熟的面孔她当即一怔，片刻后，她终于记起了这个青年。

"你……你不是被……"愕然地望着黑袍青年，雪魅惊呼了一声，可看了一眼周围的围观者之后，到嘴边的话她赶忙吞了下去。

微笑着走出人群，萧炎上下打量了一眼雪魅，笑道："弗兰克大师还好吧？"

"老师还好。"雪魅点了点头，旋即拉着萧炎的袍袖，低声道，"你不是离开加玛帝国了吗？快走吧，不要得罪这家伙。"因为闭关的缘故，这两日加玛帝国里最大的新闻，雪魅还丝毫不知情。她只知道萧炎是云岚宗通缉的目标，一旦被云岚宗的人发现，定然凶多吉少。

"哟呵，怎么？想英雄救美？"萧炎一开口，奥巴的脸色便阴沉了下去，他

怪笑一声，旋即握紧手中的冰火蛇鳞果，冷笑道，"这东西本少爷已经买下了，你该滚哪儿就滚哪儿去吧。我奉劝你不要多管闲事，否则你进得了帝都，可出不了……"

瞧着那张嚣张跋扈的脸，萧炎淡淡一笑，也懒得多说废话，举起手掌遥对着奥巴，一股吸力猛然暴涌而出，将其手中的冰火蛇鳞果强行吸掠了过来。

"找死！"

见萧炎突然出手，奥巴的面子顿时挂不住了，他一声怒喝，手掌一挥，其身旁的十几名男子便如饿虎般对着萧炎扑过去。

嘭！

淡淡地望着扑来的十几名男子，萧炎袍袖随意一挥，一股劲风便暴涌而出，狠狠地砸在十几人的胸膛之上。强猛的劲力将他们砸得倒飞而出，重重地落到人群之外，带起一阵阵哀号。

瞧见十几名手下一眨眼就被撂倒，奥巴一惊，刚欲喝骂，面前突然人影一闪，对方便已诡异地浮现在自己身前。一只修长的手掌轻覆在奥巴胸膛上，淡漠的声音缓缓响起，令他浑身冷汗直冒。

"如今的炼药师公会虽然人越来越多，但是渣滓也越来越多。今日，就让我替法犸清洗一下队伍吧。"

话音刚落下，那贴在奥巴胸膛上的手掌，猛然爆发出一股强猛劲力！

噗！

在交易区众人一道道惊愕的目光中，奥巴如遭重击般倒飞而出，一口鲜血猛然自其口中喷出，身体在地面之上擦飞十几米后才逐渐停下。

见萧炎随意一掌便将奥巴击飞，围观者的心中闪过一丝惊讶。奥巴虽然品行极差，但也是一名即将成为大斗师的强者，没想到在这个黑袍青年手中，竟然连一回合都撑不过。

可在惊讶过后，众人却对萧炎投去一道道同情的目光：这家伙这一掌打得的确是爽了，可他难道不知道，傅岩那个老家伙很护短吗？在炼药师公会，除了少数几个他不敢惹的人，大多数人都对那个性子乖僻护短的老家伙退避三舍。

"你……唉，你闯祸了。快跟我离开这里！"雪魅也被萧炎突然的举动惊到了，她望着躺在地上不断翻滚哀号的奥巴，赶忙对萧炎焦急地说道。说完，她拉着萧炎转身就走。

见雪魅拉住自己，萧炎倒没怎么抗拒，斜瞥了一眼不远处不断号叫的奥巴，拉起紫妍跟雪魅离开了这处嘈杂的地方。

三人一路挤出人流如织的交易区，雪魅却依然未停下脚步，拉着萧炎就往炼药师公会外跑。见此，萧炎只得无奈地挣脱了她的手，冲她笑道："一个废物二世祖而已，需要这样吗？"

"那家伙的确是个废物，不过他的老师是公会的长老，权力不小，在这帝都之中极有面子，而且还极其护短。若是那家伙跑去告状，他老师肯定不会放过你。"对这天不怕地不怕的萧炎，雪魅只得急声解释道。

"弗兰克大师似乎也是公会长老吧？你怎么还怕他？"萧炎皱了皱眉，问道。

"老师如今只是四品炼药师，而那傅岩却是一名货真价实的五品炼药师，炼药术水平即便是与副会长相比也不遑多让，地位自然是远比老师高。"雪魅叹了一口气，道。

闻言，萧炎恍然大悟。这加玛帝国的四品炼药师，虽然稀少，但也有十来名，而五品炼药师只有寥寥数人。而且炼药师的阶别颇难晋升，有些人一辈子都停留在某个境界。萧炎这种能倚仗异火与药老丰富经验的怪胎，恐怕整个大陆就只有他一人而已。

四品与五品之间的差距，就如同斗灵与斗王一般，中间有一个颇大的坎，因此两者的地位自然也难以相比。

"放心吧，我能照顾好自己，刚才只是忍不住出面帮了你一下而已，呵呵，

没事。"看到雪魅俏脸之上的担忧与焦急,萧炎无奈地道。他倒是没想到,出面帮忙之后她反而更焦虑了,当下只得笑了笑,出言安慰道。

"嘿嘿,没事?小子真是好大的口气啊,在这帝都之中伤了我的学生还敢说没事的人,恐怕没几个!"

萧炎的话音刚刚落下,一声冷笑突然在庞大的公会大厅中响起,只见一行人气势汹汹地快速走来。人群之首,赫然是一名身着炼药师袍服的老者,胸口处佩戴着一枚绘着药鼎的徽章,药鼎之上闪烁着五道银光闪闪的波纹,袍服抖动间光芒四射,颇为刺眼。

五品炼药师!

望着那代表着尊荣的徽章,大厅中来往的人流顿时停下了脚步,看向他的目光满是敬畏与艳羡。

看到那名老者,雪魅脸色微微一变,心中不禁叫苦不迭:"这个老家伙的速度怎么这么快?"

"他便是那傅岩?"

无视周围那些看好戏的目光,萧炎转头对雪魅笑问道。

"嗯。"望着那噙着冷笑与些许怒火、正快步行来的老者,雪魅在心中叹了一声,硬着头皮点点头,低声道,"待会儿你尽量少说话,这老头儿在大庭广众之下,应该不至于太过为难我们这些小辈。"

闻言,萧炎却不置可否。三年没回来,没想到炼药师公会越来越不堪,真不知道法玛那老家伙是如何管理的。

在雪魅与萧炎低声说话时,傅岩已带着一大群人气势汹汹地来到他们面前。老头儿斜瞥了一眼雪魅,虚眯着老眼望向萧炎,偏头对着身旁脸色苍白的奥巴问道:"是这家伙下的手?"

"是的,老师,我本来在与雪魅正当竞争,购买一株药材,好在老师大寿时炼制一枚丹药当作寿礼,没想到这家伙一出面就强行夺走药材,还下重手将我

打成这副模样。老师,您可一定要为我做主啊!"听得傅岩问话,奥巴连忙哭丧着脸说道。他自然要给自己找一个冠冕堂皇的理由。

"傅岩长老,这事……"听得奥巴信口雌黄,雪魅脸色一变,连忙出声道。

然而雪魅的话还未说完,傅岩便挥了挥手,淡淡地道:"雪魅,这事与你无关,你就不要掺和了,免得到时候还要去找弗兰克那老家伙瞎扯。"

"刚才就是你出的手吧?没想到年纪轻轻下手却如此之重,你的老师是何人?"目光一转,傅岩看向萧炎,老气横秋地冷声道。

瞧见傅岩这般模样,萧炎一笑,道:"没想到如今炼药师公会的长老素质越来越低了,仗势欺人,倚老卖老。"

听得萧炎带着嘲讽的话语,大厅中顿时安静了许多。这小子,胆子也太大了吧?竟然敢当着傅岩的面如此嘲讽他。

"好个牙尖嘴利的小子!"不出众人所料,傅岩的脸色迅速阴沉了下来,他怒极反笑道,"今日若让你安稳地走出炼药师公会,我傅岩还有何脸面在帝都立足?"

"这老头儿真烦!"听得傅岩叽叽歪歪,紫妍顿时有些不耐烦了,捂着耳朵撇嘴说道。

围观众人听见那粉雕玉琢般的小女孩突然冒出这么一句话,都不禁想笑,不过瞧见傅岩越来越阴沉的脸色后,他们皆识趣地闭上了嘴。

围观的人越来越多,萧炎逐渐有些不耐烦了,他懒得再跟这老头儿废话,拉着紫妍和雪魅,转身便走。

见萧炎这般举动,傅岩顿时气得脸色铁青。这些年来他还是第一次遇见如此嚣张的年轻人,当下怒火上涌,一声怒喝,一股雄浑、炽热的斗气便自其体内暴涌而出!

刹那间爆发的雄浑斗气令周围众人赶忙退后了几步,生怕惨遭池鱼之殃。

"小子,今日我便代你老师教导你一下,叫你知道什么是尊师重道!"干枯

的手掌之上，火红的斗气袅袅升腾，犹如烈火一般，傅岩一声厉喝，便闪掠而出，旋即化为一道火影，向萧炎的后背暴射而去。

见到傅岩竟然不顾身份对一名小辈出手，不少人都发出一声惊呼。傅岩可是货真价实的斗王强者，在这帝都之内，也少有人能与之抗衡。而且看他那含怒出手的声势，若是黑袍青年被击中的话，恐怕会落个受重伤的下场。

就在众人心中念头闪过之时，傅岩已闪电般贴近萧炎，然而他的手掌刚要抓住萧炎的衣袍，萧炎就猛地一摆手臂，袍袖划破空气，在斗气的灌注下，已如精铁般坚硬。

嘭！

袍袖与傅岩的拳头碰撞，一股劲风从碰撞处暴涌而出。旋即，众人一脸惊骇地瞧见，傅岩的身体瞬间倒飞而出，狼狈地砸落在地。

看到这有些诡异的一幕，大厅内顿时鸦雀无声。似乎连傅岩也对这一幕感到难以置信，一张脸上尽是惊骇与呆滞之色，他明明感知到面前的青年实力平平，怎么……

狼狈地从地上爬起身来，傅岩的脸一片通红。大庭广众之下被一个小辈弄得如此狼狈，这令好面子的他几欲疯狂。

"混蛋小子……"咬牙切齿地怒骂一声，傅岩刚欲再动手，突然有细微的雷鸣声响起，他感觉眼前一花，那面无表情的黑袍青年便如鬼魅般出现在他身前。

突然出现的黑袍青年，令傅岩浑身的汗毛陡然竖起。他刚欲出手攻击，一只修长而温凉的手掌，不知何时出现在他脖子上，而那道冰冷的声音也令他浑身僵硬。

"我的老师，你可没资格代他来教我。"萧炎的冷笑声落下，他微微偏头，望向大厅一处角落，淡淡地道，"法玛会长，你若是再躲在一旁看戏，我不介意让你们炼药师公会少一名五品炼药师。"

第六章
见 面

宽敞的大厅中,众人听得萧炎这话皆是一愣,旋即转头将目光投向了那一处角落。

在众人的注视下,那阴影处响起一阵无奈的笑声,一道苍老的身影缓缓踱出,出现在众人的视线中。看其容貌,赫然便是炼药师公会的会长——法玛!

在法玛身旁,副会长米切尔紧紧跟随,而在米切尔旁边,还有一个身着青色炼药师袍服的女孩。女孩容貌清丽动人,微抿的红唇透出一抹高傲,皮肤如雪般白皙,一对灵动的大眼睛在转动间透着丝丝狡黠,说明此女是一个精灵古怪的主儿。而此刻,女孩望着大厅中那随手将傅岩控制住的黑袍青年,一双眼睛中闪烁着些许异样的光芒。

"哈哈,三年不见,不知萧炎小兄弟可还好?"在众人的注视下,这位掌管着加玛帝国炼药师公会的老者露出一脸笑容,冲着萧炎和善地笑问道。至于被萧炎捏住喉咙、脸色涨青的傅岩,他却像未曾看见一样。

法玛这般态度,自然令大厅中的众人有些惊愕。而当那个如今在帝都之中

被传得沸沸扬扬的名字从其口中说出来后，众人再度一愣，随即恍然大悟，再次望向黑袍青年的目光中，顿时多了些敬畏。难怪这家伙敢如此嚣张，原来是令云岚宗吃了大亏的萧炎。

被萧炎控制住的傅岩，在听得法玛对面前青年的称呼后，脸色唰的一下变得苍白了许多，眼中的气焰顿时消散。当日，连云岚宗的斗皇强者都在其手中陨落，他丝毫不怀疑，如果对方要扭断自己的脖子，微微一催劲力就能办到。而且以萧炎的实力，就算真的把他给杀了，炼药师公会也不会帮自己报仇。这一点，从法玛出场时对待萧炎的态度，便清晰可见。

嘴唇哆嗦了一下，傅岩只得将愤怒的目光转向一旁早已吓得瑟瑟发抖的奥巴。若不是这个混蛋不长眼招惹到这号人，他又怎会陷入这般尴尬的境地？

"呵呵，法玛会长，三年不见，这炼药师公会倒令我有些失望啊。招这样的人入会，恐怕……"萧炎轻笑了一声，偏头对着法玛笑道。

闻言，法玛苦笑了一声，道："萧炎小兄弟，这事，我们公会的确有一些责任。傅岩得罪了你，你要如何处置都随你。"

法玛这话虽然有些软，但是给了萧炎极大的面子。法玛也知道，如今的萧炎，已经不再是当年那个会为了药方奖励便努力抢夺冠军的少年，以萧炎现在的实力，完全有资格享受这般待遇。现在即便是在法玛心中，萧炎也当得上"强者"二字！

"呵呵，萧炎小兄弟，傅岩性子本就莽撞火暴，并非有意冲撞你。而且说起来，萧炎小兄弟也算是我们炼药师公会的荣誉长老呢，大家都是自己人。"米切尔笑了笑，出面打圆场。

炼药师公会两大巨头出面，而且说话客气，给足了萧炎面子，这般待遇，看得一旁的雪魅一脸惊愕，目光不断地在萧炎身上瞟来瞟去。她知道当年萧炎夺得了炼药师大会的冠军，不过光凭这个，就想让法玛和米切尔这两位炼药大师如此客气地相待是不可能的。而且他们宁愿折损一名五品炼药师也不愿与萧

见面

炎起冲突，这更让她目瞪口呆。面前这个被云岚宗追杀出了加玛帝国的青年，竟然还有这种能耐？

米切尔身旁那俏丽女孩，目光闪烁地望着在公会两大巨头面前，依然一脸平静的黑袍青年，微抿红唇，心中也是好一阵恍惚。当年的那个少年，虽然杰出，但也只是一个有潜力的小辈而已，如今短短三年时间过去，少年已经成长为一名连法犸会长都必须客气对待的强者。这般成长速度，当真是令人骇然。

"难怪当年连太爷爷都说这家伙日后成就必然不凡。"女孩突然想起当年加刑天对自己说的一句话，当初她还有些不太服气，然而如今，高傲如她也不得不说一声佩服。与那些同辈的青年相比，如今的萧炎，无疑已经走到了最靠前的位置。

淡淡地瞥了法犸两人一眼，再看了看脸色苍白、连动都不敢动弹一下的傅岩，萧炎笑了笑，缓缓收回手掌，轻声道："既然两位会长出面，萧炎自然是要给面子。今日本来只是小辈间的一些小事，这位长老自己要跑出来，我也没什么办法。"

听得萧炎这句话，傅岩的脸色顿时一阵青一阵白。

"呵呵，多谢萧炎小兄弟饶过傅岩，今日之事，老夫会私下处理，然后给你一个交代。"见到萧炎并未对傅岩出手，法犸松了一口气，连忙道。

萧炎摆摆手，瞥了一眼奥巴。这家伙想必也知道这事处理起来最倒霉的肯定是他自己，因此一张脸犹如涂了面粉似的。这家伙应该完全没想到，今日竟然会踢到这么硬的一块铁板。

"人都到齐了吧？"萧炎看向法犸，也不在这个话题上过多纠缠，问道。

"呵呵，到齐了，就等你了。"法犸笑着点了点头。

"那走吧。"闻言，萧炎也不拖沓，偏头对雪魅微笑道，"我现在有事，就先走了，见到弗兰克大师，帮我问声好。"说完，他也不等雪魅回话，拉着紫妍，向大厅之外行去。

　　萧炎转身离开时，雪魅方才回过神来，贝齿轻咬着红唇，望着那道瘦削的修长背影，眸中有些许异样的色彩涌动。

　　当年，她第一次看见萧炎时，他还在为成为二品炼药师奋斗着，可如今时间悄然流逝，不知不觉间，他竟然已成为能与帝国之中这些顶尖人物相媲美的强者。变化不可谓不大，想必若是弗兰克和奥托知晓，也会大为感叹吧。

　　萧炎一路跟着法玛等人转过几条道，然后沿着楼梯，缓缓地向公会上层行去。路上，一直与法玛、米切尔微笑着谈话的萧炎，突然将目光转向一旁那个有几分面熟的清丽女孩，微笑道："三年不见，小公主倒是越来越漂亮了。"

　　见萧炎突然注意到自己，女孩一怔，旋即狡黠地笑道："没想到你这大高手还能记得我啊，真是荣幸。"

　　望着这古灵精怪的女孩，萧炎一笑，感受着她那股活泼气息，他那平淡的脸上也浮现出一抹笑容。闯荡了这么些年，历练虽然丰富了，但是也把他的心态搞得和小老头儿一般老成，其实他比小公主也大不了多少。遥想当年，一群小辈为了那炼药师大会的冠军你争我夺，如今却物是人非。

　　行走在前面的法玛和米切尔，瞥了一眼与小公主相谈甚欢的萧炎，微微一怔，旋即对视了一眼，眼中皆闪过一抹异样的笑意。

　　"小公主也该找个归宿了，这妮子心高气傲，眼界极高。萧炎的本事甚高，与她倒是极配。"一道念头突然从两个老头儿心中冒出，他们对视一眼，嘴角均扯起一道狐狸般的笑容。当法玛、米切尔的脚步在一扇大门前停下来时，萧炎也停止了谈话，他整了整衣袍，脸上再度变得古井无波。他知道，里面的那些家伙都是加玛帝国顶尖的强者，当年的他只能仰视他们，而现在，却有资格平视甚至俯视他们了。

　　"到了。"

　　法玛笑着说了一声，与米切尔对视一眼，轻轻地推开大门，身体微侧，将路让了出来。

见面

宽敞而明亮的大厅中，笼罩着一股异样的气氛，几道人影坐于其中，偶尔会笑着谈几句。不过谈话间，那些人的目光会不自觉地移向大门处，明显有些心不在焉。虽然在座的皆是在加玛帝国拥有不弱势力的主儿，但是他们都有些坐立不安。

"嘎吱……"

紧闭的大门缓缓打开，清脆的开门声在大厅中回荡。

而随着大门的开启，大厅内众人的腰杆不由自主地挺直了一些，目光也瞬间移动，停留在大门处。

在众人的注视下，紧闭的大门终于彻底打开。片刻后，一道阔别三年的身影映入眼帘。

"诸位，三年不见，可都还好？"

一道比起三年前少了几分青涩与稚嫩的笑声，在大厅中响起。

大门处，身着一袭黑袍的青年正微笑而立。阳光从窗户倾洒进来，刚好将他笼罩其中。那张依稀有些熟悉的脸，比三年前，多了几分成熟与内敛，少了一些稚嫩与锐气。

望着那黑袍青年，众人皆有种恍如隔世的感觉。三年时间对他们来说，并不算太长，然而短短三年内，少年却完成了由里到外的彻底蜕变。

"呵呵，萧炎小兄弟，三年不见，你竟然强大到了这般地步，真是令老夫汗颜啊。"大厅中，加刑天首先回过神来，连忙站起身，朗声笑道。

在加刑天身旁，优雅地坐着一位身着华贵锦袍的女子，看那美丽的容颜，便是当日萧炎曾见过的夭夜。只不过此刻的她已经卸下了凤冠，整个人看起来少了一丝威严，多了一分女人味。

夭夜也在那黑袍青年出现时，将视线转了过去，唇角噙着动人的微笑。

萧炎瞥了一眼一身麻袍的老者，微微一笑，缓步走进大厅，道："加老也是风采依旧啊。"说话的同时，萧炎的目光缓缓扫过这明亮的大厅。皆是一些熟面

孔——木家的木辰，还有脸色不太自然的纳兰家族的纳兰桀和纳兰肃。

"萧炎小兄弟，请上座吧，可就等你了哦。"木家家主木辰望着那身形颀长、格外不凡的黑袍青年，再瞥了一眼身旁已是木家年轻一辈中最为杰出的木战，心中一声轻叹。三年之前，木战和萧炎还处于同一条水平线，而现在，这差距……

坐于木辰身旁的木战自然感受到了他的目光，当下翻了翻白眼，望着和自己差不多年纪的萧炎，心中也是无语。这三年他在修炼上已经颇为勤奋了，可如今，仍然不过是七星斗灵的实力。这般成就若是放在木家或者其他家族中，的确还算不错，可与面前的萧炎比起来，无疑有天壤之别。

"这家伙不知道是怎么修炼的，实力提升得这么快！"木战在心中嘀咕了一句。想当年，在那场聚会上，他也算是与萧炎交过手的人，当时两人还是半斤八两，可现在，这差距却大到了相当可怕的地步。

瞧见一脸笑容的木辰，萧炎也是微微一笑。虽然木家当年并未如米特尔家族那般竭力地助他，但是因为木铁之事，萧炎对他们也有一些好感。

缓步走进大厅，萧炎与在座的人皆笑着打了声招呼，然而不知是有意还是疏忽了，唯独将纳兰桀和纳兰肃二人晾在了一边。

望着与众人打完招呼后，便在海波东身旁找了一张椅子坐下的萧炎，纳兰桀和纳兰肃脸上的笑容皆有些勉强。萧炎此举，明显是对他们纳兰家族耿耿于怀。然而，以他们家族以往对萧炎的所作所为，会有今日这般待遇，倒是不足为怪。因此他们二人也唯有僵着脸坐于桌旁。如今的萧炎，已经不再是当年那个稚嫩少年，以萧炎现在的实力，已不用将他们纳兰家族放在眼里。

见纳兰家族被无视，大厅中的众人神色不变，犹如看不见一般，笑谈声丝毫未减。

萧炎入席后不久，法犸、米切尔也从外面走进来，坐于其中。随着这两人的入席，加玛帝国最强的几方势力首领，基本就聚齐了。

"将大家召集在一起，所为之事，想必大家都清楚，我也就不再绕弯子了。"萧炎抬头，缓缓地笑道。

听得萧炎开口，大厅内的众人顿时停止交谈，他们知道，正戏，要开始了。

"三年没回来，没想到云岚宗已经扩张到了这般地步，这倒的确出乎我的预料。"见众人沉默，萧炎也不以为意，淡淡地道，"云岚宗灭我萧家，此乃血仇，不可不报，所以我萧炎与云岚宗，自然是不死不休。今日召诸位前来，是想与大家联手清除云岚宗这颗帝国毒瘤！"

"呵呵，萧炎先生，云岚宗如今的确是愈加强大，不过似乎与我们并无直接的冲突。"听得萧炎的话，最先开口的，是那优雅地坐于加刑天身旁的夭夜。此刻，这位美丽的帝国未来女皇，看了一眼身旁的加刑天，微笑着道："但身为皇室，我们自然不愿意见到某一方势力太过强大，导致失调，所以若萧炎先生真有把握对付云岚宗的话，我皇室或许可在力所能及的范围内，给予一些帮助。"

抬头瞧了一眼这个颇有心计的女人，萧炎笑着摇了摇头，突然道："前段时间，我回加玛帝国时，途经边境镇鬼关，正巧在那里碰见了一名云岚宗长老。当时，那名长老正在帮一名出身云岚宗的副统领夺取统领之位，只要他能够成为镇鬼关的最高统领，那么驻扎在那里的军队，恐怕也会转投云岚宗麾下了。"

听得萧炎这话，加刑天和夭夜的脸色同时大变，他们失声问道："怎么可能？"

瞧见大惊失色的两人，萧炎一笑，看来木铁果然还未将消息上报。

"镇鬼关的统领名叫木铁，想必二位有些印象，他是木家的人。"萧炎笑道，"至于事情的真假，恐怕再过一两日就会有消息传到了。"

闻言，夭夜和加刑天的脸色又变了变。如果此事属实的话，岂不是说云岚宗早已开始对皇室出手了？

"这些年云岚宗展示出来的野心，想必以各位的情报网，都知道一些。日后等真到了那一步，你们唯有两种选择——要么被云岚宗所灭，要么投降。诸位

的家业都是祖辈辛苦打拼来的，若是就这般降于云岚宗，想必都愧对列祖列宗吧？"萧炎扫视全场，淡笑道。

"所以今日叫大家前来，无非是想给诸位加把火。如今帝国的形势，已经不允许你们保持中立。"十指交叉，萧炎轻声道，"我与云岚宗即将决一死战，这场大战对我来说至关重要，所以我不想出任何岔子。在决战之前，萧炎希望诸位能表明立场。"

萧炎这番话是明白地告诉众人，他要与云岚宗大战，且不会放任帝都之内的这些势力隔岸观火。毕竟到时候如果某些势力背后突袭，可能会直接影响战局的走向。

这番话少了一些柔和，多了几分霸道。然而他撂下这话，在座却并未有人感到丝毫不妥，他们都知道，如今的萧炎有这种资格。

萧炎说完之后，大厅内的气氛显得有些压抑，加刑天、法犸、木辰、纳兰桀等人目光交织，皆陷入了沉思。这次站队，可不是儿戏，一旦选错，可能会面临毁灭性的结局。因此，他们一时间难以拿定主意。

"呵呵，我米特尔家族会站在萧炎这边。老夫知道，就算是投靠了云岚宗，怕也没什么好下场，如今的云山，嘿嘿……诸位还是好好想想吧。"瞧着迟疑的众人，海波东嘿嘿一笑，率先声明道。

听得海波东的话，众人皆撇了撇嘴：你米特尔家族如今与萧家几乎都不分彼此了，你自然是要帮萧炎。众人这般想着，心中不免有几分酸意。当年看出萧炎非池中物的，并非只有海波东，然而有魄力敢得罪云岚宗也要出手相助的，唯有他一人而已。

"萧炎先生，不知道你这次与云岚宗大战，有几分胜算？"木辰轻咳了一声，突然出声问道。此时他对萧炎的称呼也改变了。

听得木辰这问题，加刑天等人也连忙竖起耳朵。要让他们支持萧炎，那萧炎自然要拿出一些让他们放心的底牌。

"胜负五五之分。"面对众人期待的眼神，萧炎笑着回答道。

听到这个答案，众人明显不太满意。当下加刑天干笑一声，道："虽说你这次带回来不少斗王强者，可如今云岚宗拥有的斗王怕也不少。据我所知，云岚山上至少还有两三名实力比云督、云刹还强的斗皇强者。当然，最麻烦的自然是云山，不知你有把握打败他吗？"

闻言，萧炎笑了笑，屈指一弹，将一缕碧绿火焰弹射出窗外。

就在众人有些疑惑之时，突然有破风声在窗外响起。旋即，三道身影闪掠而进。那三道斗皇强者的雄浑气息，令众人的脸色微微一变。

"斗皇强者，我自然也有。"指着面前的阴骨老三人，萧炎淡淡一笑。他话音刚刚落下，其身旁空间突然一阵波动，一道有些虚幻的苍老身影，渐渐地出现在众人面前。

"斗宗强者，当然也有……"

那道虚幻的身影刚一出现，苍老的笑声就缓缓响起。旋即，一股令在座之人脸色大变的磅礴气息，如潮水奔涌般猛然出现。

阳光从窗户倾洒而进，照在那有些虚幻的苍老人影之上，可地面上却没有映出半点儿影子。这般情景，看上去有些诡异。

突然出现的人影，和那猛然爆发出的不逊色于斗宗强者的磅礴气息，令大厅中所有人陷入了呆滞状态。众人惊骇地盯着前者，心中翻起了惊涛骇浪。

满场鸦雀无声，萧炎也是一脸惊愕，片刻后，才挠着头，苦笑道："老师，您怎么出来了？"

老师？萧炎对这神秘老者的称呼，令所有人心头狠狠一跳，他们望向萧炎的眼神，变得异样了许多。萧炎的进步，他们皆看得清清楚楚，其中当然有修炼天赋高的缘故，可若是细想的话，萧炎今日的不俗实力恐怕也少不了这位神秘老人的鼎力帮助吧。

"呵呵，无妨，反正迟早都会被人知晓。"药老笑了笑，这是他第一次在除

萧炎和美杜莎之外的人面前现身,但此举却并非随意为之。他知道,萧炎与云岚宗决战时,他便再难以掩饰身形,既然如此,早几日出现与晚几日出现,又有何区别?而且在此时出现,还会成为一枚重磅筹码,令犹豫不决的加刑天等人迅速选择站在萧炎这边。

听得萧炎与药老的谈话,众人更确定了两者的关系,当下皆忍不住咽了一口唾沫,相视一眼,皆感到有些骇然。没想到,这个家伙还有这等厉害的底牌,难怪敢向云岚宗挑战。

与加刑天等人相比,海波东和阴骨老几人则更加惊骇。因为他们清楚,除了面前这位神秘老者外,萧炎身旁还有一名能够与斗宗强者相匹敌的超级强者——美杜莎!如此算来的话,岂不是说萧炎身旁有两名能与斗宗强者比肩的超级强者?

想到此处,阴骨老、苏媚、铁乌三人相互看了一眼,眼中皆有一抹惊骇,心中一阵庆幸。还好,当初在黑角域时,他们三人并未与萧炎有正面冲突,不然,恐怕他们也会步那范痨的后尘。

大厅一角,纳兰桀和纳兰肃逐渐从药老现身带来的震惊中回过神来,两人面面相觑,倒吸一口凉气的同时,还满嘴苦涩。萧炎如今展现出的力量越强大,他们便越悔恨。本来他会是他们纳兰家族的女婿,纳兰家族将会因为他而威势大振,然而……

将众人的表情尽数收入眼中,药老挥了挥手,在萧炎身旁的椅子上坐下,淡笑道:"你们谈你们的,不用管老夫。"

听得药老这话,大厅中众人包括加刑天都连忙拱手。斗宗与斗皇,可是层次完全不同的强者。斗宗这个层次的强者,即便是在整个斗气大陆,也能够置身强者金字塔的上层,而斗皇顶多是中层偏上而已。

"呵呵,不知道老先生怎么称呼?似乎从未在加玛帝国见过老先生啊!"加刑天对着药老拱了拱手,颇为恭敬地笑道。

见面

"老夫本就不是加玛帝国的人,嘿,当年我在大陆上混时,恐怕你们都还没出生呢。"药老笑了笑,旋即目光一转,看向大厅中的法玛。法玛在药老出现时就陷入了沉思,似乎是在回想着什么。

"你就是当年那个小炼药师吧,你的气息我还记得。这么多年没见,没想到你也有些本事了。"

从药老口中传出的轻笑声,再度令众人陷入呆滞,法玛身体猛然一抖,难以置信地抬起头,失声道:"您……您是当年的那位老先生?"

药老一笑,随意地点了点头,瞧见萧炎疑惑的神色,道:"当年游历大陆时遇见过他,不过那时候他的年纪也就比你大一点儿而已。老夫见他有些天赋,便起兴点拨了一下。"

萧炎恍然大悟,而听得药老这话的加刑天等人,脸皮却一阵抖动,旋即抹了一把冷汗,这人……才是真正的老妖怪吧?

在众人狂冒冷汗时,法玛一脸激动地快步走下座位,对着药老遥遥下拜。在其双膝即将沾地时,药老却一挥袍袖,用一股柔劲将他轻轻托起,淡笑道:"别行这么大的礼。当初我只是一时兴起而已,能有这成就,得益于你自己的天赋与努力。"

"点拨之恩,誓死难忘!"法玛只得站起身来,对着药老行了一个晚辈礼,恭恭敬敬地道。

一旁的米切尔瞧见法玛竟然对药老行这般大礼,忍不住擦了擦额头上的冷汗。如今法玛可是一名货真价实的五品炼药师,可这般成就,只是因为被面前的老者随意点拨了一下。难以想象这老者的来历究竟何等可怕。

看到那被吓得直冒冷汗的众人,药老无奈地摇了摇头,对众人挥了挥手,旋即道:"好了,好了,你们还是谈正事吧,不然我这弟子可要怪老夫耽搁他谈事了。对了,萧炎先前所说不假,在与云岚宗决战前,一些事情总是要解决好的,所以各位还是好好思量一下吧,这立场,可得选好喽。"言语中隐隐有一些

威胁的意味。一名斗宗强者这般说，在座之人无不脸色微变。

话音落下，药老笑了笑，旋即身形一颤，虚幻的身影又逐渐变淡，最后诡异地消失了。

看到药老消失，萧炎无奈地摇了摇头，抬头望着众人，笑道："呵呵，不好意思，家师说话总是直来直往。"

闻言，众人连忙一阵赔笑。先前他们只是觉得萧炎值得他们正视，现在萧炎已经有了令他们仰视的资格。

斗宗实力的老师，这般背景，在加玛帝国之内还何惧之有？

"怎样，诸位？可是想好了？"手指轻轻敲打着桌面，萧炎眼睛一抬，突然问道。

大厅再度陷入沉默。片刻后，法玛猛地一咬牙，沉声道："老先生于我有点拨之恩，我炼药师公会这次便赌一赌，全力助你迎战云岚宗！"

法玛的话令众人一惊。炼药师公会在加玛帝国声望不低，他们的帮助无疑将会令萧炎声势暴涨。

"既然法玛会长有这等魄力，那我木家也陪你们，反正那云岚宗看我木家不顺眼也许久了，现在不动手，以后怕是下场也好不到哪里去！"法玛的话音刚落，木辰一拍桌面，咬着牙恶狠狠地道。

五大势力，已经有三方表明了立场，只剩皇室和纳兰家族还未表态。

天夜紧蹙着黛眉，与加刑天对视了一眼，旋即声音清澈地道："萧炎先生，要我皇室倾力助你，也未尝不可，不过，请容天夜问一个问题。"

"天夜公主请说。"

"云岚宗的确是我加玛帝国一大猛虎，可如今，萧炎先生的势力也不弱，甚至足以和云岚宗相比肩。天夜想问，若是日后真的清除了云岚宗，你是否会成为加玛帝国另外一头猛虎？如此的话，那我皇室事前事后，岂不是一样的处境？"天夜紧绷着脸，直视萧炎，竟然未有丝毫怯意。

见面

夭夜这番话无疑极具针对性，因此她话音一落，气氛立马紧张了起来。一些人流着冷汗，心中暗道："这妮子怎么如此胆大？"

手指轻点在桌面上，萧炎瞥了一眼盯着自己的夭夜，在其身旁，加刑天虽然身躯未动，但是萧炎能够感受到他突然变快的呼吸。

"只要有人就会有强弱之分。日后或许我的势力会成为加玛帝国的一头猛虎，不过我能当着在座所有人的面向你保证，只要皇室不动歪心思，云岚宗那种想要夺取国家大权的事，我绝不会做。"沉默持续了许久，萧炎终于开口说道。

对于萧炎的答复，夭夜似乎有些不太满意，就在她准备再次开口时，萧炎脸色微微一沉，道："夭夜公主，你应该也知道，若我此次不出手，少则几月，多则一年，你皇室就会被云岚宗彻底覆灭，还望你见好就收，莫要以为此次是萧炎求着你合作。"

听得萧炎这话，夭夜心中一惊，此刻她方才想起，这场合作只是萧炎想要免除后患方才提出的，他们是否参战根本起不了决定性的作用。

在萧炎这番锐气逼人的话语下，夭夜终于无奈败退，而一旁的加刑天立刻笑着出声道："夭夜还年轻，做事自然不周到，还望萧炎先生勿怪。呵呵，既然大家都同意，那我皇室自然也不能置身事外，此次剿灭云岚宗，我皇室定然倾尽全力！"

连皇室都已表明立场，纳兰桀和纳兰肃连忙异口同声地说将会一起迎战云岚宗。

见这些老狐狸终于首肯，萧炎心中也松了一口气，笑道："既然如此，那就预祝我们合作成功。另外，拜托大家一件事，请不要将家师的事传出去。"

闻言，众人连忙点头。

见到一切都已妥当，海波东一笑，从椅子上站起身来，刚欲说话，神色突然一滞，手掌对着窗外一招，旋即，一只传信鸟飞了进来，停在其手掌上。

"是雅妃传来的情报。"将传信鸟携带的字条取下,海波东冲着萧炎一笑,缓缓将字条展开,海波东的脸色顿时微微一变。

"怎么了?"见状,萧炎一皱眉头,问道。

海波东舔了舔嘴唇,盯着萧炎,沉声道:"云山那老家伙,要在云岚宗办一场婚礼。"

"婚礼?谁的?"萧炎眼瞳微微一缩。

"古河和云韵。"

第七章
混元塑骨丹

这两个名字自海波东口中吐出，萧炎的脸色瞬间便不可自制地阴郁了下来，眼神闪烁，隐隐透着些许愤怒。

"云山要给古河与云韵办婚礼？"听得海波东这话，大厅内众人皆一阵错愕，陷入沉默。

"这老家伙这个时候来这么一出，究竟是想干什么？"木辰紧皱着眉头，沉声道。

"还能干什么？自然是想拉拢古河喽。这些年云韵被软禁，古河也有些疏远云岚宗了，时不时会找借口外出，一去便是许久。"加刑天撇了撇嘴，冷笑道，"一名六品炼药师，就算是云山也得郑重对待。只不过，没想到他竟然舍得用云韵来套住古河。"

"古河对云韵素来有好感，不过云韵是一宗之主，心气颇高，而且要考虑之事也很多，对古河只是以长老之礼相待，并未有半分逾矩。明眼人一眼就能看出，古河只是单相思罢了。"海波东沉吟道，瞥了脸色阴郁的萧炎一眼，萧炎与

云韵之间的事,他也知道一点儿,"所以这婚礼之事,恐怕是云山一手操纵的,为的便是彻底将古河这位炼药大师绑在云岚宗。"

"以古河对云韵的感情,若是真的完成婚礼,说不定他真会成为云岚宗的爪牙。"加刑天紧皱着眉头,沉声道。古河这人他们也有过接触,自然对他颇为了解。

"不过云韵对古河素来没什么特殊感觉,她是心高气傲之人,云山想要她嫁给一个不喜欢的人,不用些重手段,恐怕云韵也不会屈服。"纳兰桀看了一眼萧炎,旋即说道。

听得众人七嘴八舌的议论,萧炎终于挥了挥手,脸上的阴郁也被压下了许多。他瞥了众人一眼,缓缓地道:"古河在加玛帝国声望极高,若是云岚宗有他相助,必会更难对付,所以这婚礼我们自然要竭尽全力地阻止。海老,云山将婚礼定在何时?"

"两日之后。"

萧炎微眯着眼,眼中掠过些许阴霾,淡淡地道:"那么便请诸位这两日将所有事情准备好,两日之后,就是我们与云岚宗决战之时!"

"这么快?"闻言,众人皆大惊。

"一旦古河真的站到了云岚宗那边,再召集一些强者前来,到时候想要击败云岚宗,就更加困难了。"萧炎摇了摇头,说道。

听得萧炎这样说,几人沉吟片刻,只得点了点头。如果给予古河足够的时间,恐怕他真能从四面八方招来不少强者。

"萧炎先生,云岚宗的强者只有你们能将他们击败,其余弟子就交由我皇室军队对付吧。这两日,我皇室也会暗中对一些手握重兵的统领和将军发布命令,命他们暗中清除城中云岚宗的眼线与势力。"夭夜沉吟了一会儿,冲着萧炎微笑道,"只要萧炎先生能够击杀云山,到时候,云岚宗余孽在加玛帝国必会被彻底清除。"

虽然在强者数量上，皇室比不上云岚宗，但是拥有国家机器的他们，却能够相当容易地将失去了头领的云岚宗从帝国之中抹除。

"既然如此，那到时候就看夭夜公主的了。"闻言，萧炎一笑。云岚宗在加玛帝国根深蒂固，想要将之彻底清除，也唯有掌控着整个帝国的皇室才有那般庞大的能量。就算是萧炎也不得不承认，这种事由皇室来干，效率无疑会比他高上数倍。

"不过，若是古河真的站在了云岚宗那边……"看着萧炎，海波东迟疑了一下，说道。

"我说过，我与云岚宗之间的血仇，唯有一方灭亡，方才会化解，除此之外别无他法。没有人能阻止我毁灭云岚宗，古河，自然也不例外。"萧炎淡淡一笑，漆黑的眸中掠过些许阴冷的杀意，"若他真要帮云岚宗，那就连他一块清理了。当然，这是最后才会使用的手段。他性子高傲，到时我会用其他办法让他知难而退。"

"既然你已下定决心，那么就依你吧。两日之后，米特尔家族会全力助你。"拍了拍萧炎的肩膀，海波东沉声道。

"炼药师公会也会全力相助！"法犸一笑，冲着萧炎道，"这一次，老夫就将所有赌注押在你身上了！"

望着二人，萧炎笑着点了点头，旋即目光扫向加刑天，似是随意地问道："早就听说过皇室有一头实力极强的守护兽，这一次事关重大，恐怕加老要将它给拿出来了啊。"

闻言，加刑天一怔，与夭夜对视了一眼，二人皆苦笑了一声，加刑天道："皇室的确有一头六阶守护魔兽，实力也足以与七八星斗皇相匹敌，不过此次怕是难以参战。"

"为何？"萧炎眉头一皱，能够匹敌八星斗皇的魔兽，可是一个不小的助力。在场的人，除了加刑天，恐怕只有海波东恢复巅峰实力后，方才能与之匹敌。

"萧炎先生,并不是我们皇室藏私,而是幽海蛟兽早年为我皇室征战多次,导致身体隐患颇多,前段时间伤势发作,如今状态极其萎靡,实力也不及全盛时期的一半,强行参战的话,恐怕效果也不大。"瞧见萧炎皱眉,殀夜微抿着嘴,轻声道。

"伤势?"眉头一挑,萧炎笑道,"这一点或许我能帮上忙。大家可别忘了,我也是一名炼药师。"

听得这话,殀夜和加刑天依然苦笑着道:"我们知道萧炎先生也是炼药师,不过当初我们也请法犸会长前去看过,他说,想要治愈幽海蛟兽需要一种叫作混元塑骨丹的丹药。"

"混元塑骨丹?"萧炎轻声念叨了一遍这个名字。

"这种丹药对魔兽的伤有着格外显著的效果,不过品阶太高,足足达到了六品。这种品阶的丹药,就算是我也难以炼制成功,所以……"一旁的法犸无奈地开口道,"这加玛帝国,能够炼制出这种丹药的,恐怕也就只有古河了。不过如今皇室与云岚宗的关系这么僵,想找他帮忙炼制,根本不可能。"

加刑天长叹了一口气,若非幽海蛟兽如今实力大减,他也不用如此忌惮云岚宗。

"丹药的事情,就交给我吧。既然大家如今站在同一条战线上,我自然不会藏私。"沉吟了片刻,萧炎突然道。

闻言,众人皆是一惊,一道道惊愕的目光扫向萧炎:让他来炼制六品丹药?那岂不是说,这个家伙,短短三年,居然连炼药术也突破到了六品之阶?

与众人的惊愕相比,法犸和米切尔的表情则格外精彩。身为炼药师,他们自然极为清楚炼药师等级的提升是何等困难,然而面前的这个家伙,短短三年,便从三品炼药师一跃成为六品炼药师,这般速度简直可怕。

"难怪他能得到那位老先生的青睐,这般天赋果然无人能及啊。"

"混元塑骨丹虽然是六品丹药,但是并非极难炼制,以我如今的炼药术,应该有不小的成功率。"无视众人惊愕的目光，萧炎淡笑道，"等会儿加老便派人将药材送过来吧，明日我自会将丹药奉上。"

瞧着萧炎那并非说笑的神色，加刑天与夭夜对视了一眼，皆难以掩饰眉宇间的喜意，当下连忙客气地答应。只要能够令幽海蛟兽恢复实力，皇室的力量自然会大涨，如此一来，他们也会安心不少。

"会后我会立刻派人将药材送到萧炎先生手上。只要先生能够将丹药炼制出来，消耗再多药材，我皇室也无所谓。"夭夜惊喜地说道，显得极为阔气。虽然炼制混元塑骨丹的药材并不是寻常之物，但以皇室的丰富珍藏，自然不成问题。

望着欣喜的二人，萧炎一笑，道："二位也不用谢我，此次与云岚宗决战，风险不小，助力自然是越多越好，那幽海蛟兽能恢复实力，对我们来说也能增加胜算。"

闻言，夭夜和加刑天连忙点头，加刑天更是笑得合不拢嘴，心中直道这合作不亏。

事情大多已安排完毕，萧炎这才松了一口气，望着那极遥远之处，淡淡的声音自他口中传出。

"这两日，便请诸位将可用战力尽数召集，两日之后，就是我们这支联合大军与云岚宗决一死战之时！"

事情商谈完毕，海波东和萧炎便告辞离开了炼药师公会，海波东回了米特尔家族，而萧炎却沿着街道一路行至城市中心最为繁华的地段。此时，偌大的院门已经挂上了崭新的牌匾，其上龙飞凤舞的大字，令街道上来往的人不住地止步观望。

"萧府！"

萧炎来到此处时，只见大院之外围满了人，他无奈地摇了摇头，只得闪身从院墙上跃进。

刚刚掠进院墙,就陡然袭来几道劲风,萧炎不闪不避,屈指一弹,一股劲风将那从阴暗中暴射而来的四道黑影的攻击轻易接下。

"不用慌,是我。"轻轻击退四道黑影,萧炎笑了笑,道。

听得这熟悉的声音,那四道黑影连忙单膝跪地,恭声叫道:"门主!冒犯了!"

"呵呵,不错!"轻轻弹了弹袍袖,萧炎一笑,并未怪罪,对着四人挥了挥手,便顺着院中小道向院落之内缓步行去。

萧厉挑选的这处府邸,不论是在面积上还是在气派程度上,都远超当年萧家在乌坦城的府邸。如今族中人员大幅度减少,庞大的院落倒显得有些空荡与幽静。

顺着小道行走了片刻,一处宽敞的大厅便映入眼帘。客厅内隐隐有笑声传出。

缓步走近客厅,轻轻推门而进,里面正指挥着下人整理物品的萧厉和萧鼎听得推门声,转头一看,皆笑着迎了过来。

"怎么样?这府邸不错吧?想要在这种地段购买如此庞大的院落,可不是有钱就能够办到的。"看着四下打量的萧炎,萧厉笑道。黄金地段大多掌控在背景不弱的大商人手中。不过如今萧炎在加玛帝国拥有的势力,已足以和云岚宗那种庞然大物相比肩,萧厉要收购这处院落,那些大商人自然不敢有丝毫异议,甚至连价钱都不敢要得太高。

"嗯。"萧炎微微点了点头,这院落虽然比不上米特尔家族的那座恢宏庄园,但是他也颇为满意,当下轻笑道,"不错,日后这里便是我萧家的总部了。"

见到萧炎点头,萧厉也松了一口气。

"三弟,今日商谈,结果如何?"坐于轮椅之上,萧鼎微微一笑,询问道。

"一切顺利,只待两日之后,就可召集人马,与云岚宗决一死战了。"萧炎笑了笑,说道。

"两日之后？"闻言，萧鼎一愣，旋即微微皱眉，道，"这么仓促？"

"云山想将云韵嫁给古河，将古河套牢。若是真让他们成功联姻，想必日后会更加麻烦，所以……"提起这个，萧炎脸上的笑容减了许多，缓缓地道。

"云山要将云韵嫁给古河？"听得萧炎所说，萧厉和萧鼎脸色微微一变，失声道。

"嗯。"

脸色微沉，萧鼎手指轻点在椅背上，沉声道："若真是这样的话，倒的确有些麻烦。古河不是寻常人，他在加玛帝国的号召力，就算是炼药师公会的法玛都难以企及。一旦他真的为云山所用，就必然会为云岚宗大大增加胜算。"

"那你想怎么办？"萧厉转向萧炎，道。

"自然不能让这联姻顺利完成。"萧炎淡淡一笑，眼神有些凌厉，"两日之后，我会想办法解决古河，至少也要逼得他不能插手云岚宗之事。"

闻言，萧鼎与萧厉对视了一眼。既然这个家伙已有定计，那么他们就不用再说什么了。

"这两日你们便安顿族人吧，云岚宗的事交给我就好。"拍了拍两人的肩膀，萧炎笑道。

"这种事，我的确帮不上什么忙，不过你要记着，你如今是萧家的顶梁柱，只有你活着，萧家才有振兴的希望。"萧鼎凝视着萧炎，缓缓地叮嘱道。

萧炎笑了笑，点了点头。这时，突然有下人来报，夭夜亲自将炼制混元塑骨丹的药材送了过来。

"没想到速度这么快，看来皇室对那幽海蛟兽极为看重啊。"自言自语了一声，萧炎派人将夭夜请了进来。

两人见面，自然少不了一番寒暄，之后夭夜将药材交给了萧炎。

夭夜准备的药材是用一枚低阶纳戒盛装的。萧炎扫视了一眼，忍不住咋了咋舌。这里面的药材足以炼制十枚混元塑骨丹，皇室出手果然极为阔绰。

将药材送到之后,夭夜又留了一会儿,才告辞离开。

目送夭夜离开,萧炎向萧鼎二人交代了一番后,便转身进入院内,寻了个安静的密室,嘱咐旁人不要打扰他。

关上密室的大门,萧炎长长地吐了一口气,微眯着眸子,袍袖中的拳头缓缓紧握。

"嘿,云山,你这手倒是挺狠的啊,逼得我两日之后主动上云岚山。"

手指上的漆黑戒指微微一抖,药老虚幻的身影缓缓飘出。他看了萧炎一眼,道:"战场在云岚山,云岚宗占着地利,宗内无数弟子也在山上,还有人多之优势。嘿嘿,看来云山对你很是忌惮啊,不然也不会花这么多心思。"

萧炎微微点头。云岚宗人多,而且还懂得合击阵势,合击阵势的威力,他当年已亲身领教过,自然知道威力何等强横。

"你与云韵的关系,云山恐怕也知道,他这般举动怕是还有扰乱你心境的意图。"药老沉声道。老辣如他,自然能够看透云山的动机。

萧炎沉默了。他不得不承认,听到云韵与古河将要举办婚礼这个消息时,他的内心是何等慌乱。显然对云韵,他不可能真正做到形同陌路。之所以决定两日之后决一死战,固然是因为担心古河真的会站在云岚宗那边,但也不可否认,自己内心深处也存着另外一些心思。

年少时出门游历,与化名云芝的云韵在魔兽森林相遇,那赠甲之情,还有之后云韵几次冒险相救,这些纠缠与瓜葛,就算萧炎再如何狠心,也不可能完全忘却。

望着萧炎变幻不定的脸色,药老一声轻叹,手掌一翻,一枚森白色的戒指便诡异地浮现,飘在萧炎面前。

"你将这个戴上。"药老手指一弹,森白色戒指飞向萧炎,被萧炎一把抓住。

"这是……"萧炎疑惑地望着手中的森白色戒指。戒指入手,一股冰冷中夹杂着炽热的异样感觉,涌上萧炎的心头。

"这是我用骨灵冷火炼制出来的戒指,其中藏着不少骨灵冷火,不过只能够储存五天,之后便会自动消散。"药老笑道,"此次与云岚宗大战,或许会有魂殿强者出现,到时候我会出手拦住他们,那时恐怕不能再将骨灵冷火借与你了,所以这枚戒指你便预备着危急时使用吧。但其中的骨灵冷火,只够你使用一次佛怒火莲,所以不到万不得已,尽量不要施展。"

闻言,萧炎一怔,微微点了点头。两日之后的那场恶战,连药老都不太放心啊。

"两日之后,便要与云岚宗大战了,现在多想也无益,还是尽可能地提升你这边的战斗力吧。"瞧着脸色有些阴郁的萧炎,药老笑着安慰道。

默默地点了点头,萧炎将夭夜送来的纳戒取出,轻声道:"既然如此,今日就先将那混元塑骨丹炼制出来吧。若是能够令皇室的幽海蛟兽恢复实力,对我们来说,也无疑是件极大的好事。"

药老微微点头,笑道:"正好,许久未见你炼制丹药了,今日便瞧瞧你的炼药术精进了多少。拥有两种异火,对你来说,炼制丹药应当是如鱼得水。"

听得药老这般言语,萧炎哑然一笑,跃身坐到床榻之上,手掌一挥,从韩枫处得来的赤红兽纹药鼎便闪现而出。屈指一弹,碧绿色火焰涌现,钻进了药鼎之中。

碧绿火焰升腾而起,密室之中的温度也逐渐升高,将密室烘烤得如同火炉。

第八章
幽海蛟兽

　　巍峨的山峰隐藏在黑暗之中，细密的灯火犹如萤火虫一般遍布山林。虽然夜已深，但是云岚山的防守较之白天却更加森严了，一道道明岗暗哨将此处的所有动静都收入眼中。

　　在云岚山峰顶，庞大的宗门巍然耸立，在夜色中，犹如一只匍匐的凶兽，散发着令人毛骨悚然的压迫气息。

　　云岚宗深处，一处偏僻大殿之内，柔和的灯火在微风中摇曳着，淡淡的光芒笼罩着大殿，驱逐着在殿内缭绕的冰冷气息。

　　庞大的大殿空空荡荡，唯有中央处的一名身着白色裙袍的女子，为这大殿添了一丝人气。云韵盘坐于蒲团之上，那张雍容高贵的美丽面孔，此刻却满是愤怒。先前云山与她说的话，令她难以置信。

　　"嫁给古河。"想到从云山口中说出的话，云韵心中的冷意便越发浓郁。如今的云山，哪儿还有半分当年的慈师模样？

　　美眸看向紧闭的大门，云韵握紧了白皙纤手，尖锐的指甲刺得掌心生疼。

片刻后，她突然一皱黛眉，冷喝道："既然来了，那就现身，何必鬼鬼祟祟的？"

"唉，没想到你的斗气被云山封印了，但是感知还如此灵敏。"一道无奈的叹息声在大殿中响起。旋即，一道高大的身影缓缓从大殿一角现出，赫然便是丹王古河。

"是你？"瞧见古河，云韵一怔，旋即黛眉一挑，冷笑道，"古河，没想到你竟然是这种人，乘人之危，枉我以前还那般敬重你。"

听到云韵的冷笑，古河愣了愣，随后似是明白了什么，苦笑道："这事可真与我没什么关系，全都是云山的主意。"

"你若不娶，就算是他的主意，又能如何？"云韵目光灼灼地望着古河，语气咄咄逼人，斗气虽被压制，可其气势却丝毫没有减弱。

云韵咄咄逼人，古河有些吃不消。他揉了揉额头，片刻后，方才叹息道："云山的提议，对我来说的确有莫大的吸引力。我对你的心思，你又不是不知道，只不过你总是故意无视罢了。"

"你是个不可多得的朋友，不过……"云韵微垂眼帘，摇了摇头，道，"你若是还顾及我们以往的交情，那便拒绝老师的提议，这样日后我们还能继续做朋友，否则……"

望着那张在灯火的照耀下略显冰冷的动人容颜，古河深深地吸了一口气，突然语出惊人："是因为萧炎吧……"

听到那熟悉的名字，云韵的脸色猛地一变，她叱责道："休要胡说！"

"云韵，我又不是傻子，云山将那些事都告诉我了。现在想来，当年在塔戈尔大沙漠遇见萧炎被蛇人族强者追杀，你几度出手相救，原来是对他……"古河神色颇为苦涩，他素来一身傲气，然而今日，却想不到自己竟然争不过一个毛头小子。

红唇动了动，云韵却并未反驳，瞥了古河一眼，道："你不用管究竟是何原因，我只问一句，你究竟拒不拒绝老师的提议？"

古河沉默了,片刻后摇了摇头,声音低沉地道:"我能配得上你,而且,你与萧炎也绝对不可能!"

"我的事不用你管。"云韵冷斥了一声,唇角挑起一抹嘲讽,"我说过,我不愿意的事,就算是老师也不能逼我。你若真要执意如此,到时候便娶一具冷冰冰的尸体吧。"

"就为了那个小子?"听到云韵竟然要以死相逼,古河心头顿时涌上一股怒火,低声吼道。

"与他无关……况且你古河的炼药术闻名加玛帝国,想要找到一个比我更优秀的女子并不难,何必非要这不情不愿的婚事?"纤手微微一握,云韵淡淡地道。

"可我只喜欢你!"古河怒吼道,"我有什么比不上那个家伙的?一个毛头小子而已,值得你这么惦记吗?"

瞧见古河这般顽固,云韵轻叹了一声,终于不再多话,缓缓闭目,摆明了不想再理会他。

见到云韵这副决绝的模样,古河心头的怒火更盛,可对面前这个他一直怀有几分爱慕之意且极为敬畏的女子,却不敢有丝毫冒犯。在大殿中来回踱了许久后,他终于平复了心情,突然沉声道:"萧炎的确回到加玛帝国了。"

那个名字犹如具有魔力一般,令那闭上眼的女子,再度睁开明眸。

古河不由得自嘲一笑:没想到自己纵横加玛帝国这么多年,竟然会被一个毛头小子压得翻不过身。

"不过你也不用太高兴,虽说他现在正在大肆联合帝国的其他势力,可你也知道如今云岚宗的实力,云山比起当年更是强了不少,就算萧炎这三年实力暴涨,可想要击败云山,胜算依然极低。而这一次,若他再失败的话,云山必然不会再让他逃脱。或许要不了多久,萧炎这个人便会在加玛帝国彻底消失了。"古河淡淡地道,"到时候,或许你也能安心地……"

听得古河这话，云韵虽然面上依然平静，但是那袍袖中的纤手却紧握了起来，低垂的明眸中也闪过一些复杂的情绪。

正如古河所说，云岚宗如今实力之强，她再清楚不过，说其可横扫加玛帝国也不为过。虽然从那日感知到的气息来看，如今的萧炎实力颇强，但是与至斗宗阶别的云山相比，依然有着不小的差距。

若是萧炎真打算与云岚宗血拼的话，恐怕下场并不会太妙。

想到此处，云韵的脸上忍不住流露出一分焦虑。这家伙真是个石头人，明知道敌不过，偏偏还要来硬碰。当年他侥幸能逃过一劫，可这一次，怕再没有那般好运。

古河一直盯着云韵，自然也将她脸上的那抹焦虑收入眼中，当下心中的无名怒火更盛了。这般担心之情，从未见她对自己展露过。

"只要萧炎此次落败，就是万劫不复的下场，这个人，你还是早点忘记吧。"古河皱了皱眉，再次劝诫道。

脸上的神色再度变得冰冷，云韵瞥了古河一眼，冷声道："不劳你关心。还是那句话，若是以后还想和我做朋友，那就拒绝老师的提议。你若真贪恋美色，天底下比我漂亮的女人多的是，何必在我这个被软禁的人身上浪费时间。"

"贪恋美色？"被云韵这句话气得脸一阵抽搐，古河怒吼道，"这些年，除了你，我对别的女人有过半分关注吗？你为云岚宗宗主时，我竭尽全力助你稳定局面，何曾说过半句苦话？何曾讨过半分回报？"

望着脸色涨红的古河，云韵那冰冷的脸色稍稍柔和了一些。她轻叹了一声，低声道："古河大哥，你的相助云韵不敢忘。只是有些事，不是因为感动就能勉强的……我与萧炎，也并非你想象的那样。"

听得云韵的话，古河一声苦笑，挥了挥手，道："这事我会好好想想。等这阵风头过了，我会请云山把你体内的封印解开，到时你要去哪儿，我都陪你去。"

见这人如此顽固，云韵也只得无奈地摇头。

"两日之后，便是萧炎与云岚宗决战之时。那一日，你多加注意，不要惹恼了云山。"古河沉吟了一会儿，突然道。

脸色微微一变，云韵再度紧握纤手。

"时间不早了，你先休息吧。"望着不动声色的云韵，古河叹了一声，向着门外行去。在即将出门时，他突然一顿脚步，说道："对了，据我所知，宗内禁地生死门最近波动有些异常。若是我没猜错的话，在生死门中修炼了三年的嫣然，应该是要出关了。"

说罢，他便不再停留，推开大殿大门，身形缓缓消失在夜色之中。古河逐渐远去，那厚重的大门也缓缓关闭。

云韵愕然地望着古河的背影，好一会儿后，一股欣喜从眸中涌现："嫣然那丫头，终于要出关了吗？"

炽热的温度充斥着封闭的密室，将之熏烤得犹如火炉一般。一股股白色烟雾从赤红色的药鼎中升腾而出，缭绕在密室之中，徘徊不散。

药鼎前，萧炎脸色凝重，紧紧地盯着那在药鼎内的碧绿火焰中缓缓旋转的各类药材，以雄浑的灵魂力量控制着温度，始终将之稳定在一个恒定的温度。

这般慢火温蒸了约莫半个小时，一股浓郁的药香逐渐升腾而出，细微的能量波动从药鼎之中传出，重重地撞击在药鼎内壁之上，带起一阵阵低沉的钟鸣声响。

嗅着药鼎中越发浓郁的药香，半晌后，萧炎陡然一挥手，药鼎盖子便自动掉落，一枚滚圆的青色丹药自其中飞掠而出，被萧炎准确地握进手中。

感受着手中丹药散发出的温度，萧炎心中松了一口气。这混元塑骨丹在六品丹药中虽算不得上品，但毕竟也是货真价实的六品丹药，炼制这般品阶的丹药，即便萧炎有这琉璃莲心火相助，失败率也依然不低，足足消耗了四份药材，

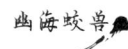

方才成功炼制出一枚。

将混元塑骨丹装进玉瓶中,萧炎伸了一个懒腰,抖了抖身子,骨骼发出一阵脆响。

见萧炎花费了一整晚时间终于炼制成功,一旁的药老微微点点头,缓缓地道:"这由两种异火融合而成的新异火,的确威力很大,不过也正因为如此,你操纵起来,不像以前控制青莲地心火那般得心应手。"

看了一夜,以药老的眼力,自然能看出萧炎的不足之处。前几次炼制失败,是因为琉璃莲心火的威力太强,温度稍稍一高,就将药材尽数焚毁了。

闻言,萧炎点了点头。这琉璃莲心火的弊端,他也知道一些,不过目前也没什么办法。异火的威力强大,想要将之运用得得心应手,哪儿有那么容易。

"日后有时间就多多练习一下这琉璃莲心火的使用方法,这对你提高炼制丹药的成功率,作用很大。"药老提醒道。

萧炎一笑,再度点头,将面前的赤红药鼎收入纳戒,跃下地来,笑道:"走吧,丹药炼制成功,该交给皇室了。对那头六阶幽海蛟兽,我也有不小的兴趣。"

说罢,萧炎率先走向密室大门。其后,药老笑了笑,身形逐渐变得虚幻,最后完全消失不见。

萧炎一从密室出来,等待在一旁的侍女就立马上前禀报。听她说,原来夭夜早就来了萧府。

"皇室竟然这么急不可耐吗?"闻言,萧炎一怔。夭夜一向颇为冷静,不然也不会被加刑天当作下一任帝国女皇来培养。没想到如今连她都这般急切,看来那幽海蛟兽,他们的确看得极重啊。

笑了笑,萧炎加快脚步,片刻后便走进大厅,瞧见正在谈笑的夭夜和萧鼎二人。

正与萧鼎谈话的夭夜,一见到萧炎现身,连忙起身,冲着萧炎微笑道:"大清早便过来打扰,真是抱歉。"

萧炎笑着摆了摆手。

"萧炎先生,不知道那混元塑骨丹可炼制成功了?"见萧炎未主动开口,夭夜迟疑了一会儿,终于忍不住询问道。

瞥了夭夜一眼,萧炎将其脸上的那抹急切看在眼中,当下一笑,微微点了点头,道:"还好,幸不辱命。"

听得萧炎这话,夭夜顿时放下了心中那块大石,俏美的脸上也露出一抹动人的笑容。

手掌一翻,一个玉瓶便出现在萧炎掌心中,他随意地将之抛向夭夜。

见玉瓶被抛过来,夭夜大惊,连忙接住,旋即嗔怪地看了萧炎一眼——这种高阶丹药居然也随意乱扔,这家伙……

"这便是混元塑骨丹吗?"夭夜小心翼翼地倾斜着玉瓶,将里面那枚散发着异样药香的丹药倒入纤手中,有些惊奇地道。虽然皇室收藏极丰,可六品丹药,她见的也不多。

"嗯。"萧炎点了点头,笑道,"不过这种丹药药力太过霸道,所以只有魔兽方才能够服用,而且还需要炼药师的特殊催动,方能够最大程度地发挥药力。"

听得这丹药还需要特殊的催动方法,夭夜一惊,望向萧炎,有些不好意思地道:"既然这样,那么恐怕要麻烦萧炎先生了。"

"能够见一见皇室那神秘的幽海蛟兽,我也很期待。"萧炎笑着摇了摇头,起身便向大门之外行去。其后,夭夜一脸欣喜地赶忙跟上。

两人刚出萧府,就瞧见正无聊至极地捧着小脸坐在台阶上的紫妍。紫妍瞧见萧炎,顿时惊喜地蹦起来,犹如牛皮糖般粘在了他身上。

对这黏人的丫头,萧炎也是无奈。这两日美杜莎又莫名其妙地失踪了,没有伴的紫妍极度无聊,萧炎只得将她带上。

萧府门口停着夭夜的御用奢华座驾，萧炎也不客气，拉着紫妍直接登了上去。夭夜一声令下，那身手明显不错的车夫便扯动雪白色角马的缰绳，向皇城之内奔驰而去。

约莫半小时后，马车便顺利地穿过了守卫森严的皇城。下车之后，萧炎他们也未停留，直接跟着夭夜快步走进皇城之内的后山，最后，在山顶之上的一处巨大湖泊边停下了脚步。

萧炎到达此处时，一眼就瞧见了早已等待在此的加刑天。加刑天也发现了三人，当下连忙迎上前来。

"呵呵，劳烦萧炎先生了。"看到夭夜脸上欣喜的表情，加刑天紧绷的心放松了许多，冲着萧炎客气地笑道。

萧炎摆了摆手，淡笑道："大家各取所需罢了。"

夭夜快步上前，将玉瓶小心翼翼地递给加刑天，然后将丹药需要特殊的催动方法的事也说了说。

听得夭夜所言，加刑天再度对萧炎一拱手，客气地道："既然如此，又要麻烦萧炎先生了。"

萧炎一笑，看向那巨大的湖泊。他能够隐隐感觉到，一股雄浑气息隐藏在极深的湖底。

"咦，这湖里竟然有条大蛇，实力还不错的样子啊。"萧炎正用心感应时，身旁的紫妍突然惊叹了一声。

听得紫妍的话，加刑天和夭夜皆是一惊，诧异地望着这粉雕玉琢的小女孩。隔着这么深的水，想要感应湖底隐藏的气息其实颇难，而这看起来极为可爱的小女孩，居然能够道出湖底隐藏之物的身形，这怎么能不令他们惊讶？

一旁的萧炎，对于紫妍的表现倒一点也不惊讶。紫妍本体也是魔兽，而且等级不低，她能感应出湖中所隐藏的魔兽，也不算什么太过稀奇的事。

"请加老将那幽海蛟兽唤出来吧。"

闻言，加刑天连忙点点头，身形一闪，便出现在湖泊之上，双脚落在水面上，双手浸入水中，雄浑斗气暴涌而入。随着斗气的涌入，那平静的湖面顿时沸腾起来，泛起无数水泡。

随着湖面的沸腾，岸边的萧炎能够清晰地感觉到，一股雄浑气息正在逐渐自湖底涌出。

嘭！

湖面愈加沸腾，突然间，一道庞大水柱自湖中暴射而起，化为漫天水花洒落而下。

吼！

水柱直射天际，伴随着一道低沉的兽吼声，有一物自湖泊中暴掠而起，那庞大的身形，几乎占据了半个湖泊。

出现在萧炎面前的魔兽，体形丝毫不逊色于吞天蟒：它那巨大的身体上布满深蓝色的鳞片，在阳光的照射下，鳞片反射出森森寒芒。巨大的脑袋上有一只蓝色螺纹独角，一对如灯笼般的巨瞳看上去颇为骇人。

此兽一出现，天地间的空气就变得湿润了许多。显然，这巨兽便是加玛皇室的神秘守护兽——幽海蛟兽！

第九章

大战来临

"加老头儿,又有何事将我唤醒?我不是说了,如今我实力大减,帮不了你什么忙。"巨兽一出现,那带着些许不满的雷鸣般的声音,就在湖泊之上响起。

同样站于湖泊之上的加刑天,抬头冲着幽海蛟兽笑了笑,道:"老家伙,我可不是打扰你,瞧瞧,这是什么?"说着,加刑天手一挥,那枚混元塑骨丹便冲破玉瓶,悬浮在其面前,闪烁着淡淡毫芒。

混元塑骨丹一出现,浓郁的药香就笼罩了这片湖泊。闻到这股药香,幽海蛟兽一愣,旋即声音中多出一分难以掩饰的狂喜:"混元塑骨丹?你终于弄到了?"

加刑天笑着点点头,转向岸边的萧炎,笑道:"萧炎先生,接下来便拜托你了。"

闻言,萧炎微微点了点头,肩膀一颤,一对碧绿火翼便自背后浮现。火翼振动,萧炎缓缓升空,闪现在幽海蛟兽巨大头顶的上方。

"你是谁?"巨大的兽瞳盯着面前那微小的身影,幽海蛟兽身体之上弥漫的

水汽突然消减了许多,片刻后,它突然大叫道,"小子,你身上的火属性气息太重,离我远点!"

见幽海蛟兽反应颇大,众人皆是一愣,萧炎率先回过神来,瞥了一眼自己背后的碧绿火翼,恍然大悟。这大家伙是一头水属性的魔兽,对于异火这种东西自然极为忌惮,而且自己体内的异火还是由两种火焰融合而成的,威力更是恐怖,难怪它会有这般反应。

幽海蛟兽有些惊慌,下方两道破风声突然响起,加刑天和一脸好奇的紫妍也闪掠而上,悬浮在萧炎身旁。

"呵呵,老家伙,不用惊慌。萧炎先生是炼药师,体内火属性气息自然极重,这枚混元塑骨丹便是他炼制的。想要将药力全部催化,还需要炼药师的一些手法辅助,所以你就忍耐一下吧。"加刑天笑道。

听得加刑天之言,幽海蛟兽方才安静了一点儿,不过依然不敢离萧炎太近。它如今状态极差,萧炎体内的火属性气息也远非寻常火属性斗气可比,一旦出个差错,恐怕它这条老命都要交待在这里。

"这大家伙长这么大的个子,没想到胆子这么小。"见到那有些畏畏缩缩的幽海蛟兽,紫妍顿时取笑道。

"小丫头,你找死不成?"幽海蛟兽虽然忌惮萧炎,但是对紫妍这么一个小不点,自然没有丝毫惧怕,它性子本就狂暴,当下便怒吼道。

"臭大虫,你敢凶我,你才找死!"被那轰隆隆的雷鸣声响震得耳朵发疼,紫妍纤手一叉小蛮腰,怒叱道。她的话音刚落,那对宝石般的眸子中顿时出现些许紫色光芒。

巨大的兽瞳怒视着面前的紫妍,幽海蛟兽刚欲暴吼,却突然看见紫妍眼中闪烁的诡异紫芒,当下便感受到一股异样的压迫感毫无征兆地自其灵魂深处蔓延而出,而幽海蛟兽庞大的身体也犹如受到了某种威压一般,猛然下沉。

身体虽然下沉了一瞬便稳住了,但是幽海蛟兽心中却掀起了惊涛骇浪,巨大的兽瞳中充斥着震惊与骇然。以它的实力，自然能够看出紫妍不过才斗王阶别，然而刚才的那股压迫力，却的的确确是从这个小女孩体内冒出的。

一般来说，魔兽感觉到这种威压，只有两种原因：一是实力上的巨大差距；二是血脉压制。第一个原因，自然可以排除，紫妍的实力与幽海蛟兽差距不小。那便只有第二种原因可以解释：紫妍体内的血脉对幽海蛟兽天生就有压制效果。就犹如上位者对下位者的一种威压。

"这个小女孩，居然也是魔兽？能够让我感到威压与恐惧，她的本体究竟是什么？难道是来自远古的血脉？"目瞪口呆地望着面前的紫妍，许久后，幽海蛟兽突然发出一道低沉的吟声，若是细听的话，居然能听出一种俯首称臣的意味。

幽海蛟兽的变化，自然逃不出对他极为熟悉的加刑天的眼睛。加刑天虽然脸色未有太大变化，但是心中极其震动，他目光隐晦地望向萧炎身旁的紫妍，心中着实感到不可思议。这幽海蛟兽，说起来也算是一种颇为稀有与强悍的魔兽，等级高达六阶，可是连它都对这小女孩如此忌惮，这女孩究竟是何身份？

瞧见幽海蛟兽服软，紫妍这才一挺肩，对着一旁的萧炎做了个鬼脸，得意地哼了一声。

萧炎笑着揉了揉紫妍的小脑袋。经过先前的那一幕，对紫妍的本体，他越发好奇起来：真不知道她究竟是何等厉害的魔兽，竟然令如此强悍的幽海蛟兽都恐惧不已。

"好了，不要再浪费时间了。"对着加刑天笑了笑，萧炎一招手，加刑天手上的那枚混元塑骨丹就飘至他面前。他望着幽海蛟兽，问道："准备好了没？开始时可能会有点儿痛。"

"多谢阁下了。"经过刚才那一幕，幽海蛟兽也不敢再放肆，瞧见萧炎与紫妍颇为熟悉的模样，对他说话不禁也客气了几分。

萧炎一笑，心神一动，一缕碧绿火焰便将那枚混元塑骨丹包裹起来。他屈

指一弹,火焰便包裹着丹药飞射至幽海蛟兽头顶之上。

片刻后,萧炎手印一变,碧绿火焰猛然膨胀,一股浓郁的青色光华突然自其中倾洒而出,犹如水幕般,将下方幽海蛟兽那庞大的身躯笼罩。

那奇异光华笼罩全身,幽海蛟兽的身体突然一阵扭动,看起来它似乎有些痛苦,不断发出低沉的吼声,在湖面上掀起阵阵波涛。

一旁的加刑天瞧见幽海蛟兽的模样,有些焦急地搓了搓手,不过望着萧炎郑重的脸色,又不敢出声打扰。

低沉的兽吼声持续了十来分钟,方才逐渐停下。此刻,加刑天惊喜地看到,遍布幽海蛟兽全身的各种伤痕,居然正在逐渐愈合。显然,那奇异的青色光华,对它有着极大的疗愈作用。

在那青色光华的照耀下,幽海蛟兽不仅身体上的伤痕逐渐愈合,而且精神也在逐渐地振奋起来。

感受到从幽海蛟兽体内散发出来的气息越来越强,加刑天脸上的喜意也越发明显。幽海蛟兽早年为皇室征战,受的伤颇多颇重,如今,在那枚混元塑骨丹的作用下,正逐渐地恢复到巅峰状态,这对于皇室来说,无疑是一件值得庆贺的喜事。

天空之上倾洒而下的青色光华,足足持续了一个小时。在这段时间内,那碧绿火焰中的混元塑骨丹,体积也缩小了许多,显然,药力大多已经挥发了出来。

那青色光华又持续了半个小时,终于开始逐渐减弱,光华笼罩的范围也慢慢缩小。半响后,伴随着一道低沉的闷响,混元塑骨丹终于彻底被催化,其光华也完全消散。

丹药消失,萧炎也松了一口气,收回自己的灵魂力量,拍了拍手,冲着一旁的加刑天笑道:"它的伤大多已痊愈,休息一段时间,便能恢复至巅峰状态。"

"多谢萧炎先生了。日后先生若是需要帮忙的话,尽管来找我,只要能力所

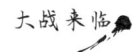

及，我定会倾力相帮。"闻言，加刑天顿时激动地道。

笑着摆了摆手，萧炎淡淡地道："只要一日之后的那场大决战，皇室能够倾力而为就行。"

"这是自然！"加刑天严肃地说。

在萧炎、加刑天两人谈话时，幽海蛟兽猛然睁开紧闭的巨瞳，一股凌厉气势自其体内暴涌而出，笼罩了整个后山，惊起无数飞禽走兽。

感受到幽海蛟兽这股雄浑的气势，萧炎满意地点了点头，幽海蛟兽的这般实力的确值得他出手。只是这样一来皇室实力必然大涨，希望事成之后皇室不要以为这便是他们踞傲的本钱。萧炎能令幽海蛟兽痊愈，自然也有办法令它再度失去战斗力。

望着兴奋得仰天长吼的幽海蛟兽，萧炎的嘴角扬起一抹微笑。如今的他，自然懂得凡事留一手，虽然他留的这手有些狠，但只要皇室不出尔反尔，一切都会朝着最好的方向发展。

"幽海蛟兽已恢复实力，只等明日海老将复灵紫丹炼化完，实力也恢复至巅峰状态，就能与云岚宗展开大决战了。"

接下来萧炎闲了许多。虽然与云岚宗大战在即，但是他这边的强者已经安排妥当，竟显得有些无事可做。

这两日，皇室、炼药师公会、米特尔家族、木家、纳兰家皆开始调动各自势力，将散布在外的强者尽数召回，为大战做最充分的准备。

几大势力这般大规模的动作，令无数人有种风雨欲来的感觉。一些心思敏捷之辈联想到前段时间云岚宗的嚣张举动后，隐隐猜测到了什么。不过此事实在是关系重大，大多数人都闭口不谈，生怕招惹是非。

然而让众人疑惑的是，几大势力四处召集强者，云岚宗那边却一片平静，似乎外界的狂风暴雨，与他们没有丝毫的关系。

在这满城风雨中,时间如指间细沙般迅速流逝。算算时日,距离决战之日,只有一夜之隔了!

萧府,后院。

萧炎立于一处高楼之上,目光扫过灯火通明的庞大城市,望向那隐藏在黑夜中的遥远山峰,袍袖中的手掌不自觉地紧握。明日便是决战之日,上一次,他如丧家之犬一般逃走,这一次,不知结局又将如何?

微抿着嘴,萧炎的目光下移,望着不断有低喝声传来的萧府,缓缓吐了一口气。虽然如今萧家族人皆在拼命地提升自己的实力,但是萧家的安全与日后的发展,完全取决于明日的决战。若是胜了,萧家自然会成为加玛帝国的名门望族;若是败了,恐怕就得遭遇真正的危机了。

明日那场决战,对萧家来说,至关重要!

夜风吹拂着萧炎的发丝,他突然一笑,偏头淡淡地说道:"这两日都不见你人影,我还以为你已经走了。"

萧炎话落,其后空间突然一阵波动,一道妖娆冷艳的倩影旋即缓缓浮现,赫然便是美杜莎。

听得萧炎的话,美杜莎瞥了他一眼,不咸不淡地道:"你未将复魂丹给我,就想让我离开?"

"你还是很想杀了我?"萧炎突然转身,望着那张冷艳动人的脸,问道。

这突如其来的问题,令美杜莎有刹那的失神,旋即脸色一冷,道:"你用卑劣的手段夺我身子,难道还不该杀?"

萧炎一笑,缓步走近美杜莎,肆无忌惮地打量着那张冷艳的脸,笑道:"当日那事并非我所愿,说起来,我也是被强迫的,当然,现在说什么你都会以为我是在找借口。至于复魂丹,只要约定的时间到了,我自然会为你炼制,到时候吃与不吃,也全看你自己。"

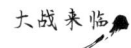

"为什么不吃？只要吃了复魂丹，吞天蟒的灵魂对我就再没有任何影响了，到时候杀你自然不会有丝毫迟疑！"闻言，美杜莎立刻毫不犹豫地道。

瞧着美杜莎那决绝的脸，萧炎笑了笑，轻声道："真是那样吗？虽然你一直都说对我下不了杀手是出于吞天蟒灵魂的缘故，但是我却不信堂堂美杜莎女王会被它影响到这种地步。若你真的心存杀意的话，其实有很多次下手的机会。"

妖异美丽的狭长眸子微微一眯，那张冷艳面孔上顿时妖气盎然，美杜莎斜瞥了萧炎一眼，冷笑道："难道你以为本王会对你有别的情感不成？本王可不是你们人类女子，昔日你对我所为，只会令我们之间的仇恨愈加深重！"

萧炎不置可否地摊了摊手，斜靠着柱子，懒散地望向美杜莎，片刻后，突然道："真想要我命，其实并不需要等到服用复魂丹。此次与云岚宗决战，连我自己都没有必胜的把握，说不定一个不慎，我就会死于云山之手。到时候，你也就解脱了。"

美杜莎微微挑了挑如画的黛眉，脸色却是一如既往的淡漠，说道："你若真的死于云山之手，我会感谢他的。"

"呵呵，希望如此。"萧炎一笑，对着美杜莎摆了摆手，道，"时间不早了，先去休息吧。明日大战便开始了，生死成败各安天命吧。"说完，他便洒脱转身，行下楼梯，缓缓地消失在美杜莎的视野之中。

望着那逐渐走远的背影，美杜莎脸上的淡漠缓缓消散，纤手微微握了握，眉宇间有一分挣扎。片刻后，挣扎化为一声饱含着复杂情感的轻叹，在这楼阁之上缓缓回荡。

皇城，一处大殿。

"太爷爷，皇室十万精锐军队已守在云岚山不远处，只要明日大战一起，就会封锁整座山。而强者阶层，除了太爷爷和幽海蛟兽两名斗皇强者，还有我皇

室培养多年的三名斗王强者，皇室已经拿得了绝大部分力量。"灯火下，夭夜微蹙着黛眉，对加刑天低声道。

加刑天微微点了点头。在这种时刻，这位阅历不凡的老人也显得有些忐忑，这一次，他们下的赌注实在是太大了，稍有差池，就会牵连整个皇室。

"你说我们这次的胜算有多少？"片刻后，加刑天终于缓缓出声问道。

"太爷爷不用多虑，如今我们联盟的实力不比云岚宗弱，而且萧炎先生的老师，不也是一名斗宗强者吗？这场大战，必然会是我们胜利。"夭夜微笑道，只不过，那有些勉强的笑容暴露了其心中的忐忑。

"唉，希望吧。这一次，我们可是将整个皇室都赌上去了啊。"加刑天叹息了一声，缓缓地道。

米特尔家族。

"海老，族中精锐已经召集完毕，只等明日一声令下，便可与其他几方势力会合，与云岚宗展开生死大战！"大厅中，雅妃望着站于窗前负手而立的老者，微笑道。

听得雅妃声音，海波东转过身，笑着点了点头，旋即一声长叹："万事皆备。接下来，便看老天究竟站在哪一边吧！"

雅妃默默点头。这场大战决定了两方庞大势力的生死，一方一旦落败，就会陷入万劫不复的境地，那种结局可不是儿戏。

美眸扫向窗外，望向萧府所在的方位，雅妃微微一笑，她对那个青年有莫名的信心。

在同一时刻，炼药师公会……

木家……

纳兰家族……

今夜，众人无眠。

当天际的第一缕晨晖透过云层，投射进这座庞大的帝都时，空空荡荡的大街上便涌现出不小的人流。

萧府，盘腿坐于床榻之上的萧炎猛然睁开双眼，身形一颤，便诡异地消失了。

萧府前院，原本空荡荡的院落，此刻站立着百余名黑衣人，浓郁的血腥气味在院中缭绕，胆小之人一看便有种胆寒的感觉。

在这些黑衣人前方，林焱、紫妍、阴骨老等强者安静而立，一股异样的压抑气息弥漫在院落中。

"各位可准备好了？"安静的气氛突然被一道微笑声打破，旋即，一个黑袍人突然闪现在台阶之上，冲着下方众人笑道。

轰！

百余名黑衣人单膝整齐跪地，虽未出声，可声势浩大。

见状，萧炎满意地一笑，漆黑的眸中涌上丝丝炽热。今日，便是一决生死之时！

胸膛中战意澎湃，萧炎背后碧绿火翼浮现，微微一振，他身形悬空，猛地仰起头颅，一声清啸！

啸声如雷，在城市上空滚滚不休，令无数人惊诧不已。

萧炎的啸声传出后不久，帝都之中的几个方位，呼应般地陡然响起几道啸声。这些啸声皆被雄浑斗气包裹着，在城中每一个角落回荡不休！

"云岚宗嚣张跋扈，意图叛国，皇室愿助萧家一臂之力，清剿叛贼！"

"米特尔家族愿助一臂之力！"

"炼药师公会愿助一臂之力！"

"木家愿助一臂之力！"

"纳兰家族愿助一臂之力!"

被那四处响起的啸声激起满腔豪情,萧炎披散着黑发,笑声如响雷般扩散而出,那股冲天豪气,令满城之人皆为之震撼!

"云岚宗,萧家萧炎,来讨债了!"

第十章
对战古河

今日的云岚宗是一片喜庆的海洋,鲜艳的红色点缀着这座庞大的山峰。

原宗主云韵的婚礼,对整个云岚宗来说,都是一件极重要的事,而且云韵要嫁的人,还是在云岚宗拥有极高声望的丹王古河。因此今日的婚礼,无疑将会是这么多年来云岚宗最为热闹的一场盛事。

在这种喜庆的氛围之下,许多人都不自觉地忘记了外界的那些风风雨雨。在一些人看来,以云岚宗如今在加玛帝国的实力,就算那些势力真的联合起来,对这个偌大宗门,依然没有太大的威胁。这种信心便是源于云岚宗拥有加玛帝国唯一的斗宗强者——云山!

喜庆的声音一大早便响彻整个云岚山,随着耀日的缓缓攀升,那股喜庆的氛围也越发浓厚。

云岚宗一处大殿,唯有两人坐于其中。而此二人,皆在这云岚宗拥有极高声望。坐于首位的,自然便是云山,而靠下方的,则是今日婚礼的主角之一——古河。

"呵呵，古河，今日过后，你便是我云岚宗的人了，以后若是我这把老骨头不在了，恐怕云岚宗便只能托付给你了。"听得外面传来的阵阵热闹的声音，云山冲着古河微笑道。

闻言，古河连忙摆了摆手，笑道："宗主如今已是斗宗强者，正是最为健壮之时，怎么说这些不吉利的话？"

云山一笑，干枯的手指轻轻点在桌面上，瞥了外面一眼，淡笑道："如果我所料不差的话，萧炎那些人今日就会杀上云岚宗。那个小子对韵儿一直格外垂涎，以前韵儿受他花言巧语哄骗，也曾做了一些鲁莽之事。如今我许下这门婚事，那小子恼羞成怒之下，定然会前来破坏。"

眼神微微闪烁，片刻后，古河声音低沉地道："我不会让任何人破坏我与云韵的婚礼。"

"呵呵，以你丹王古河在加玛帝国的声望，若被人破坏了婚礼，那的确是件丢脸的事。"听得古河此话，云山一笑，声音中不无怂恿之意。

"宗主，今日大婚若是顺利完成，日后还请解开云韵体内的封印，我会带着她出去走走。到时候，若是她想通了，就能够理解宗主对她的一片苦心了。"古河笑了笑，话题突然一转，道。

云山捋着胡须笑着点了点头，道："这是自然，那妮子怎么说也是我一手培养出来的。这样封印着她，我心里也不好受。"

虽然听出云山话里的虚伪之意，但古河还是笑着点了点头，拱手道谢。

"今日的婚礼，你便放心吧，我已经做了妥善安排。只要萧炎那小子有胆子出现，我就会用他的命来贺你们大婚之喜！"云山微笑道。

"既然如此，那就多谢费心了。今日事多，我便不多留了。"古河再度道谢，见到云山点头，才起身缓缓退出了大殿。

目送古河离去，云山脸上的笑意也逐渐收敛，老眼虚眯，淡淡的冷芒闪掠而过。

"桀桀，没想到你为了拉拢古河，竟然舍得将云韵嫁出去。"古河离去之后，大殿的大门突然毫无预兆地闭上，一团诡异的黑雾从阴暗处飘溢而出，一道怪笑声从中传出。

"古河在加玛帝国声望不低。这一次，先让他去与萧炎大战一番，等到两败俱伤了，我们再坐收渔翁之利。"云山冷笑道。

"这倒是无所谓，不过你可别忘记要把古河给弄死。那家伙灵魂力量不弱，想必又是一个优秀的灵魂体，桀桀……"

云山一皱眉头，古河如今是六品炼药师，对云岚宗无疑有极大的用处。

"嘿，怎么？你还不乐意了？云山，我魂殿当年能让你从濒死地步到达如今的斗宗层次，也能让你再次一无所有。你现在的一切，都是魂殿赐予的。若是哪日魂殿不高兴了，将这些都收回，那……桀桀……"似是察觉到云山的不乐意，那黑雾之中传出一阵阴厉的笑声。

闻言，云山脸色微微一变，旋即干笑道："鹜护法，这话说得……魂殿对我有大恩，我自然不可能忘记。呵呵，既然魂殿对古河有兴趣，那么等事成之后，将其灵魂收走便是。"

"云山宗主果然识时务，不枉我魂殿对你如此大力栽培。今日你云岚宗麻烦不小，你还是多注意点，别阴沟里翻船了。"听得这话，那黑雾中方才传出一道冷笑声。

"多谢鹜护法提醒，我自然会做万全的安排。"云山笑道。

"既然如此，那今日，本护法就等着看看好戏了，你可别让我失望。"黑雾一阵波动，逐渐变得虚幻，片刻后，完全消散在大殿之内。

望着那消散殆尽的黑雾，云山抖了抖脸皮，低垂的目光中闪过一抹狠戾，旋即消失不见。

天上的耀日逐渐攀高，整个云岚山都喜气洋洋，无数欢喝声汇聚在一起，

直冲云霄。

庞大的广场被装饰得喜气洋洋，身着红色袍服的云岚宗弟子，犹如红色的浪潮一般。

在广场的中央，有早已搭建好的庞大喜台，在喜台之上，云山高坐首位。此刻的他，正满脸春风地与前来庆贺的宾客谈笑风生。大婚的消息一传出去，以古河在加玛帝国的声望，自然有不少强者前来庆贺。

在喜台之下，已经换上了一身鲜艳红色袍服的古河，正满脸笑容地向周围不断拥来的庆贺者拱手道谢。

"新娘到！"

当耀日攀至天空正中央时，一道清脆的声音终于在无比喧闹的广场之上响起。广场上顿时安静下来，一道道目光向声音来源处望去，只见一名身着红色喜裙、脸被垂下的红珠帘完全遮住的女子，在几十名美貌侍女的簇拥下，众星捧月般朝着广场中央的喜台缓缓行来。

望着另一位主角，广场上的笑声更是大了许多。众人对古河拱手道贺。能够娶到这般优秀的女子，不少人都艳羡不已。

然而在众人道贺时，却无人注意到那位在侍女的搀扶下徐徐走来的新娘，步伐如木偶般僵硬。

古河快步走向新娘，看向她的脸庞，可因为红帘的遮挡，丝毫看不见她的表情。

将身旁侍女递上的红结握在手中，一对新人便在众人的注视中，缓步行至喜台之下。

"呵呵，今日爱徒大婚，诸位远道而来，云山在此代云岚宗向诸位道谢了！"喜台之上，云山一脸笑容地望着下方的一对璧人，又抬头对广场之上的人群朗声笑道。

听到云山这话，广场上顿时又响起阵阵如潮水般的道贺声。

"韵儿曾任我云岚宗宗主，地位自然不低。不过以古河的身份，倒也配得起。呵呵，所以说他们二人真是门当户对。"云山笑眯眯地道。

喜台之下，古河微笑着回应周围的恭贺声，目光偶尔瞥向身旁那一言不发的新娘，脸上的笑意便会不自觉地稍稍收敛，眼中也掠过些许阴霾。

"今日，老夫将在加玛帝国众强者面前，将爱徒云韵嫁给古河！"云山瞟了一眼脸色有些不太对的古河，笑道。

听得云山的笑声，广场之上再度爆发出阵阵声浪，无数祝贺声被抛向喜台之前的一对新人。

云山抬头看了一眼天色，手掌一挥，朗笑道："吉时已到，大婚开始！"

这一刻，云岚宗的喜庆气氛达到了高潮。

咻！

就在喜庆的洪流即将攀至顶峰之时，一道尖锐的破风声突然在天空之中响起。旋即，一道黑影猛然划掠天空，向喜台前暴射而去。

突如其来的破风声，立刻引起了众人的关注。众人无不感到惊愕，云山脸色一沉，身形闪动，跃下喜台。他一挥袍袖，恐怖的劲气暴涌而出，重重地轰击在那道黑影之上。

锵！

金属交击之声爆发，黑影被云山震退，在半空中一阵飞旋，随后重重插在坚硬的地面上。众人目光一扫，原来是一柄硕大的黑色巨尺。

"呵呵，云山宗主，何必如此着急？今日这云岚宗是办喜事还是办丧事可还没定呢！"

黑尺落地，一道年轻的清朗笑声缓缓响彻天际。

听到那响彻天际的清朗笑声，广场之上无数道目光瞬间上移，旋即便瞧见遥遥天空之中，大批人影正破风而来。

突然出现的大批人影，令广场之上的众人有些骚动。因为他们发现，那天空之中的人影，背后都有一对斗气双翼，这些人至少是斗王阶别的强者。

不少人心中暗吸了一口凉气。看天空中那一道道身影，少说也有几十人，而如此多的斗王强者，恐怕云岚宗也没有吧？

喜台下，云山听得那笑声后，脸色便阴沉下来。他抬起头，直视着天空中那振动着碧绿火翼的黑袍青年，阴冷的声音响彻广场。

"呵呵，当年的丧家之犬，也敢大放厥词。萧炎，三年之前，老夫能将你撵得跟狗一样逃窜；三年后，你依然会是那般下场！"

云山的冷笑声，顿时在广场上激起一阵惊异的窃窃私语声。

"那人便是萧炎？当年被云岚宗通缉追杀的那个萧家萧炎？"

"嘿嘿，除了他还有何人？他与云岚宗有血仇，当年被追杀出帝国，可谁都没想到这家伙三年后又回来了，不仅实力大涨，还带回了不少强者。"

"据说不久前云岚宗派去围剿米特尔家族的强者，全部都葬送在了萧炎手中。此事若是属实的话，这个家伙的实力未免也太恐怖了吧？"

"看来今日云岚宗麻烦不小啊。"

"嘿，那也不一定，云岚宗有云山这位斗宗强者呢，真要打起来，恐怕萧炎他们胜算不会太大。"

下方的那些窃窃私语，萧炎也听见了一些。他笑了笑，目光转向云山，眼神忍不住变得森寒起来："云山，你毁我萧家，这般血仇，若不收你那项上狗头，恐怕难以洗刷！"

云山乃云岚宗宗主，敢当着众人的面骂他的，迄今为止也就萧炎一人。因此，他的脸色不免有些难看。

目光缓缓地扫过天空中的大批人影，片刻后，停在加刑天等人脸上，云山发出一阵冷笑："怎么？加刑天、法犸，你们也要站在这个不知天高地厚的小子那边？"

"云山，最近几年你云岚宗有何野心，别以为我们不知道。想让我们坐以待毙，绝不可能！"既然已经到了这一地步，加刑天自然也不再忌惮云山，因此话语中嘲讽之意甚浓。

"哈哈，好，好，好得很哪！"听得加刑天这话，云山顿时仰天大笑，"没想到投靠了一个当年被我撵出帝国的毛头小子，你们便有胆子向我叫板。很好，既然来了，那今日就都不用走了！"

伴随着云山的大笑，庞大的云岚山中突然传出一道道啸声，紧接着光芒不断闪掠，一道道雄浑斗气自宗内暴涌而起。旋即，众多人影掠至天空，那些早已待命的云岚宗长老，此刻全部现身。

见到那些闪现而出的云岚宗长老，广场上又是一阵骚动。看这模样，今日一场大战在所难免。

喜台之下，古河的脸色在萧炎等人出现后便颇为难看，特别是当他发现听到萧炎的声音后，身旁那身穿红色衣裙的女子突然颤抖了起来时，一股无名怒火不由得从他心中涌起：为什么？为什么你这么在意这个小子？

"萧炎，今日是我大喜之日，你率人上云岚宗捣乱，未免也太嚣张了吧？"深吸了一口气，古河猛地抬头，厉声喝道。

萧炎淡淡地瞥了古河一眼，目光却忍不住停在了其身旁的那位脸被红珠帘遮住的女子身上。那熟悉的曼妙身姿令萧炎沉寂的心忍不住颤了颤。

"云岚宗毁我萧家，便不嚣张了？云岚宗强行剿灭米特尔家族，便不嚣张了？既然云岚宗敢嚣张，那我萧炎为何不敢？我与云岚宗有深仇大恨，不死不休！今日前来，只为了结恩怨！"冰冷的目光射向古河，萧炎的嘴角噙着一丝笑。

"报仇是假，破坏婚礼才是真吧？"古河针锋相对地还以冷笑。

"婚礼？新娘都是受人操纵的傀儡，这种婚礼还有何意义？"萧炎一笑，屈指一弹，一缕碧绿火焰如闪电般暴掠而下，一瞬间便出现在那全身被红色衣裙

包裹的新娘面前。就在火焰即将击中新娘时,一道淡淡的黑色光芒突然自新娘体内掠出,与那道火焰狠狠地碰撞在一起。

"嘭!"

两者碰撞发出一阵闷响,带出一道劲风,新娘被震得急退了两步。

"云韵!"瞧见新娘急速后退,古河顿时一急,刚欲伸手,那红珠帘之下便传出一句带着颤音的清冷话语:"我没事。"

听到新娘自出场后说出的第一句话,广场上的众人面面相觑,也感觉有些不对劲。

在无数道目光的注视下,一双如玉纤手从袍袖中探出,将头上的红珠帘扯下,一张如雪般白皙的美丽面孔出现在了众人面前。看那容貌,赫然便是云韵。

扯下红珠帘的云韵,明眸微微低垂,目光闪动,却始终不看向天空。正当她低头之际,天空中那令她难以忘怀的声音,却再度响起。

"云山,为了拉拢强者,你竟然使用这般卑劣手段,当真是一位'慈师'啊。"

"当年让你侥幸逃脱,这次,待我抓住你后,会把你的牙齿一颗颗地拔下来!"听得萧炎话中的讥讽,云山抖了抖脸皮,眼中掠过一道凶狠的光芒。

"宗主,今日之事与我有着莫大的关系,此人请交给我!"听得云山这话,一旁的古河脸色阴郁地缓缓道。

"哦?"闻言,云山一挑眉头,手掌捋着胡须,似是沉吟地道,"古河,你擅长的并非战斗,不用与他一般见识,等我将这小子擒住,再交由你处置也是一样。"

古河摇了摇头,瞥了一眼一旁纤手突然紧握起来的云韵,深吸了一口气,道:"我想让她知道,唯有我,才能与她相配!"

见到古河坚持,云山皱了皱眉,勉强地点点头。

"萧炎,今日不管你是冲着谁来,扰我婚礼却是事实。你若是现在退去,我可以当作什么事都没有发生过。若是执意如此,那我得告诉你,我古河可不是谁都能揉捏的软柿子!"见到云山点头,古河这才抬头,望向天空中的萧炎,厉声道。

"古河……你……"听得古河此话,云韵顿时抬起头,急声道。

"云韵,闭嘴!"云韵话还没说完,一旁的云山便脸色一冷,呵斥道。

望着忍不住出面的古河,加刑天等人不禁皱了皱眉。今日这广场上不乏一些与古河交情颇深的强者,若是古河插手,他们自然也不会袖手旁观,这样的话,云岚宗的实力无疑要强上许多。

萧炎对加刑天等人摆了摆手,示意他们不用担心,瞥了一眼古河后,沉声道:"今日我要了结萧家与云岚宗的恩怨,任何人阻拦,萧炎都会将之视为仇敌。你古河也不例外!"

"哈哈,好!"听得萧炎这话,古河一阵冷笑,肩膀一颤,一对紫色火翼便浮现而出。火翼一振,古河身形逐渐悬空,与萧炎对立,冷笑道:"既然如此,那就动手吧。加玛帝国最为杰出的后起之秀,我倒也真想与你比试比试,看你能强到哪里去?"

"十招之内,你若不败,萧炎立马掉头离开。不过,若你撑不过十招,今日我与云岚宗之事,也麻烦你休要再插手!"看着面前的古河,萧炎一笑,语出惊人。

萧炎话音一落,广场上顿时骚动起来。三年时间,古河已晋入斗皇之阶。整个加玛帝国内能在十个回合内胜过他的,除了云山,恐怕再没有人了。然而现在,这看上去不过二十岁左右的青年,竟然敢大放厥词,即便很多人知道萧炎的实力不低,也忍不住一阵摇头——这家伙,真是太自大了!

云韵也被萧炎的话惊住了,当下纤手忍不住一握:这家伙,三年不见,怎么还是这般意气用事?

天空中，听到萧炎这般狂妄的话语，古河怒极反笑。

"好，我便应战，接你十招！我倒要看看，你有何实力敢如此嚣张！"

古河的怒笑声落下，天空之中的气氛，顿时变得剑拔弩张起来。

听到萧炎竟然许下这般承诺，加刑天等人脸色也微微一变。虽说如今萧炎实力大涨，可要在十招之内击败古河，又谈何容易。今日各大势力齐上云岚宗，就想一鼓作气灭掉它，如今皇室的十万大军恐怕也开始包围云岚山了。这种时候，若是萧炎出个什么差错，让古河撑过了十招，这些准备了许久的攻势难道要尽数停下不成？

这样的话，未免也太儿戏了。今日一旦撤退，恐怕第二天云岚宗就会倾巢而出，一个个地找他们算账。

瞧见加刑天等人的脸色，萧炎摆了摆手，背后碧绿火翼微微振动，一股异样的炽热令身旁众人感到浑身滚烫。看到那张平淡的年轻面孔，加刑天等人略微平复了一下心情。

"放心吧，我与云岚宗之间的血仇甚深，自然不会意气用事。"萧炎笑了笑，缓缓地道。

闻言，众人对视了一眼，也就不再说什么了。对如今的萧炎，他们还是有信心的，而且他们清楚萧炎的性子，相信他不会在这种场合搞什么乌龙。

"萧炎，小心点，古河已晋入斗皇阶别，而且他也掌控着一种格外厉害的火焰，虽比不上异火，可威力也不容小觑。"法玛沉声提醒道。

萧炎微微点头，瞥了一眼古河身后的那对紫火双翼。只要不是异火，那对他就没有太大的威胁。

将事情交代完后，加刑天等人迟疑了一下，便缓缓退开，在天空中给两人留出了一个宽敞的空间。

而随着众人的退开，下方广场之上的窃窃私语声也减弱了许多。对于萧炎这个强势归来的年轻人，虽然最近几日整个加玛帝国传遍了他的丰功伟绩，但是在场的一些人未曾亲眼看见当日他取得了压倒性胜利的那场战斗，所以在听到萧炎竟然扬言要在十招之内击败古河时，他们都抱着冷眼旁观的心态。而一些与古河交情不浅的强者，更是不免摇头，直叹这家伙虽然实力强横，但到底只是个乳臭未干的狂妄小子啊。

云山再度回身坐上了首位，望着天空中的两人，嘴角掀起一抹阴笑。他早知道，古河定然会因为咽不下这口气而出手。虽然那十招之约有些出乎他的意料，但是这样的话，想必更能令古河倾尽全力，到时候就算他败给萧炎，也能令萧炎受些伤。

喜台之下，云韵也忍不住抬起了俏脸，望着天空中那袭黑袍，难以移开视线。她怔怔地望着那张熟悉的脸——比起三年前少了些稚嫩，多了些成熟。显然，三年时间，当年的那个少年已经真正完成了蜕变。

弱者向强者的蜕变！

天空之中，加刑天等人退去后，气氛陡然变得紧张起来。古河死死地盯着面前的萧炎。三年前，这个黑袍青年还只能与自己的弟子争锋；三年后，居然已敢当着他的面下这十招之约。这般变化，当真是天差地别。

"今日，我会在她面前，将你击败！"古河缓缓地道，他话音刚落，一股强悍无比的紫色斗气自其体内暴涌而出，斗气覆在体表，翻腾不休，犹如一团团紫色的实质火焰，释放着炽热的温度。

瞥了脸色阴郁的古河一眼，萧炎声音依然没有多少波动："你执意要被云山利用，那我自然不会留情。"

"那就要看你有没有这个实力了。"古河大笑，手掌一握，斗气一阵波动，瞬间便在掌心凝聚成一柄深紫色的长剑。长剑之上，火焰熊熊燃烧。

萧炎一笑，手掌遥遥对着下方地面，五指猛然一握，那插在地面之上的黑色玄重尺便暴掠而出，化为一道黑影闪回萧炎手中。

　　瞧见萧炎不经意间露出的这手,广场上不少人惊呼了一声。能隔着这么遥远的距离控制武器,对斗气的操控需要达到一种相当苛刻的精准度。没想到萧炎这般年纪,便能做到。

　　"十招。"平举玄重尺,指向古河,萧炎轻声道。

　　古河没有再说废话,手中紫色火焰长剑猛地一颤,雄浑的能量波动将空气震得不断泛起阵阵涟漪。

　　"少说废话,手下见真章吧!"古河猛地一瞪双眼,一声厉喝,背后的紫火双翼猛然一振,身形瞬间便化为一道紫色影子,闪电般地向萧炎暴射而去。

　　身影闪掠天空,锋利的剑尖在雄浑斗气的协助下,轻易地划破空气,一眨眼工夫,剑尖便已至萧炎的胸膛前。

　　铛!

　　黑影闪掠,硕大的玄重尺诡异地浮现在身前,犹如一块厚实的盾牌,将那锋利的紫火长剑轻易挡下。

　　剑尺交击,一股凌厉的劲风顿时从那交击处扩散而出,将空间震荡出阵阵涟漪。

　　哧!

　　一招无果,古河手腕一抖,锋利的长剑便诡异如毒蛇般迅速一转,横划过玄重尺,猛然一刺!

　　叮!

　　锋利的长剑刚闪过玄重尺,一根修长的手指便迅速探出,屈指一弹,一缕劲风极为准确地击打在那剑身之上,将之弹开,与此同时,玄重尺一扬,对着古河的面部砸了过去。

　　古河一侧身,轻易避开了萧炎的攻击,眼神陡然一厉,体内斗气狂涌,剑身一阵诡异地剧颤,而随着剑身的不住颤抖,一道道残影也瞬间浮现身前。

　　"千焰剑罡!"

铺天盖地的剑影，几个呼吸间便布满古河周身。他手臂一抖，将紫火长剑重重地推出。旋即，那无数残影便如洪水暴泻般，对着萧炎一股脑地射去。

那无数道残影虽然虚幻，但是其上所携带的力量不可小觑。若是随意接招，隐藏在残影之中的真实剑芒便会出其不意地出现，令人防不胜防。

光是看这般剑法斗技，便能够瞧出古河的本事非寻常强者可比，再加上有紫火的加持，威力更是强横。古河此招一出，下方广场上便响起了一道道叫好声，而加刑天等人则忍不住紧张起来。

而萧炎的心境未曾有丝毫的波动，他平静地望着那铺天盖地袭来的炽热剑影，将手中玄重尺平举，缓缓划出一个有些玄奥的弧度。手臂抖动，尺身轻巧地刺出，虽然看似不带力量，但是隐约间却透着一股如大海波涛般一波胜于一波的凌厉攻势。

哧！哧！

玄重尺瞬间便与那无数剑影交织在一起。刹那间，剑影陡然爆发出一股强悍劲气。然而，不管剑影如何密集，皆难以突破那以一种奇异的缓慢节奏舞动的玄重尺。这般场景，就犹如铺天盖地的箭雨遇见大海中翻涌的波涛一般，不管箭支如何多，都悉数被浪涛吞噬淹没。

感受到玄重尺之上传出的奇异劲道，古河的脸色微微一变。他能感觉到，自己隐藏在残影中的剑身，正逐渐被扯向玄重尺。

"这小子，果然有一点儿鬼门道！"心中转过一道念头，古河手臂一抖，一道剑影瞬间脱离众多残影，径直对着萧炎的胸膛刺去。

然而剑影刚刚飞出，那以一种奇异节奏舞动的玄重尺，却猛然加快了速度，一股吸力突然暴涌而出，将那剑影扯偏了方向。

古河一惊，刚欲有所动作，却见面前猛然有黑影闪掠，一道夹杂着恐怖劲气的掌印狠狠拍了过来。瞧见对方的攻势，古河丝毫不肯退让，脸色一冷，掌心之上的斗气迅速凝聚，毫不客气地对着萧炎的掌印迎了上去。

嘭！

双掌相印，惊天炸响立马自天际爆发。旋即，两道身影皆倒射而出。

脚步一错，稳住退后的身体，萧炎甩了甩手腕，抬头望向那倒飞了十几米的古河，微微一笑。经过先前的交锋，他已经探明古河如今的实力，应该是在三星斗皇左右，或许是那紫火的缘故，战斗力能与四五星的斗皇相媲美。

"萧炎，先前我们已经过了八招。"古河振动着紫火双翼稳住身形，甩了甩那有些麻木的手掌，抬起头来冷笑一声。

眨眼间，便是八招，看这战况，双方明显是不分上下，按这般情形推断，先前萧炎大言不惭地说下十招之约，无非笑话而已。

一时间整片场地，众人的脸色皆有些精彩，一些人更是嗤笑出声：这家伙，果然是个仗着有点儿实力，便嚣张狂妄的毛头小子。

听见那些窃窃私语，萧炎瞥了一眼古河那张带着冷笑的脸，随手一动，便将玄重尺收起，淡笑道："还有两招，何必高兴得这么早？两招之内，解决你足够了。"

第十一章
杀无赦

听得萧炎此话,古河顿时冷笑一声,手中紫火长剑一摆,长剑随之消散,他抬头注视着萧炎,道:"我倒要看看,你两招之内,要如何击败我!"

萧炎一笑,体内斗气如山洪般汹涌滚动,一波波雄浑的力量充满了身体每一个角落。这种状态令萧炎举手投足间便能爆发出极为恐怖的力量。

萧炎体内突然汹涌起来的斗气,古河也有所察觉,当下脸色变得凝重,体内斗气全部涌出。周围皆是来自加玛帝国各地的强者,若他真的在十招之内败于萧炎,那对他声望的打击可不小。最重要的是,他会在云韵面前大失面子,这是他绝对不能容忍之事,所以即便倾尽全力,他也要将萧炎的攻击尽数接下。

心中发狠,古河眼中掠过一道寒芒,五指微屈,形成一个奇异的爪形模样。掌心中,紫色火焰若隐若现,似乎是在酝酿着什么。

天空中突然陷入沉寂的两人,引起了满场人的讨论。一些实力不弱者能够感受到两人体内那愈加雄浑的澎湃斗气。显然,接下来的一轮交锋,恐怕会前

所未有地激烈，而这一轮，也将揭晓答案：今日究竟是萧炎狂妄无知，还是古河实力不济。

感受着两人体内涌出来的阵阵雄浑斗气，不少人都安静下来，脸上一片凝重：这种斗皇强者的强悍对碰，在加玛帝国可不常见啊。

喜台之上，云山安然坐于首座，干枯的手指轻轻地敲打着椅背，微眯的双眸锁定着天空中的两人。

以云山那老辣的眼力，他自然能够从两人的交锋中看出萧炎其实还并未真正地突破至斗皇，或许是功法和其他的缘故，他的战斗力却堪比斗皇强者。不过光凭这些便想在十招之内击败古河，无疑是痴人说梦。至于当日在帝都他能击杀云岚宗那么多强者，想必是他体内那个叫药尘的灵魂体相助了。

"还道三年之后你能有多少长进，原来还是借他人之力，倒还真是高看你了。"嘴角泛起一抹不屑，云山眼中冷意更盛，低声道，"如果你的本事只有这些，那么本宗不得不告诉你，这一次你的下场将会比三年之前更加凄惨！"

云山的低语，萧炎自然听不见。体内斗气愈加澎湃，他缓缓睁开微闭的眼睛，望向不远处严阵以待的古河，淡淡一笑，脚上突然涌现一层璀璨的银色光芒。

随着银色光芒的浮现，萧炎身影陡然一颤，瞬间便在一道低沉的雷鸣声中诡异地消失了。

萧炎突兀地消失，立马引起了满场惊呼。众多强者一脸震惊，萧炎的身影消失不见，他们竟然没有丝毫的感应，这般速度简直如鬼魅般可怕，让人防不胜防。

云山的眉头此刻也微微挑了挑。萧炎展现出来的速度，令他有些吃惊。

萧炎突然消失，最紧张的当数古河，不过他并不缺乏战斗经验，震惊之后，灵魂力量便迅速自眉心扩散而出，灵魂感知力犹如蜘蛛网般，布满这片天空。

"给我出来！"

灵魂感知力刚刚探出，古河就一声冷笑，背后紫火双翼一振，身形闪电般对着身前某个方向暴掠而去，微屈的双手之上，尖锐的劲风隐隐待发，狠狠抓向某处空间，然而其掌风还未至，空间便微微波动，一袭黑袍诡异浮现。

黑袍浮现，双手结出了一道奇异手印，萧炎嘴巴也如青蛙般胀得鼓鼓的。这般模样令古河悚然一惊，刚欲闪身退避，萧炎眸中早已掠过一道冷意，一口聚在喉咙处的雄浑斗气猛然暴喝而出！

狮虎碎金吟！

吼！

犹如晴天霹雳般的惊天虎吼声猛然响彻天际，刹那间爆发而出的恐怖声波，令下方猝不及防的强者双耳暂时失聪，一些实力较弱的云岚宗弟子更是脑袋一阵眩晕，不济者则直接被震晕了过去。

突如其来的狂猛声波，对近在咫尺的古河造成的伤害最深，虽然他实力强横，但在这一刻也有片刻失神，体内斗气为之一滞。

这种失神仅仅持续了一次呼吸的时间，古河迅速回神，然后立刻疯狂地催动着体内斗气，斗气如潮水般向双掌涌去。他清楚，强者交手，刹那间的分神便会分出胜负，以萧炎的眼力与心计，自然不可能轻易放过自己露出的破绽，所以他只能拼命一搏。

因为早就有所准备，这一次斗气召唤得很快。瞬息间，古河双掌上便笼罩了极其浓郁的紫色火焰，火焰翻腾，汇聚成一只硕大的紫鹰，甚至隐隐还有鹰叫声传出。

在古河掌心中的紫色火焰凝聚成形时，萧炎的最后一击也迅速准备好了。碧绿色的火焰缭绕着身体，在其双拳之上熊熊燃烧，琉璃莲心火的力量在这一刻彻底涌现！

"紫鹰焚！"

似是感受到了萧炎拳头之上凝聚的能量的恐怖，古河一声厉喝，其掌上的

紫鹰瞬间膨胀，转眼间便化为几丈大，完全包裹住了古河的身形。旋即，鹰鸣声响起，巨翅一振，古河狠狠舞出的手爪对着萧炎撕去。

双爪划过空间，剧烈的波动犹如涟漪般连绵不断地扩散而出。那紫鹰振翅所带来的恐怖威压，远在广场之上的众人都为之色变。古河的这一击，连海波东这等强者都面露凝重之色。

巨大的火鹰在萧炎的眼瞳之中急速放大，瞬间后，萧炎终于有所动作。在那迎面而来的强悍攻击之下，他未退半步，脚腕微微弯曲，双拳之上，碧绿色的火焰突然急速压缩。几个呼吸间，那原本极其明亮的碧绿火焰，便被压缩成了一层犹如黏液般，甚至有点儿类似角质层的奇异物质。这些黏液般的碧绿之物包裹着萧炎的拳头。

瞥了一眼那由琉璃莲心火极度压缩而成的黏液，萧炎深吸了一口气。这是他偶然发现的特殊物质，这种由琉璃莲心火压缩出的物质，能够在一瞬间爆发出巨大的力量。

不过这种压缩并不容易，以萧炎如今的能力，只能够勉强覆盖自己的拳头。若是想要覆盖全身，真不知道能力得达到何种地步。若真能做到那一步，恐怕萧炎的随意冲撞，都会有可怕的破坏力。

抬头望着那近在咫尺的庞大紫鹰，萧炎冲着那紫鹰之内脸色冷厉的古河笑了笑，旋即五指紧握，那被翠绿色黏液包裹着的拳头猛然一抬，直截了当地对着那庞大紫鹰狠狠砸去。

这一拳没有半分技巧可言，在下方无数人的注视下，以一种悍不畏死的姿态，与古河所化的巨大紫鹰正面碰撞在了一起。

这种双方体积完全不成比例的碰撞，令无数人暗中摇头：年轻人就是年轻人，太过急躁。

看到这种碰撞，云韵忍不住紧咬住红唇，袍袖中的纤手轻轻地颤抖着。古河的这一击，连她都感到有一种难以言明的压迫力。

与满场遗憾的目光不同，云山带着冷意的目光，在瞧见萧炎拳头之上那层薄薄的碧绿黏液后，却变得凝重起来。他没想到，凭借萧炎这连斗皇都未到的实力，居然能够将能量压缩至这一地步。

在周遭人的注视下，萧炎那算不得多强壮的拳头，终于与古河所化的巨鹰碰撞在了一起。那一霎，整片天空都为之一震。

"最后一招！"

在拳掌相接的一刹那，古河看见萧炎的嘴角噙着一抹冷笑，隐约间，他听见从对方嘴中传出的话语。

话音落下，古河还来不及有所反应，一股令其惊骇的恐怖能量，猛然间自萧炎的拳头处如泄洪般暴涌而出。

这股力量之强大，即使是强者古河也感到害怕！

嘭！

惊天动地的爆炸声，如雷鸣般响彻天际，即使在百里之外，也依然清晰可闻。

雷鸣巨声响彻天际，广场之上，无数人骇然抬头，只见天空之中，深紫色的火焰已呈燎原之势，偌大的天空都被火浪占据。而在紫火浪潮的中心位置，一团碧绿色的火焰却异常明艳，任那深紫色火焰如何冲击都岿然不动。

约莫几个呼吸后，那奇异的碧绿火焰猛然一颤。旋即，一股剧烈的火焰风暴从其中暴涌而出，一触到碧绿火焰，那紫色火焰就犹如遇见沸油的冰雪般迅速消退，根本不是那碧绿火焰的对手。

碧绿火焰初始仅有几尺长，然后瞬间膨胀，那弥漫天际的深紫色火焰，便被尽数驱逐和吞噬……

噗！

当最后一团深紫色火焰被驱逐干净后，隐藏在其中的人影终于显露出来。

顷刻间爆发出的恐怖力量，如潮水般倾泻在他的身上。当下，一口殷红鲜血在众人的注视下被喷吐出来，古河的身体如断翅的鸟儿，从天空中无力地坠落。

在其距离广场还有几十米时，喜台上脸色有些阴沉的云山一挥袍袖，用一股巧劲将之接住，缓缓放在地面。

落地的古河脸色一片苍白，嘴角尽是血迹，眼中也有些许颓败之色。先前萧炎爆发出的恐怖力量，他清楚地知道自己根本就没有接下来的可能。甚至在对方劲气吐动间，他还察觉到萧炎暗中收敛了几分劲气，否则，今日就算他古河能保住一条命，也要落个重伤的下场。

众人望着脸色苍白的古河，一时间鸦雀无声。众人面面相觑，眼中的骇然说明他们难以接受这一现实。

一个才二十岁左右的小辈，居然在十招之内，将一名货真价实的斗皇强者击败。这种可怕的实力，让人感觉很不真实。

一道道错愕的目光在古河身上停留了片刻，又不约而同地转向天上。此刻，天空中弥漫的碧绿火焰已经尽数消散，身穿一袭黑袍的青年悬空而立，背后华丽的碧绿火翼缓缓振动。强者风范初显。

加刑天等人望着落败的古河，终于松了一口气，互相对视了一眼，暗自咋舌。萧炎这个家伙果然恐怖，先前爆发出来的那恐怖一击，在场的，恐怕只有海波东和加刑天能抵挡一二。

"如今古河败了，倒是少了一个心头大患。以他的性子，当着这么多人的面应下了萧炎的挑战，想必不会出尔反尔。"海波东抹了一把冷汗，笑道。

"嗯，不过先前那番大战，萧炎也有些损耗，好在这家伙丹药不少，斗气恢复速度远非常人可比，不然的话，待会儿与云山大战时，怕是会颇为不妙。"加刑天点了点头，道。他看见萧炎在打败古河后，迅速往嘴里丢了几枚丹药。

"待会儿大战开启，你们拦住云岚宗的众长老，千万不要让他们形成合击阵

势,不然恐怕麻烦不小。至于云山,便如萧炎所说,交给他来对付。"海波东的目光缓缓扫视着下方庞大的云岚宗,望着那些悬浮在半空中的云岚宗长老,沉声道。

"让他一人对付云山……怕是有几分危险吧?"炼药师公会副会长米切尔迟疑了一下,道。

"放心,别忘记萧炎还有那位神秘的老师相助。若是实在不行,到时候我和加老头儿,还有那幽海蛟兽也会迅速腾出手来,助他一臂之力。以我们几人之力,就算是云山,怕也只能抗衡一会儿。"海波东瞥向广场中央喜台上的云山,缓缓地道。

"大战开始后我会发信号,到时候,夭夜会亲自指挥山下的十万大军立刻攻山!"加刑天点了点头,沉声道。

闻言,海波东微微点头,目光紧紧地锁定云山,冷笑道:"接下来,要看紧这个老混蛋。"

广场上,脸色苍白的古河失神了片刻后,眼中神采方才缓缓恢复,抬头望向天上那身躯颀长的黑袍青年,苦涩一笑。

"你赢了!"

听得古河亲口认输,广场上一片默然。他们能够想象到,这一次的失败对古河的打击何等严重。

"今日你与云岚宗之事,我不会再插手。"古河颓然一笑,转向喜台之下悄然而立的云韵,身体一颤,那套精心制作的喜袍便被寸寸震裂,最后化为碎布飘落地上。

"云韵,或许你的选择没有错,我的确不如他。"

看到古河苦涩的笑容,云韵一阵沉默。古河颇为傲气,他说出这般话来,可以想象败于萧炎,对他的打击有多大。可这种时候,云韵也说不出安慰的话

来，片刻后，方才轻声道："你没事吧？"

"没什么大伤。"古河摆了摆手，抬头望着喜台之上的云山，拱手道，"云山宗主，今日古河失手，必然要履行诺言不再插手双方之事。而至于这婚礼，也请宗主取消吧。告辞！"

说罢，古河也不再看云山，转身便向广场外行去。

随着古河背影的缓缓消失，广场之上响起了阵阵窃窃私语声。一些受古河之邀而来的强者，互相对视了一眼后，不禁苦笑：既然正主都走了，他们再留下来也没什么意义。他们与古河交情不浅，若是古河想让他们出手相助，他们自然不会拒绝，但如今古河败得毫无怨言，他们自然也不好强行出手。而且就算他们要出头，恐怕也只是自取其辱：连古河那般实力都在萧炎手中过不了十招，更何况他们？

既然古河已走，他们自然也不会留下。虽然对接下来云岚山上这场恐怖大战极其期待，但是他们并非傻瓜，这种场合若是被牵连进去，恐怕得不偿失。

这些人悄悄对视了一下：一些脾气好的，对着喜台上的云山拱手道了声告辞；一些脾气乖僻的，甚至连话都不说一句，转身便朝广场外行去。

这些强者逐个离去，广场上顿时空旷了许多。目前还在的，大多是云岚宗邀请来的。虽然他们也知道继续留在这里怕是会惨遭池鱼之殃，但是看到云山那越发阴沉的脸色，他们也不敢离开。

喜台之上，看到那些强者随着古河离去，云山的眼皮跳了跳，脸色越发阴沉。他原本打算让萧炎与古河等人大打出手，自己好坐收渔翁之利，没想到，萧炎竟然会下个十招之约，并且还真的在十招之内击败了古河。最令他大动肝火的是，古河这个一根筋的家伙居然真的这么守信，就这么灰溜溜地离开了。

"愚蠢之人，空有一身炼药术，脑子却如此僵化。"在心中怒骂了一声，云山缓缓地吸了一口气，将翻腾的情绪压下。随后他从椅子上站起，缓步行至喜台边缘，脸色淡漠地抬起头，望着天空中的那个黑袍青年。

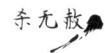

"萧炎,我不得不承认,这三年你变强了许多。"袍袖轻轻一摆,云山的声音缓缓响起。

天空中,萧炎瞥了云山一眼,冷笑道:"终于坐不住了吗?"

"不过若这便是你的凭仗的话,那么本宗不得不遗憾地告诉你,这一次,你绝不会活着走下云岚山!"云山摇头一笑,脸色陡然变冷,双掌猛然一握,一股磅礴得可怕的气势自其体内暴涌而出。

可怕的气势蔓延而出,喜台之下,众多强者皆是呼吸一滞,旋即便惊骇地发现,在这种威压之下,他们体内斗气连流转都滞塞起来。

斗宗强者的气势,居然恐怖如斯。

感受着自云山体内涌出的磅礴气势,萧炎的脸色也变得凝重。这个家伙,果然比三年前强了许多,看来这一次,真的是一场生死苦战了。

"云岚宗众人听命,今日入侵者,一个不留!"眼睛一抬,云山森冷的声音在天际缓缓回荡。

"我要让整个加玛帝国的人都知道,敢犯本宗者,杀无赦!"

第十二章
决战云岚宗

云山那森冷的喝声落下，广场之上气氛顿时紧绷起来。秋风拂过，卷起几片落叶，带起肃杀之意。

云岚宗各处，那些早已严阵以待的云岚宗长老，在听得云山的冷喝声后，背后的斗气双翼缓缓浮现，手掌一动，泛着寒芒的锋利武器便闪现而出，一道道如芒刺般的目光，直射向天空中那支阵容同样不弱的队伍。

天空中，萧炎看着云山那张隐隐带着狞笑的脸，嘴角的微笑缓缓变得阴森。他瞥了一眼喜台一旁因为这针锋相对的气氛而一脸紧张的云韵，朗声道："云山，你也不用说这般狠话，你这老狗害我父亲失踪，毁我萧家，我与你云岚宗本就是不死不休！今日，不是你云岚宗在加玛帝国除名，就是我萧炎命丧此处！"

被萧炎一声声的控诉气得嘴角一阵抽搐，片刻后，云山深吸了一口气，阴森森地道："也就是你父亲没在我手中，不然的话，定要他好好受一番折磨，否则难消我心头之恨！"

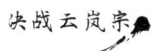

"不在你手中?"闻言,萧炎顿时眯着眼睛,袍袖中的拳头也紧紧地握了起来,笑道,"你终于承认我父亲的失踪与你有关系了?"

笑声落下,萧炎眼芒陡然转厉,看向喜台之下的云韵。自现身以来,萧炎首次开口对她说道:"你现在可明白了?当年你不是口口声声说云岚宗与我父亲之事毫无关系吗?"

云韵俏脸苍白,她从萧炎的话中听出了愤怒与嘲笑。当年,她信誓旦旦地说是萧炎误会了云岚宗,然而今日,从云山嘴里说出来的话语却犹如巴掌一样狠狠地打在她脸上。

"原来……原来那事真的是你做的?"颤抖着红唇,云韵转向云山,终于忍不住对他怒叱道。

"云韵,记住你是云岚宗的人!为了一个整日想灭我云岚宗的小混蛋,你竟然敢叱责我?我对你那么多年的教导,你丢到哪里去了?"云山低声怒吼道,脸上满是暴怒。云韵在大庭广众之下叱责他这位老师,令他颜面大失。

云韵惨然一笑,她一直都以为,当年萧炎是暴怒之下,才干出与云岚宗为敌的鲁莽事情,然而现在看来,最天真的竟然是自己。

云岚宗害萧炎的父亲失踪,而自己当年却一意偏袒云岚宗,想必他心中对自己已经彻底失望了吧。

云韵使劲地握拢袍袖中的纤手,尖锐的指甲刺入掌心,带来钻心的疼痛。现在想起当年被云岚宗追杀的少年的冰冷眼神,云韵想,他应该是极恨自己的。

虽然相隔甚远,但萧炎也看见了云韵那突然间有些摇摇欲坠的身形。他皱了皱眉,狠着心转开目光,冲着云山冷声道:"我父亲不在云岚宗,那在何处?"

"在一个你永远不会知道的地方,而且就算你知道了,也没有半分能力解救……"云山阴冷一笑,既然话已经挑明了,那他也用不着再刻意隐瞒什么。

"是在魂殿手中吧?"

听得由萧炎口中轻飘飘地传出那个令人毛骨悚然的名字,云山的眼瞳骤然

一缩,声音在此刻也变得嘶哑阴森了许多:"你竟然知道魂殿?哦,对了,想必是你体内那个灵魂体告诉你的吧!"

云山的话,同样令萧炎的脸色微微变了变——云山竟然知道药老的存在,看来果然和魂殿有所勾结,今日得加倍小心了。

"我父亲之事,我自然会解决,不过在此之前,得先将你解决掉。"心中的波动逐渐平息,萧炎掌心中涌上雄浑斗气,缓缓道。

云山一笑,笑容中却透着丝丝阴冷。他大手一挥,森然笑道:"这一次,我会让萧家彻底地在加玛帝国消失!云岚宗众人听命,杀!"

当最后一个字落下时,那紧绷的气氛顿时被打破,悬浮半空的众多云岚宗长老背后双翼一振,便嗖嗖地划过天际,将加刑天等人包围起来。

"不要让他们结阵,动手!"

在云岚宗众长老有所动作时,海波东一声厉喝,旋即背后冰翼一振,雄浑斗气自体内暴涌而出。已经服用过复灵紫丹的他,在短短几日之内,实力便差不多恢复到巅峰状态,虽然与加刑天这种处于巅峰状态的斗皇还有一些差距,但是也相差不远了。那股强悍气势一爆发,就令不少人脸色变了变。

气势暴涌的那一刻,海波东率先掠出,冰冷如刀锋般的匹练斗气,锁定了众多长老之中一名实力较强的老者。

所谓牵一发而动全身,海波东的率先攻击,立刻引起了大规模的骚动。在其身后,加刑天、法犸、阴骨老、紫妍等人紧跟而上,齐齐爆发出的恐怖斗气,弥漫在云岚山的上空。在斗气带来的威势的压迫下,一些实力不济者,已有些气喘。

"杀!"

面对海波东等人的攻势,那些云岚宗长老丝毫不甘落后,目露凶光地厉喝一声,便在一道道震撼的目光中,将体内斗气运转至极致,然后狠狠地冲撞过去。

轰！轰！

两支恐怖的力量眨眼间便在天空相撞，一阵阵如惊雷般的能量爆炸声和劲气涟漪，在天空之中不断响彻和浮现。

在那混乱的战圈之外，萧炎悬空而立，没有一位云岚宗长老过来击杀他。因为他们都知道，此人要留给云山亲自解决。

目光先在那打得极其激烈的战场上扫了扫，旋即转向天空中双手抱胸的黑袍青年，云山冷冷一笑，大踏步上前。行至喜台边缘时，他突然看了一眼下方的云韵，冲着一旁的云岚宗弟子冷喝道："看好她！"

听得云山命令，那些云岚宗弟子赶忙恭声应是。

"等将这小子解决了再来教训你！"云山冷冷地看了云韵一眼，身形一动，便浮现在半空，然后脚掌轻轻踏动，犹如行走阶梯一般缓步而上，只不过，这阶梯是由无形的斗气凝聚而成。

斗宗强者已能不凭借斗气双翼便如履平地般翱翔天际，这般毫无束缚的强大能量，自然能够令他们的敏捷度乃至反应速度都要提升许多。

脚踏虚空，片刻之后，云山便在广场之上一道道目光的注视下，悬浮在离萧炎不远的地方。

两道充斥着浓郁杀意的目光交织在一起，火花迸射，杀气溢散。

"小子，三年前你从这里逃走了，今日，本宗会让你命丧此处！"脸上浮现一抹狞笑，云山阴森森地道。

"斗宗强者的骸骨，我正需要一具，虽然很厌恶你，但是也凑合着用吧。"萧炎笑道。

"三年不见，依然是这般嘴硬。既然如此，那就让本宗亲自来试试，这三年，你究竟长进了多少。"云山阴森一笑，袍袖一挥，一股磅礴的深青色斗气匹练便自其体内暴涌而出。

从云山体内涌出的深青色斗气的颜色极深，看上去甚至有点儿类似于琉璃

莲心火被极限压缩后呈现出的那种黏稠状态。只不过先前萧炎费尽力气才压缩出了一点点，而此刻，云山的体表却弥漫着好深的一股斗气。

云山那股深青色黏稠状的斗气太过强横，导致其周身的空间不断震荡。萧炎脸色凝重——斗宗强者，果然可怕啊。

云山狞笑一声，手掌缓缓平举，遥遥对着萧炎，掌心中能量涌现，宛如即将喷吐的能量炮一般。

感受着自云山体内发出的愈加强悍的气势，萧炎的手掌也缓缓结出几道印结，旋即沉声一喝。

"天火三玄变——琉璃变！"

喝声落下，萧炎体内的斗气顿时暴动起来，连带着气势也在这一刻猛然攀升，瞬间后，几乎能与真正的斗皇强者相抗衡。

"提升实力的秘法吗？"瞧着萧炎突然暴涨的气势，云山略感讶异，旋即狰狞一笑，掌心中那深青色能量更是浓郁了许多。

"本宗会用事实告诉你，在斗宗强者面前，一切虚假之物都会崩溃！今日，不管你有多少手段，本宗都会让你后悔再次回来！"

听得云山那充斥着杀意的话语，萧炎一脸冷酷，雄浑的碧绿色斗气自体内如火焰般袅袅升腾而出，将其身体全部包裹。

萧炎从迦南学院的地底出来后，便一直未曾施展天火三玄变。如今其体内的异火，是由青莲地心火与陨落心炎融合而成的，而这秘法能提升多少威力，又取决于异火的强度。因此，如今萧炎再将之施展出来，自然要比当年强上许多。

当年萧炎在斗灵阶别时，便能够凭借这秘法与柳擎、林修崖等巅峰斗灵乃至斗王强者一战，当然，是在不使用那些真正的杀招底牌的前提下。而现在萧炎本身实力已至斗王巅峰，此次将天火三玄变施展出来后，光是表面实力便已不逊色于四五星的斗皇强者，再加上焚诀和那经过众多灵药洗髓过的肉体，诸多威力不俗的斗技叠加发挥出来的战斗力，使他足以和斗皇巅峰强者一争雌雄。

屈指一弹，硕大的玄重尺再度浮现掌心，那沉甸甸的重量令萧炎的手臂微微下沉了一点儿，旋即又迅速恢复正常。经过这么多年的磨合，玄重尺的重量对萧炎来说，已经不会产生阻碍。

虽说玄重尺会压抑体内斗气的流转，让战斗力稍减一些，不过这点弊端，对萧炎已经没有太大影响。

听得那从不远处传来的剧烈的能量爆炸声，萧炎未有丝毫的分神，眼睛眨也不眨地盯着面前的云山，脚尖微屈，犹如即将捕食的凶狮，微微颤动的肌肉之中，隐藏着爆炸般的力量。

望着萧炎那副如临大敌的谨慎模样，云山一笑，袍袖轻震，柔软的布料在斗气的灌注下，硬度丝毫不逊色于钢铁。实力到了斗宗这般地步，全身上下任何部分，哪怕是一根细小的头发，也能够成为杀人利器。

"来吧，让本宗看看，究竟是什么让你这般有恃无恐，竟然还敢再次回到云岚宗。"掌心之中，深青色的能量犹如旋涡般飞速旋转，云山森冷地笑道。

萧炎面无表情，没有回话，脚掌之上，浓郁的璀璨银光迅速涌现，旋即身形突兀一颤。

微眯着眼睛望着对面的萧炎，云山袍袖中的手指微微动了动。他冷笑一声，袍袖猛地一挥，带着尖锐的恐怖劲风，对着身后某处空间狠狠劈去。

嘭！

如钢铁般坚硬的袍袖划过空间，而在其即将触到某处空间时，那里猛然一阵波动。旋即，一道黑影诡异地浮现，夹杂着凶悍力道的玄重尺毫不客气地狠狠对着云山轰去。两者在半空中相撞，顿时爆发出惊雷般的沉闷声响，涟漪般的劲气迅速扩散而出，而随着那劲气的扩散，连空间都微微地有些抖动。

两者相撞，云山肩膀一抖，便将那股劲气尽数卸去。而那道黑影，却连退了好几步方才稳住身形，露出脸来，赫然便是本该在另外一个方位的萧炎。

"你的速度的确极快,不过那只对斗皇强者有用,对我没用……"望着五指紧握的萧炎,云山瞥了一眼身后——那里萧炎遗留下的残影已经消散得只有一个淡淡的影子了,他当下不由得摇头冷笑道。

"是吗?那这样呢?"

萧炎瞥了一眼这颇为狂妄的老家伙,喉咙间传出一道低哼声,手印突然一变,旋即,其背后便冒起一阵紫黑光芒,一对宛如实质般的紫黑双翼竟然缓缓浮现。

这对紫黑双翼顺着碧火双翼延伸而出,那模样,犹如一对火翼被包裹在黑色翼翅之中。

这对紫黑双翼,自然便是萧炎许久未曾动用过的紫云翼。晋升斗王之后,斗气化出的双翼飞行速度已经远超紫云翼,因此这种飞行斗技便不曾使用了,但这并不是说它已经失去了作用。能够成为大陆上颇为稀罕的斗技,它自然并非只有这点能耐,它的另外一个效果,方才是令它身价高的理由。

那便是,叠加!

所谓叠加,顾名思义,便是两种东西叠在一起。在实力到达斗王阶别之后,将两种翼翅叠在一起,飞行速度,自然远超普通的斗气双翼,唯一的缺点便是对斗气的消耗颇大,不然用它来飞行赶路,会让人知道什么叫追星赶月。

双翼叠加与天火三玄变一样,是萧炎实力大涨后,第一次在人前施展。这种叠加带来的速度的提升,从对面云山脸上的惊讶,便能够瞧出一些。

可以毫不客气地说,有了叠加的双翼,再加上三千雷动的身法加持,萧炎的速度将会再上升一个台阶。那种速度,连云山也不敢小觑。

萧炎背后的斗气双翼由碧绿变成了墨绿。双翼微微振动,一道道流光在其上盘旋,虽然论起华丽要比原先的碧绿火翼要差一些,但这种内敛的深沉颜色,更令人不敢轻视它的威力。

墨绿双翼缓缓振动,一股股宛如实质的旋风缭绕在萧炎周身,最后呼啸着

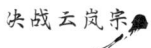

散开。

感受着突然间变得轻灵了许多的身体,萧炎这才一笑,望着对面的云山,道:"云山,现在,你还敢说没用吗?"

声音落下,萧炎不给云山回话的时间,背后双翼猛地一振,旋即在那淡淡的雷鸣声中诡异地消失不见。再次出现时,他赫然已在云山头顶上方。

双掌紧握玄重尺,萧炎一声厉喝,玄重尺呈开山之势,径直划过天空,对着云山的脑袋怒劈而下。

萧炎的这记攻击,没有丝毫花哨的动作,有的只是那澎湃的可怕力量。在这般力量的压迫之下,尺下半米之内的空气都四散逃逸,导致玄重尺挥下处形成了一片真空地带。

"速度的确还行,不过这力量还不够!"玄重尺在眼瞳中急速放大,云山冷笑一声,拳头紧握,狠狠地对着萧炎给出了隔空一拳。

一拳击出,其面前的空间顿时浮现出一个凸弧,无色的空气炮弹急速成形,带着响彻天地的尖锐声响,猛然暴射而出,与萧炎的玄重尺狠狠地撞在一起。

嘭!

玄重尺在距离云山头顶半米处,与那股无色的空气炮弹相撞。玄重尺被震得不断颤抖,若非萧炎的力量同样不小,恐怕光是这一击,玄重尺便要脱手而出了。

身形一颤,将尺身上传来的劲气尽数卸去,萧炎没有丝毫退却,背后双翼一振,便化为一道黑线,急速靠近云山;同时,右手猛然紧握,手臂诡异地一颤,一股极强的劲气迅速在拳上凝聚,瞬间砸向云山的胸膛。

"八极崩!"

低喝声自萧炎口中传出,拳头之上的劲风陡然暴涨。面对这股可怕的力量,云山微微挑了挑眉头。

虽说萧炎的速度极快,可云山身为斗宗强者,自然也不弱。在这般紧急时

刻，他狠狠一跺脚，体内如大海般澎湃的斗气顿时涌现胸前，眨眼间，便在体表凝聚成一片深青色的能量黏液。

"咻！"

携带着恐怖劲气的拳头，狠狠地砸在那片能量黏液之上。两者相撞，只传出一道细微的声响，萧炎拳上的可怕力量竟然犹如被吞噬了般迅速消散。

"这招在三年之前你便使用过了。"瞧见萧炎脸上一闪而过的诧异，云山一声冷笑。

"同样的招式，也能让你不好受！"萧炎一声冷笑，手臂猛然一扭，噼里啪啦的能量流转声迅速传出，而其拳头也是狠狠一震！

随着萧炎的这番动作，一股暗劲如暗潮般迅速涌出，诡异地穿过那层宛如黏液般的防护，在云山胸前如炸弹般爆炸开来。

身体结结实实地受了萧炎这道攻击，云山的脸色变得阴冷。他一缩胸膛，紧接着又猛然一鼓，一股磅礴劲力铺天盖地地暴涌而出，首当其冲的便是距离最近的萧炎。

脚踏虚空，萧炎背后的双翼一阵抖动，片刻后，方才将那股劲力卸去，他感到胸口有点儿闷。

阴冷地望着急速退后的萧炎，云山缓缓低头，望着胸膛处破裂的衣袍。衣袍裂开，露出胸膛，此刻，上面正印着一个鲜红的拳印，显然是刚才萧炎所留。

"呵呵，好，好得很哪！自从我晋入斗宗以来，你还是第一个在我身上留下拳印的人。"望着那道拳印，云山的脸色彻底阴冷下来，一股令人遍体生寒的杀意自其体内蔓延而出。

"那本宗今日就让你看看，什么才叫真正的斗宗强者！"

云山阴冷的声音缓缓落下，萧炎能够感受到，一股异样的压迫力正缓缓地自云山体内蔓延而出，在这股威压之下，自己体内流淌的雄浑斗气，竟然开始迟缓起来。

深青色的斗气犹如液体一般，将云山的身体全部包裹，流转不休的斗气微微释放着淡淡毫芒。在这股毫芒之下，连周围的空间都出现轻微震荡，光是气势便造成了这般景象，这云山倒也不愧是真正的斗宗强者。

那股自云山体内缓缓逸出的强大威压，也引起了天空中那处混乱战场和下方广场上众人的注意。当下，一道道惊疑不定的目光都投射了过来。

虽然相隔甚远，但是在场的都非寻常人，眼力自然也极好，因此一眼就瞧见云山胸口之上那鲜红的拳印，当下皆不由得微微一惊，看向萧炎的目光则有些惊奇了起来。没想到这个家伙仅凭单人之力，便能够在云山身上留下伤痕。虽说看气息，这一拳对云山并未造成太大伤害，可能够将一名斗宗强者搞得这般狼狈，已足以让人目瞪口呆了。

轰！

一拳将面前一名云岚宗的斗皇强者震退，海波东抽空看了一眼那一处战圈，感到那从云山体内蔓延而出的杀意，脸色微显凝重。萧炎先前虽然令云山吃了个小亏，但是也真正地激怒了这个老家伙。看云山现在这般模样，明显是打算动真手段击杀萧炎了。

"这个家伙，早就与他说了，只要拖住云山就好，等我们几人解决掉对手就能去助他，可他偏偏还要去激怒云山！"海波东心里一阵焦急，刚欲说话，一股凌厉劲风再度扑面而来，他只能赶忙凝神迎敌。对方也是一名货真价实的斗皇强者，这种交锋可容不得他分神。

"唉，只能希望这家伙能多扛一会儿了。"在心中叹息了一声，海波东只能赶紧将心神转移到面前的对手身上。

萧炎所面临的险境，加刑天等人也看到了，却因为对手的纠缠，分不出身，皆只能在心中祈祷萧炎能够坚持到他们解决掉对手，然后过去助他一臂之力。

感受着那从四面八方弥漫而来的威压，萧炎的神色也愈加凝重。从气势上来看，云山的实力比内院的苏千大长老还要强一些，他所认识的人中，唯有美杜莎才能与之媲美。

这一次的战斗面对的对手，是萧炎有生以来所遇见的最强者，所以以往迎敌都颇有把握的他，此次却有一种紧迫感。这次的战斗，他并不能完全掌控。

深吸了一口气，萧炎缓缓闭目。琉璃莲心火在经脉之中飞速穿行，骤然自无数毛孔中暴涌而出。

碧绿色的琉璃莲心火暴涌而出，那股异样的压迫感竟然缓缓变淡，片刻后，甚至尽数消散。在这由两种异火融合而成的琉璃莲心火之下，云山对萧炎的气势压迫，被降至了最低点。

望着萧炎体表弥漫的碧绿火焰，云山眼中闪过一抹诧异，旋即冷笑道："异火？似乎与以前不太一样啊，难道这就是你的倚仗？恐怕你今日要失望了。"

对于云山的聒噪，萧炎却是理也不理，只是不断地催动着体内斗气，让那充盈澎湃的力量感，荡漾在每一寸肌肉之中。

萧炎的无视令云山抖了抖脸皮，旋即，他森冷一笑，身形猛然一动，一道残影还留在原地，而其身形却已如鬼魅般，陡然出现在萧炎面前。

突然出现在面前的云山，令萧炎眼瞳微微一缩——斗宗强者的速度，果然可怕。看云山刚才的闪移，恐怕比自己拼尽全力时的速度还要快上几分。

心中闪过这般念头，萧炎手上的动作却不慢。玄重尺应心而动，哧的一声便划破空气，带着雄浑劲道，对着面前云山的脑袋狠狠地砸了下去。

嘭！

玄重尺落下，云山却不闪不避，面无表情地一挥袍袖，便硬碰硬地与玄重尺对撞在一起，当下便激起一道清脆声响。

玄重尺与云山的袍袖相触，其上所蕴含的力量不仅未将袍袖震裂，还在一股尖锐且强悍的劲气下，猛地向后一仰。

萧炎脸色微微一变，然而还不待他回击，面前的云山便冷笑一声，手掌屈成爪形，如闪电般径直对着萧炎的心脏部位抓去。看那声势，若是抓中的话，怕是会洞穿萧炎的胸膛，直取其心脏。

如此短距离的攻击，就算萧炎有双翼叠加的速度，也避闪不及。不过好在对于近身肉搏，他的经验极其丰富，当下几乎是条件反射般，手掌便紧握成拳，狠狠地砸在云山手上。

咻！

两者相撞，云山手臂一抖，手臂上的肌肉一阵诡异地跳动，便将萧炎拳头上的劲气化解，而其手掌犹如张大嘴巴的毒蛇，狠狠地咬在萧炎的拳头之上，锋利指甲一划，便带起几道殷红血痕。还好萧炎有斗气护体且肉体强健，若是换作常人，只怕整只手都会被割了去。

手上传来的疼痛令萧炎抖了抖眼皮，却未有丝毫慌乱。他拳头一旋，五指一摊，便变砸为推，将云山接下来的攻势尽数封堵回去。

萧炎这般老辣的近身搏斗的身法，连云山都忍不住"咦"了一声。旋即，他一阵冷笑，双拳猛然再度攻出。在攻击时，时而变掌，时而变拳，时而变爪……种种攻势云山信手拈来，再倚仗着如大海般雄浑澎湃的斗气做支撑，即便是经验丰富的萧炎，都在这种狂暴的攻击下不断后退，甚至还因为几次硬碰发出闷哼声，显然是受了伤。

电光石火间，萧炎便与云山交手了十几个回合。双方拳来掌往，攻击皆是无比凌厉，一个不慎，就会受伤。不过总的说来，这番打斗明显是云山占据了上风，而萧炎只能勉强支撑。

嘭！

双拳再度狠狠交击，如浪潮般连绵不绝的雄浑斗气，终于令萧炎暴退。萧炎一声闷哼，一丝血迹顺着嘴角缓缓流下。

击退萧炎，云山并未立刻追击，反而好整以暇地理了理有些凌乱的衣袍，

才冲着萧炎冷笑道："我说过，在斗宗强者面前，一切手段都毫无作用。"

萧炎阴沉着脸，手一晃，硕大的玄重尺便闪掠而出，体内斗气随之暴动，如潮水般涌进尺身之中。而随着这般雄浑斗气的灌注，那漆黑色的玄重尺，顿时变成碧绿色，甚至还有袅袅碧绿火焰蹿腾而出。

"要动真格了吗？也好，早点儿将你解决，也省得那些家伙负隅顽抗。"见到萧炎这般举动，云山一挑眉头，干枯的大手遥遥对准萧炎，深青色的斗气在其掌心急速凝聚。

漆黑的玄重尺逐渐变成一把翡翠尺，萧炎终于停止斗气输送，手掌紧握着不住颤抖的玄重尺，抬头恶狠狠地望着举起手掌的云山，双手缓缓高举过头，瞬间后，猛然劈下！

"焰分噬浪尺！"

喝声响彻天际，一道有十来丈长的碧绿光芒，猛然自玄重尺尖暴射而出，划破天地，对着云山暴掠而去。

"大悲撕风手！"

眼瞳之中的碧绿光芒急速放大，瞳孔一缩，云山也大喝一声。

随着喝声的落下，云山掌心的光芒猛然大盛，一只几丈宽的能量大手诡异地浮现，带着凶悍的劲风，狠狠地对着那道碧绿光芒怒拍而下。

轰！

在广场上无数人的注视下，两道皆带着恐怖力量的攻击，终于轰然相撞。这一刻，刺耳的能量爆炸声，如惊雷般响彻天际，令人双耳短暂失聪。

铺天盖地的能量涟漪从碰撞处扩散而出，云山微眯着眸子望着那因为能量涟漪扩散显得有些扭曲的空间，刚欲感应萧炎的方位，脸色却猛然一变。

在云山脸色变幻的一刹那，一道黑影骤然自能量涟漪扩散处暴掠而出，不过一瞬便出现在云山面前，夹杂着雄浑力量的拳头，直直地对着云山的脸砸了过去。

"找死!"

见对方竟然敢直接从正面攻击,云山顿时怒骂一声,手掌闪电般探出,轻易地将萧炎的拳头抓住,然而当他的目光扫到面前青年的眼睛时,却从中看见了一抹讥讽。

就在云山为此而有瞬间失神时,一道冰冷中却夹杂着异样炽热的劲风,骤然自其身后浮现。

感受到背后劲风之强猛,云山心中顿时涌上一抹惊骇,想要回身防守,可面前的萧炎却瞬间变拳为爪,将他的手臂牢牢抓住。

就在这一瞬间,那道凶悍攻击便如雷霆般落下。在最后一刻,云山使劲转过头,看见了一道有些虚幻的苍老人影。

"这就是萧炎体内那个灵魂体吗?"

心中念头刚刚闪过,那凶悍攻击便结结实实地落在了云山的后背之上,当下,一口殷红鲜血在下方无数道惊骇的目光的注视下喷涌而出。

第十三章
鹜护法

  天空之上，遭受重击的云山正急速坠落。可就在他距离地面只有几十米时，双脚猛地连点虚空，身体竟然再度稳了下来，只是嘴角残余的血迹和那张狰狞可怕的脸证明先前萧炎那一击确实伤到了他。

  竟然能将身为斗宗强者的云山弄得这般狼狈！这个念头在众人心中闪过，无数道目光霍然上移，最后停留在黑袍青年身旁那道有些虚幻的人影之上。

  "那是……"当众人看见萧炎身旁悬浮的虚幻人影时，皆是一脸惊愕与茫然。显然，对这个突然出现的神秘强者，他们极其陌生。

  别人对这虚幻人影感到陌生，不过加刑天、海波东等人在见到其出手时，脸上却涌现些许喜意。萧炎终于把这张最强的底牌亮出来了！有他这位神秘老师相助，击败云山想必不成问题。

  众人趁着战斗的空隙互相对视了一眼，皆从对方眼中看出了一抹深藏的欣喜。看来今日这场大战，他们会逐渐地转占上风了。只要萧炎与他那位老师联手将云山击杀，那么这云岚宗自然会不攻自破，日后想要再成气候就难了。

相比于海波东等人的欣喜，众多云岚宗弟子和长老的心此刻却下沉了许多，特别是瞧见云山竟然吐血而退时，一股不安更是迅速涌上他们心头。作为云岚宗的顶梁柱，今日云山若败了，对云岚宗来说，后果简直不堪设想。

对于众人不同的情绪，云山自然是无暇理会，他此刻正死死地盯着那悬浮在萧炎身旁的苍老人影，片刻后，缓缓擦去嘴角血迹，声音森寒地道："当年我就隐约感应到这家伙的力量有些古怪，如今才知道，原来那力量是你的。"

天空中，药老淡淡地瞥了下方的云山一眼，淡笑道："我的学生，岂容你随意辱骂欺凌？一个小小斗宗而已，若是当年，本尊只需一句话，你这云岚宗便得在斗气大陆除名。"

药老这番话，倒也并非夸大其词。想当年他在大陆之上的声望，寻常斗尊强者几乎无人能与之相比，而且他人缘极好，交游甚广，其中不乏一些实力与他相当、交情又极笃的超级强者。虽说云岚宗有一名斗宗强者，可对当年的药老来说，的确不配被放在心中。

本尊？药老的称呼立马让云山瞳孔微微一缩。这个称呼，只有斗尊强者才有资格使用，也就是说，面前的这个老家伙，当年居然是一名斗尊强者?!

心中的震惊持续了一瞬便缓缓淡去，不管药老当年有多强悍，可如今只是一个灵魂体而已，所能发挥的战斗力已不足巅峰时刻五成，根本不用太过惧怕，而且也不用他出手，自然会有人来收拾此人。

"区区一个灵魂体，也敢如此嚣张，既然你敢现身，那么今日，就与萧炎一并留下吧。"云山森然一笑，道。

"凭你吗？"药老缓缓道，森白色的火焰犹如具有灵性一般，不断地绕着其身体上下盘旋。

"嘿嘿，自然会有人收拾你，而且他也等你许久了。"云山笑了一声，手掌一拍，清脆的响声缓缓在这片天地回荡着。

"鹫护法，此人便交给你了。"

　　云山的声音落下，下方云岚宗大殿中，突然铺天盖地地涌出大片黑雾。这些黑雾迅速在天空凝聚，最后凝成一个丈许宽的深邃雾团。

　　萧炎和药老望着那团黑色雾气，脸色不约而同地变得凝重起来：这该死的云山老狗，果然和魂殿有勾结。

　　"老师，小心点！"萧炎偏头对着药老沉声道。

　　药老微微点头，眼睛眨也不眨地望着那团黑雾，那蹿腾在周身的森白色火焰也悄然变得炽热了许多。

　　"这是什么？"黑雾涌现，下方云岚宗众弟子顿时骚动起来，目光中满是惊疑。宗内何时隐藏着这等诡异之人，他们竟然丝毫没有察觉。

　　喜台处，云韵也震惊地望着那团黑雾。从这家伙的出场方式就能知道他不是什么好东西，可他为什么会出现在云岚宗？为什么以前从未听谁提起过？心中念头转动间，她感觉到有些不安，这个神秘势力究竟是什么来历？云山何时与他们有了联系？

　　突如其来的变故，也令原本心生喜意的海波东等人的脸色难看了起来。他们能隐隐感觉到那团黑雾的不凡。最重要的是，这诡异的家伙明显是站在云山那一边的，这样一来，他们这边的优势，可就被抵消了。

　　"这家伙究竟是什么人？"一掌将面前的云岚宗斗皇强者震得连连后退，加刑天对着不远处的海波东沉声喝道。

　　"不知道。"海波东摇了摇头，旋即猛然上前，对着那不断纠缠自己的斗皇强者发起狂猛攻击，"情况有变，赶紧将对手解决，然后联手攻击云山！"

　　闻言，加刑天、法犸等人重重点头，到了这般紧急的时刻，再也不敢有所保留，纷纷将雄浑斗气发挥到极致，向面前的对手发起凶悍攻势。在众人这般猛烈的攻势下，那些云岚宗长老顿时落入下风，节节败退。其间更有一些实力不济者被当场击杀，不过在临死前，他们也给了攻击者舍命一击，给对方造成了不小的伤害。

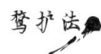

一时间，这处混战变得异常火爆与激烈。

对于众人的心思，那团黑雾未曾顾及，阴森森的怪笑声从黑雾中传出，如鸦鸣般在天际回荡着。

"桀桀，药尘，没想到你真的自己送上门来了。当年你侥幸逃掉，为了找你，可费了我魂殿不少心思啊。今日若是将你擒住，肯定能让殿主大喜。"

"一群如老鼠般的怪物，当年你们助韩枫那畜生对我下手，这账，我们今日也好好算算！"药老冷漠地注视着那团被称为鹜护法的黑雾，声音中充满怒火与杀意。

"你若拥有肉体，本护法或许还惧你三分，可这灵魂体，桀桀，我魂殿可有的是手段收拾你。"黑雾一阵收缩波动，在众人的注视下，缓缓凝聚成一个黑烟人影，有一对殷红的眼瞳隐隐从黑烟中露出。

望着现出这般形态的鹜护法，药老微眯眼睛，掌心中的森白火焰微微蹿腾，冲着萧炎道："果然如我所料，云岚宗潜藏着魂殿强者。现在看来，我怕是不能分身帮你了。这个家伙不是省油的灯，即便是我出手，也很难击杀他。"

"老师全心缠住那家伙就行，云山由我来对付。"望着药老凝重的脸色，萧炎知道，今日这场大战当真是要逼得他底牌尽出了。

药老轻叹了一声，今日这状况的确凶险。

"鹜护法，那药尘便交给你了。"望着脸色越发凝重的二人，云山阴冷一笑，冲着鹜护法道。

"嗯。"鹜护法点了点头，瞥了萧炎一眼，道，"不过你可别把这小子给弄死了，他们萧家可还有我们魂殿需要的东西呢。"

闻言，云山皱了皱眉头，只得点了点头，笑道："放心，我会留他一口气。"

"我们萧家有魂殿需要的东西？"听得鹜护法之言，萧炎眼瞳顿时微微一缩，心中念头急转，瞬间后心神一动，在心中自语道，"难道……魂殿的目标是陀舍古帝玉？他们抓父亲，也是因为这东西？"

到了此刻,萧炎方才有些明白,为什么魂殿这种势力遍布大陆的神秘组织,会对他们萧家出手。

"这些王八蛋……"嘴角微微抽搐着,萧炎紧握拳头,死死地盯着那团诡异黑雾。

对怒目而视的萧炎,鹫护法仅仅瞟了一眼便移开了,手掌一动,一道漆黑的锁链便哗啦啦地从其掌中延伸而出,轻轻一震,便宛如毒蛇般蜿蜒盘旋在其身旁。

黑色锁链微微颤抖,片刻后,鹫护法一声怪笑,手臂一抖,锁链瞬间划破天际,化为一道黑线对着药老暴刺而去。

见到鹫护法动手,药老脸色冰寒,手中的森白火焰上下翻腾,径直暴掠而出。

鹫护法与药老瞬间便碰撞在一起,云山阴森森的目光缓缓转向萧炎:"小子,现在看还有谁来帮你!"

望着一脸杀意的云山,萧炎缓缓吐了一口气:既然如此,就只能动用底牌了!

哧啦!

黑色锁链宛如毒蛇般,猛然穿透空间,化为一条模糊黑线,对着不远处的药老暴射而去。锁链尖端异常尖锐,布满了玄奥的符文,一圈圈螺旋纹缠绕在链尖处,在鹫护法能量的催动下,隐隐透着丝丝煞气。这颜色深邃的锁链显然不是寻常铁链。

看到那穿透空间刺来的锁链,药老不敢怠慢。这魂殿极其神秘,而且他们的攻击似乎能对灵魂体造成巨大的伤害。好在,药老并非寻常灵魂体,有骨灵冷火护体的他,对于魂殿捕猎强者也并非毫无还手之力。

掌心中森白火焰上下翻腾,猛然化为一道火箭暴掠而出,与那道黑线锁链狠狠碰撞。

嘭！

两者相碰，低沉的声音响起，却没有出现太过剧烈的能量爆炸声，只有一圈漆黑中夹杂着森白颜色的劲气涟漪，悄无声息地蔓延而出，而劲气蔓延之处，连空间都颤动起来。

黑色锁链与白色火箭碰撞，鹫护法想象中的一击并未出现，甚至隐隐中那从锁链上迅速传来的一股冰寒与炽热交织的奇异温度，令他体内斗气产生一阵波动。

"难怪当年你能逃脱魂殿的追捕，原来是靠着这异火！"锁链一击便退，盘旋在鹫护法身旁，鹫护法那对殷红的眼瞳森然地盯着对面的药尘，有些惊异地道。

寻常灵魂体对上他们魂殿捕猎者，就算灵魂力量再强大，能发挥出来的实力也会大打折扣。他们魂殿的武器皆是特制的，有克制灵魂体的功效。然而这种功效，对于拥有异火和其他一些天地灵物的灵魂体，却效果甚微。正如他所说，当年药老能够逃脱魂殿追捕，的确是靠着骨灵冷火之力。

淡漠地望着身体上黑雾翻腾的鹫护法，药老手掌缓缓一握，森白色的火焰急速在手中凝聚，片刻后，便凝聚成一柄比萧炎的玄重尺略小几分的白尺。虽然尺身之上火焰升腾，但是总给人一种冰冷感觉，不过谁若是沾染上这看似冰冷的火焰，恐怕会在顷刻间化为一堆灰烬。

"你魂殿对灵魂体的克制，对我没什么用，所以拿出真正实力来吧，不然的话，今日，这云岚宗便是你葬身之所。"白尺遥遥指向鹫护法，药老缓缓道。

"哼，话倒是挺狂。就算没有克制效果，可你凭这灵魂体便想击杀本护法，做梦吧！"闻言，鹫护法一声冷笑，旋即手臂一抖，三道黑影哗啦啦地从背后暴涌而出，犹如三条毒蛇般在其头顶盘旋。

"三段魂锁！"

泛着黑雾的手掌探出,旋即手印一变,那盘旋在鹜护法头顶的三条锁链,便带着呼啸破风声猛然射出。

三条锁链化为黑线,暴掠而来,刚好将药老所有退路尽数封死。这位鹜护法对于锁链这种奇异武器的运用,显然已经到了炉火纯青的地步。

三条黑线在眼瞳中迅速放大,药老袍袖一挥,五指连弹,五道森白火焰迅速凝聚成形,如长蛇般盘旋在周身,骤然暴射而出,与那三条锁链正面相碰。

锵!锵!

锁链与森白火焰相撞,爆发出一阵阵宛如金属撞击般的脆响,甚至还有火花迸射。不管那锁链攻势如何诡异莫测,药老都能指挥着五道火焰长蛇,将之尽数封住,丰富的战斗经验由此可见一斑。

施展了这般手段,却依然未取得任何实质效果,鹜护法也颇感惊愕。他能够清晰地感觉到,每一次锁链与那火焰相撞时,都会有一道冷热交替的能量顺着锁链蔓延而来,这种感觉令他颇为不适。

"这个老不死的果然厉害,难怪当年魂殿出动了三位护法强者,最后还是让他逃掉了,以前我还道是那几个家伙可疑,没想到竟然真的这么棘手。"几个回合下来,鹜护法心中愈加凝重,药老的灵魂力量之强和那骨灵冷火之棘手,都远远超出了他的预料。

"云山,速速解决萧炎!"再次与药老狠狠拼了一记,那异样的温度令鹜护法身上的黑雾一阵波动。到了这种时刻,他也不再顾及面子,冲着远处正与萧炎激战的云山喝道。

听到鹜护法的喝声,药老脸色微微一沉,身体之上,森白火焰越发浓郁,攻势也骤然凌厉。

不过看这阵势,想要在短时间内击杀鹜护法也有些困难。即便他对灵魂体的克制效果在骨灵冷火的作用下已经减至最低,可再怎么说,这家伙也是一名斗宗阶别的强者,想要将其击杀谈何容易?

听到鹫护法的喝声，云山微微一惊——那个老家伙竟然强到这般地步，连鹫护法都难以收拾？

心中的惊异持续了片刻，云山袍袖猛地一挥，一股狂猛斗气将攻上前来的萧炎震退，随后自己飞身而退，在他退后时，磅礴斗气自其体内铺天盖地地暴涌而出。

"小混蛋，本想戏耍你一番，不过现在看来，似乎情况不允许了。既然如此，就一招解决了你吧。"冲着对面的萧炎森然一笑，云山袍袖一震，那自头顶暴涌而出的深青色磅礴能量顿时一阵蠕动，片刻后，居然凝聚成了一柄足有丈许宽的青色长剑。

长剑表面颜色异常暗沉，通体毫无光泽，然而在长剑凝成时，周围的空间却猛烈地波荡起来。这柄完全由云山的雄浑斗气凝聚而成的长剑，显然蕴藏着极其庞大的能量。

萧炎望着那悬浮在云山头顶、缓缓旋转的能量长剑，感受着其中所蕴藏的可怕能量，脸色剧变，背后双翼一振，猛然倒退了一段距离。在倒退时，萧炎手中的印结也陡然变动，其体内雄浑的斗气迅猛奔涌，迅速地穿过几条特定的经脉。

在这般紧急关头，萧炎高度集中精神，平日练习时偶尔会出岔子的斗气凝聚，此刻竟然异常顺利。

体内如潮水般的斗气源源不断地顺着那几条特定经脉涌进萧炎双掌之中，如此庞大的斗气涌进，那对本来修长的手掌，此刻变得格外宽大。一股璀璨的光芒也逐渐浮现，最后几乎如一轮耀日般刺眼。

萧炎掌心中突然爆发出来的强烈光芒，令云山的眉头微微一皱："这小子的底牌怎么层出不穷？当真是麻烦。"心中念头转动，云山瞥了一眼远处鹫护法与药老的战圈，瞧见鹫护法竟然在药老的凌厉攻势下略落下风时，心头一惊。

"看来不能拖延了，得赶紧将这个小子解决，不然等那老家伙腾出手来，我的处境就不妙了。"

心中闪过一道念头,云山的眼神陡然转厉,双手手印猛然一变,充满了森冷杀意的厉喝声响彻天际。

"风刹湮罡!"

喝声落下,天际猛然响起一道异常凄厉的剑鸣声。众人骇然抬头,却见到云山头顶上的那柄斗气长剑,竟然开始疯狂地旋转起来,而那怪异尖鸣声,便是从那里传出的。

手印一变,手指遥遥指向萧炎,那柄疯狂旋转的庞大长剑便暴掠而出。长剑的速度快得甚至能够追上声音,瞬间便出现在距离萧炎仅有几十米远的地方。

看到云山这强悍可怕的一击,混乱战圈中,海波东等人的脸色瞬间变得苍白了许多。即便相隔这么远,他们也能够感受到那长剑之中蕴藏的恐怖能量。若是被击中,萧炎至少也是重伤下场。

广场喜台附近,云韵的纤手悄悄捂住了红唇,那张雍容动人的俏脸此刻十分苍白。这种攻击,就算是实力在斗皇巅峰的强者也难以接下,更何况萧炎?

在无数道目光的注视下,身为局中人的萧炎,却突然闭上了眼睛,而在其闭眼时,手中印结骤然一变,一股同样强悍的磅礴能量陡然暴涌天际。

"开山印!"

随着一道低沉的喝声,一道几丈宽的能量手印,陡然浮现。

而在这能量手印浮现之时,萧炎周身的空间如涟漪般急速波动了起来。

第十四章
三色火莲

庞大的能量手印浮现而出，略一停滞，便带起一股异常强烈的威压和能量波动，向那暴射而来的能量长剑狠狠撞击而去。

轰！

瞬息之间，两道极为恐怖的攻击便在天空相遇，霎时间，惊雷般的爆炸声陡然响彻天际。即使早有准备，依然有不少人双耳一阵嗡鸣，连带着视线都有些模糊起来。

两道凶悍攻击碰撞之处，一股股宛如实质般的能量波动疯狂荡漾，甚至连那处空间都在这般可怕的能量碰撞下变得扭曲起来。由此可见两人此次发动的攻击，是何等可怕。

由于空间的扭曲，望向天空的众人一时间并不知道，在这般可怕的能量对碰中，两人究竟是谁占得上风。

众人眼巴巴地望着，那弥漫天际的能量波动，片刻后缓缓散去，扭曲的空间也逐渐变得清晰起来。

一切归于平静，遥遥天际之上，两道身影再度出现在所有人的视野之中，当众人瞧见天空中的人影时，皆忍不住一怔。

此刻的萧炎，双袖破裂，露出赤裸的双臂，手臂之上布满了一道道细小的血痕，其脸色也有些苍白，嘴角依稀残留着血迹，原本雄浑的气息此刻也减弱了许多。刚才的那番惊天大碰撞，他虽然接了下来，但是被反震得受了不轻的伤。

萧炎狼狈，对面的云山也并非安然无恙。一身衣衫破烂不堪，露在袍袖之外的干枯手掌微微颤抖着，一缕血迹顺着掌心溢流而下，沿着手指悄然滴落。

望着手掌滴血的云山，不少人暗自在心中吸了一口凉气，旋即惊异地望向那个黑袍青年。谁都没想到，这个家伙，不仅接下了刚才云山那恐怖的一击，而且还令云山受了伤！

混乱战圈中的加刑天、海波东等人，也一脸惊愕地望着手掌颤抖、脸色阴沉的云山。他们对萧炎颇有信心，可也没想到他能接下那能够令斗皇巅峰强者重伤的恐怖攻击。

喜台处，见到萧炎并未被云山击杀，云韵也悄悄松了一口气，不过当她看见云山那滴血的手掌时，俏脸上闪过一抹复杂情绪。她不想看见萧炎死在云山手中，同样也不想看见云山被萧炎所杀，然而此时此刻，她只能安静地站着，等待着战斗的结束。

"混账小子，没想到本宗还是小看你了。"云山脸色阴沉，手掌在衣袍上擦拭了一下，将鲜血抹去，然后抬头望向对面气息有些萎靡的萧炎，森然道，"先前那道斗技，怕是阶别不低吧？所需要的斗气也极为庞大，现在的你，还能再施展几次？"

萧炎抹去嘴角的血迹，淡淡道："足够让你知道什么叫作重伤。"

"是吗？"云山阴冷一笑，道，"你先前那道斗技，威力的确强悍，连我都不敢小觑，不过凭这便想击败本宗，恐怕还差了一点儿。"

萧炎微眯着眼，缓缓紧握拳头。云山的话虽然讨人厌，但是并不假。以他如今的实力施展这并非很纯熟的开山印，能够将云山那极度强悍的攻击抵消，已经很了不起了。若想凭此一举击败他，除非他毫无防备地站在那里硬受一击，否则，怕是不太可能。紧握拳头，萧炎瞥了一眼药老那边的战况，忍不住微微一皱眉头。

此刻的药老与骜护法已经战入了僵局，双方杀招尽出，险象环生，却始终维持着一种诡异的平衡，无论如何加力，都难以令对方受到什么实质性的伤害。虽说看这场面，应该是药老隐隐占据上风，然而清楚药老实力的萧炎却知道，由于是灵魂体，药老虽然在实力上能与斗宗强者相抗衡，但是持久力却远远比不上。真要说起来，这般僵持下去对药老并没有好处，一旦骜护法撑到药老力量减弱时，这场战斗就会出现大逆转了。

从药老那里缓缓收回目光，萧炎看了一眼远处的混乱大战圈。那里，众人厮杀得更是混乱与激烈，时不时便有强者重伤坠地，生死不知。云岚宗的强者此时已悉数出动，拼命地阻挡联盟强者的凌厉攻势。

目光快速地从混乱战圈中的海波东等几个重要人物身上扫过，萧炎略微松了一口气。还好，他们都处于优势，想必只要给予他们足够的时间，就能够击败各自的对手。到时候，海波东等强者腾出手来，这混乱战场就会稳定下来。

目光转动间，萧炎也瞟了瞟云岚山下，那里隐隐有厮杀声传来，应该是山下的十万皇室大军开始进攻了。

如今的云岚山，几乎每一处地方都爆发着厮杀与战斗。这个往日十分平静的宗门，现在完全被笼罩在血雨腥风之中。

萧炎扫视一圈后便迅速收回心神，缓缓地吐了一口气，目光闪烁地看着嘴角噙着狞笑的云山。他瞥了一眼手指上的那枚森白色戒指，心中略一迟疑，便狠狠一咬牙——想要真正击败云山，唯有动用这招撒手锏了！

心中打定了主意，萧炎不再迟疑，手掌一动，一把丹药赫然出现在手中，

然后被他一股脑地塞进嘴里。

两种异火融合的佛怒火莲，消耗的斗气丝毫不逊色于施展开山印，而三种异火融合需要的斗气自然又是成倍翻涨，因此，现在的他，想尽办法令自己体内的斗气保持着充盈状态。

将丹药狼吞虎咽地吞进肚中，萧炎也不分神去炼化。拥有琉璃莲心火这等异火，对于吞噬而进的丹药根本不需要太过关注，异火会自动将之炼化，然后化为最精纯的斗气，流淌在畅通的经脉之中。

看到萧炎狂吃丹药，云山不由得抖了抖脸皮。虽然他身为斗宗强者，但论起丹药，也不可能超过萧炎的丰厚收藏，因此只能眼睁睁地看着萧炎在丹药的帮助下恢复斗气。

云山自然不可能傻乎乎地等着萧炎将斗气恢复。在萧炎咽下丹药那一霎，他猛地一动，诡异地浮现在萧炎面前，手掌对着萧炎的喉咙横切而去，指甲因为那深青色斗气的加持，丝毫不逊色于锋利的刀刃。

萧炎微微后仰身体，险险地避开了云山的手掌，那森冷的劲风令萧炎心中一阵发寒。

保持着后仰的姿势，萧炎脚掌银芒闪烁，骤然暴退。在退后时，他屈指一弹，玄重尺闪现而出。他一脚狠狠踢在尺柄上，玄重尺便带着一股凶悍力量，直射向追赶来的云山的脑门。

暴掠而来的玄重尺令云山身形一顿，拳头狠狠砸出，将玄重尺砸飞。

在云山砸飞玄重尺的那一霎，萧炎手指一震，那枚森白色的戒指顷刻间爆裂开来。一团森白色的熊熊火焰，迅速涌现在萧炎面前。

森白色的火焰一出现，萧炎立刻将琉璃莲心火撕扯开，分别化为青色与无形的火焰。紧接着，萧炎没有丝毫犹豫，双掌一拍，青莲地心火与陨落心炎，便被拍进了那团森白色的火焰之中。

随着三种异火的相触，萧炎周身的空间立马剧烈地波动起来。

见到萧炎这般举动，云山脸色大变。他能够感受到，萧炎面前那三种不同的火焰，正在衍生着一种极端可怕的能量。

嗖！

几乎是在同一时刻，云山的身形瞬间消失。他必须打断萧炎这恐怖的一击，不然的话……

化为黑影闪掠而来的云山，同样令萧炎脸色大变。背后双翼一振，萧炎双掌紧握着那团正急速融合的三色火焰，急忙闪退。在闪避之余，萧炎屈指一弹，那纳戒之中射出一些玉瓶。每个玉瓶之内都有一朵不足巴掌大的火莲。

嘭！嘭！嘭！

玉瓶飞出，旋即便在距离云山不远处，宛如烟花般噼里啪啦地一阵乱爆。

虽然这些小火莲不可能对云山造成什么伤害，但是的确使他追赶的速度慢了下来。当云山冲出那连绵不绝的火莲爆炸区时，不远处，萧炎却停下了逃窜的脚步。

云山的目光缓缓从萧炎那张苍白虚弱的脸上移开，停留在了其手掌之上。这一刻，云山的眼瞳猛然紧缩。

半空中，萧炎振动着双翼，脸色苍白，气息异常虚弱，而其掌心上，悬浮着一朵尺许长的三色火莲，一股令所有人都感到骇然的狂暴能量，缓缓溢出。

看到萧炎掌心处悬浮的那朵三色火莲，云山的脸色顿时难看起来。那朵诡异的火莲中蔓延出的恐怖能量，令他感受到一种异样的压迫。

"凭这个混蛋的实力，怎么可能施展出如此强悍的攻击？"心中愤怒地咆哮了一声，云山前冲的身形顿时停滞，旋即暴掠而退。而在其闪退时，一股磅礴的深青色斗气自其体内如潮水般猛然涌出，头发如同触电般根根竖立。仅仅片刻时间，那雄浑斗气便在天空之上形成了一道有十几丈宽的青色龙卷风，而其身形则被那庞大风旋全部包裹。

广场上，众人望着片刻间便凭着体内雄厚斗气凝聚成这般庞大风旋的云山，

皆忍不住咋舌。他不愧是斗宗阶别的强者，这一手在场的斗皇强者无一人能够施展。

庞大的青色风旋笼罩着云山，在他周身呼啸着高速旋转，狂风肆虐，将下方广场上不少人吹得东倒西歪。一些实力不济者更是连连后退，最后一屁股跌坐在地上，满脸惊骇地望着那几乎横跨天地的庞大风旋。这种恐怖力量，云山凭一己之力便能召唤出来，实力当真可怕。

呼啸的狂风在云岚山上方的天空肆虐而过，山脉中的林海也随之疯狂涌动，一波波绿色的树浪从中心处蔓延，席卷四面八方。

望着突然间搞出这般大动作的云山，萧炎一怔。旋即，苍白的脸上浮现一抹冷笑，低头瞥了一眼手中悬浮的那朵三色火莲。这朵由三种异火融合而成的佛怒火莲，由于时间的短暂并未达到完美状态，不过在萧炎那出色的灵魂力量的加持下，倒也勉强维持在了一个平衡点上。其中所蕴藏的狂暴能量，比以往的双色火莲，自然是强悍了几倍不止。

为了将这三种异火融合在一起，萧炎几乎耗尽了体内的所有斗气，甚至连灵魂力量都出现了枯竭之势。三色火莲的威力固然大，可消耗也极为可怕。萧炎倾尽全力，也只能勉强将三种异火维持在一个平衡点上。

眼睛紧紧地盯着那横跨天地的庞大风旋，其中释放出的撕扯力，即使相隔颇远，也依然能令萧炎的身体微微摇摆。当然，这也是他刚才强行融合了三种异火，导致身体极度虚弱的缘故。

背后的双翼此刻变得淡薄了许多，这些状况皆证明此刻的萧炎已是强弩之末。

然而即便如此，可其手中所握的那朵蕴藏着异常可怕能量的火莲，却令云山这等强者不敢抢先攻来，反而赶忙开启自己最为坚固的防御，生怕火莲攻来，自己会成为那火下亡魂。

三色火莲缓缓地在萧炎手掌之上旋转着，萧炎体内的焚诀功法也忙着吸进一些天地能量，配合着体内还未完全消化的药力，迅速炼化，最后化为精纯斗气，流淌在经脉之中。

趁着体内斗气恢复的空当，萧炎的目光往药老与鹫护法所在的战圈扫了扫。这是萧炎第一次看见药老真正地用灵魂体与人战斗。虽说灵魂体并不能使用斗气，不过那磅礴的灵魂力量丝毫不逊于强横的斗气，而且无形无色，攻击起来更是诡异莫测。

不知何故，寻常的灵魂力量对于魂殿强者来说，攻击威力会大打折扣，不过药老却并非寻常灵魂体。拥有骨灵冷火的他，不仅丝毫不惧鹫护法诡异的锁链攻势，而且异火的攻击令鹫护法应付起来颇为狼狈，他浑身弥漫的黑雾，也在那似热似冷的异样温度下不断波动着。

对于药老的实力，这位鹫护法明显始料未及。这么多年来，追捕灵魂体他很少失手，不管那些灵魂体在生前实力如何强悍，只要一失去肉体，在魂殿强者眼中，就如同失去了獠牙的猛虎，只能任他们宰割。久而久之，魂殿的人不免对那些灵魂体生出轻视之心，而此次，他则为自己的轻视付出了不小的代价。

药老出手尽是杀招，招式刁钻狠辣，骨灵冷火在其近乎完美的操控下，令鹫护法防不胜防，甚至有好几次都被异火近身，若非其实力也不弱，怕早就被骨灵冷火侵入身体了。

不过即便他能够躲避过去，可随着药老攻势的愈加凌厉，鹫护法也逐渐落入下风，到了最后，他竟然只能步步防守，再也抽不出半分心神反攻药老。

对于这愈加不利的局面，鹫护法心头满是羞恼。这还是他头一次如此狼狈。此事若是传回了魂殿，恐怕那些对自己的位置觊觎许久的家伙就会借此大肆宣扬了，说不定殿主在不耐烦之下，还真的将自己这护法之位给卸了去，那可就着实凄惨了。

心中闪过这般念头，鹫护法狠狠一咬牙，刹那间十几道漆黑锁链猛然自体内暴涌而出，铺天盖地地对着药老暴刺而去。看这模样，他似乎是想要拼命一

搏了。

萧炎在见到药老已经顺利掌控那处战圈的主动权后，放下了悬在心中的大石，目光一抬，将心神完全凝聚在远处那庞大的青色风旋之上。他现在需要做的，便是击杀云山这老家伙，了结以往的种种恩怨。

背后有些虚幻的双翼微微扇动着，将萧炎的身体稳定在天空中。萧炎抬起手，而那朵三色火莲，也在广场上一道道目光的注视下，缓缓升腾而起。

身形隐于庞大风旋之中的云山，瞧见萧炎这般举动，心头微微一紧，心中一声低喝，体内澎湃斗气尽数涌出，令那庞大的风旋的颜色变得更加深邃。

甩了甩因为灵魂力量过度消耗而有些眩晕的脑袋，萧炎心中暗惊。"看来不能再拖延了，损耗的斗气能够依靠焚诀来恢复，可灵魂力量却只能慢慢调养。若是不速速将云山解决，恐怕自己就会先昏迷了。"心头闪过这念头，萧炎那双视线有些模糊的眼睛中掠过一抹狠戾，双手印结猛然一动。

随着萧炎手印的变动，悬浮在其面前的三色火莲，顿时爆发出刺眼的三色光芒，宛如一轮耀日，悬于天空。

"去！"

屈指一弹，萧炎猛然一声厉喝！

喝声落下，那一直缓缓旋转的三色火莲，顿时化为一道模糊的光线，宛如闪电般暴掠而出。

火莲之中虽然蕴藏着磅礴且可怕的狂暴能量，但是在划过空间时异常安静，甚至连半点能量涟漪都未带起。然而，这般悄无声息的模样，更令人心中涌现阵阵寒意。

喜台处，云韵双眼眨也不眨地望着那闪掠过天际的模糊光影。虽然如今斗气被封，但是斗皇的感知依然在，因此，对于那火莲之内的恐怖能量，她也有所感应，当下一张俏脸便涌上些许惊慌与不安，如玉般的纤手紧紧握拢。她心中清楚，萧炎与云山都已经真正地动了杀招，接下来，恐怕便是分胜负的时刻了。

火莲在无数道饱含各色情绪的目光中闪掠天际，犹如一颗流星，轰然撞击在疯狂旋转的庞大风旋之上。

细小的火莲与那庞大的风旋比起来，体积完全不成比例。那般撞击，看上去犹如一只飞鸟撞在一处山壁之上，不会令后者产生半分的颤动。然而，并不能光以体积来评判威力大小。

"爆！"

火莲一头撞进那庞大的风旋，旋即，一道冷漠的喝声，陡然在天际如雷鸣般响起！

轰！

喝声从天际落下，紧接着，一朵三色烟花突然自风旋之上绽放，足以令人耳膜破裂的惊天爆炸声顿时响彻天际。

一股极为恐怖的能量风暴，瞬息间便从风旋与火莲撞击处席卷而出，弥漫方圆数百米。

在这股恐怖的能量风暴之下，在场之人，包括正在酣战的药老与鹫护法，也惊骇地霍然转头。

"没想到，三种异火融合的佛怒火莲，威力竟然恐怖到了这种地步。这个小家伙，究竟创造了一种何等可怕的斗技啊？！"

轰！

惊雷般的爆炸响彻天际，铺天盖地的三色火浪和浓郁的深青色斗气，在天空中交织，犹如翻腾的浪潮，朝着四面八方席卷而去。

恐怖的火浪席卷四方，连带着远处天空那处混乱战场也受到了波及，一些反应敏捷的倒是逃过一难，而略显迟钝的则被那火浪正面击中，喷出一口殷红的鲜血，旋即，鲜血在那高温火浪下迅速蒸发了。

阳光此刻被尽数遮掩，四种火浪如层层乌云般，笼罩了云岚山上空。

火浪夹杂着恐怖能量横扫天际，除了少数人，其余所有强者都赶忙落下身形，生怕被那火浪吞噬，落得个凄惨下场。

火红的云彩缭绕天际，反射出暗红的光芒，映照着广场上那一个个瞠目结舌的人。片刻后，咽唾沫的声音接连不断地响了起来，一些人颤抖着手抹去额头上的冷汗。在这般能与自然灾难相比的可怕能量面前，就算是斗王阶别的强者，也会产生自身极端渺小与脆弱的感觉。

这种力量，远非他们这种阶别可以抗衡。

海波东等人从天际闪掠而下，形象皆有些狼狈。刚才那如火浪般席卷而来的恐怖能量也令他们措手不及，不过好在本身实力强横，虽然形象狼狈，但是至少没有受太重的伤。

"都没事吧？"众人互相看了看，然后开口问道。

海波东苦笑了一声，目光在自己这方强者阵容上扫过，旋即微微皱了皱眉头。经过先前的大战，虽然云岚宗折损了一些长老，但是他们这边也损失了三名斗王强者。这场大战的惨烈程度远超所有人的预料。

在清点人数时，阴骨老、苏媚、铁乌三人脸色铁青，因为那不幸损失的三名斗王强者，是他们的属下。

"这该死的云岚宗！"三人对视了一眼，皆咬牙切齿地暗骂道。斗王强者可不是随随便便就能够培养出来的，损失几位，令他们非常心痛。

"不知道萧炎怎么样了？"林焱此刻脸色有些苍白，不过那对眼瞳中却闪烁着异样的炽热。看来此次战斗虽然极其惨烈，但是极对他的胃口。在他看来，生活就应该充满刺激，学院里那种切磋似的战斗，远远满足不了他那颗嗜战的心。

闻言，身旁的林修崖和柳擎摇了摇头，他们两人的脸色也不是很好，身上有些伤，不过不算太重。

"不知道。不过这家伙隐藏了实力，即便我已经很高看他了，也没料到，他居然能够与斗宗强者相战。要知道，这家伙不过才斗王巅峰而已。这里的事若是传回内院，恐怕连苏千大长老都会感到极其震惊吧。"林修屋和柳擎的话语中有一抹无奈，看来他们想要超越萧炎，是不太可能了。

"他在那火浪里，不知道是死是活。这个家伙用的一些斗技，有时候连他自己都逃不掉。"紫妍宝石般的眸子望向笼罩着天空的厚实火云，咬着牙担心地说道。

林焱等人也抬起头来，望向那隐隐透着三色光芒的厚实云层，紧皱眉头，心中也有些不安。那个家伙的对手可是一名货真价实的斗宗强者啊。

当海波东等人簇拥在一起时，云岚宗众长老也出现在了广场的喜台上。他们望了望彼此狼狈的模样，发现人数比起战斗之前少了将近四分之一后，脸色都难看了许多。

喜台处的云韵，瞧见云岚宗长老人数锐减，心头狠狠一沉，没想到云岚宗的损失竟然这么惨重。

而且在火云中，云山不知是死是活。虽然所有人都清楚斗宗强者非常强横，但是刚才萧炎发动的那三色火莲蕴藏着何等可怕的能量，他们也清楚地感觉到了。他们虽然清楚云山的实力，可依然满心忐忑。

众长老满脸凝重与不安地抬头望着天空，面面相觑了一阵，不由得将目光投向喜台下的云韵。虽说这些年云韵已经卸下了宗主之位，可她怎么说也做了许久的宗主，在云岚宗的声望，虽然比不上云山，但是也能稳坐二把手的位置。如今云山不知是死是活，这些长老自然下意识地将云韵当成了掌事者。

云韵无暇理会众长老，她清楚，今日的云岚宗处境极为凶险，说是生死存亡在此一举，也不为过。

嘭！

一处火云突然猛烈地波动起来。旋即，两道身影自其中一前一后地暴掠

而出。

突然出现的两道身影，立刻将全场目光吸引过去，不过众人立刻发现，并不是萧炎和云山，而是鹫护法和药老。

两人掠出火云，身体皆下降了许多后方才逐渐稳住。此刻的二人，比起先前无疑是两番模样，笼罩在鹫护法身体上的诡异黑雾，此刻已经尽数消散，他的胸膛剧烈地起伏，粗重的喘息声不断响起，一套宽大的黑色斗篷罩着全身，脸部隐隐露出一双暗红的眼睛。

鹫护法情况不好，而其对面的药老，原本便虚幻的身体，此刻也变得稀薄了许多。两人显然经历一场极端凶险的恶战，结果似乎是两败俱伤。

"桀桀，老家伙，没想到没了身体还这么顽强，当真不愧是闻名大陆的药尊者啊。"黑色斗篷微微抖动，鹫护法怪笑一声，声音中带着一点儿喘息。

"想要老夫的灵魂，可没那么容易。"药老冷声笑道。

闻言，黑色斗篷之下的一双眼睛中暗红光芒浓郁了些许，有些低沉与阴森的声音缓缓传出："是吗？你还真当本护法如此好应付？今日就算付出天大的代价，也定要将你擒拿回魂殿。桀桀，殿主对你的灵魂，可是极感兴趣的啊。"

听得鹫护法话语中的阴毒，药老不由得眼睛微微一眯，心中升腾起些许不安。对于魂殿的这些怪物，他知之甚少，他们有何终极手段，他也并不知情。

就在药老心中念头转动时，天空之中厚实的火云突然波动起来，随后一个巨大的旋涡涌现。旋涡一出现就开始旋转，随着其旋转的加剧，那弥漫四周的火云也如潮水般涌动起来。

当旋涡旋转的速度达到某一个界限时，两道细微的噗噗声响起，两道身影便犹如垃圾一般，被那旋涡狠狠地吐了出来。

这两道人影一出现，就将全场目光吸引过去，看到两人后，所有人都松了一口气。这两个家伙便是那战场的主角——萧炎和云山。

被火云吐出，两道人影皆朝着地面坠落，看这般模样，似乎两人都在那惊天的能量爆炸中陷入了昏迷。

就在众人惊愕间，位于后方的那道人影，身形突然一阵颤动，紧闭的眼睛也在狂风中缓缓睁开。

"那人醒了，是谁？"

突然苏醒过来，并且能控制坠落身形的人，引起了广场上无数人的惊呼。

那人并未理会下方传来的惊呼声，身形略一停滞后，肩膀一振，一对碧绿色的火翼便自其背后涌现而出。

"萧炎！是萧炎！"

火翼便暴露了人影的身份。广场上，一道道惊骇和惊喜的喊声此起彼伏。

背后碧绿火翼浮现，萧炎猛然冲着下方正在坠落的云山俯冲而下，体内仅剩不多的斗气，此刻被尽数抽调而出，包裹着拳头，对着云山狠狠砸去。他清楚地知道，虽然融合了三种异火的佛怒火莲威力异常巨大，但是想要一举击杀一名斗宗强者也很困难，所以他必须把握云山能量虚弱的瞬间，痛打落水狗，否则一旦云山恢复实力，闭目等死的就变成自己了。

萧炎的这般举动，再度引得广场上无数人发出惊骇声。任谁都能够瞧出，云山此刻正是虚弱之时，一旦遭受重击，绝对非死即残。

在无数道充斥着或惊骇或狂喜的目光的注视下，萧炎迅速闪掠至云山面前。此刻的云山已然能够睁眼并且有意识了，在瞧见飞速接近自己的萧炎脸上那汹涌的杀意时，一股恐惧终于从其心中蔓延而出。若是萧炎此刻真的下杀手，那么，他的下场……

望着云山面孔之上涌现的惊骇与恐惧，萧炎嘴角扯出一抹狞笑，一道微弱的声音传进云山耳中。

"老狗，我当年便说过，你一定会后悔让我逃出云岚山。这笔债，萧炎记了三年，今日便尽数讨回！"

脸上涌现疯狂，萧炎一声大笑，体内斗气顺着经脉疯狂涌上拳头，对着云

山的心脏狠狠砸了过去。而就在其拳头即将击中目标时,一道女子的尖叫声却陡然自下方广场响起。

"萧炎,不要!"

熟悉的声音令萧炎拳头一颤,目光忍不住下移,旋即便看见了云韵那张满是恳求的惨白的俏脸。

杀,还是不杀?

第十五章
变 故

　　看见那张惨白的俏脸时,萧炎那充满杀意的心颤动了一下。这个女人的所言所行,对他并非完全没有影响。

　　时间似乎在此刻凝固了下来,无数人眼睛眨也不眨地紧盯着天空中那道年轻身影。他的下一步举动,将会决定云岚宗的结局。

　　海波东等人死死地握着拳头,当瞧见萧炎的拳势因为云韵的尖叫声停滞了一瞬时,他们几乎忍不住想要跳脚。这个时候,只有那一拳狠狠打下去,他们这场赌上了所有身家的赌博,才能够获胜。

　　"打下去!打下去!"

　　天地间寂静,加刑天、海波东等人此刻眼睛瞪得老大,呼吸逐渐粗重,脸因为心中的激动而涨红,手臂上青筋耸动,颇为骇人。虽然心中异常激动,但是他们不敢在此刻发出半点声音,只能在心中声嘶力竭地大吼。

　　今日这场大战,众多势力都将整个家族赌了上去。若是赢,无疑将会获得极大利益,若是不幸输了,那么便要面对家族毁灭的危机。

而输赢,全在萧炎那一拳之上。

拳落,则赢,豪赌大胜。

拳收,则败,并且一旦让云山回过气来,那么接下来,这场大战恐怕会出现惊天大逆转。

不远处的天空中,药老紧紧地盯着眼神闪烁的萧炎,却并未出声干扰。他知道,这个他亲眼看着一路成长起来的青年,不会让他失望。

无数道夹杂着各种情绪的目光交织在天空,等待着今日这场大战的最后结局。

目光停留在云韵那张惨白得令人怜惜的脸上,萧炎的心瞬间柔软了一些。

萧炎的变化,被云韵清楚地收入眼中,当下她的脸色稍稍缓和。她知道,她在这种时候出声干扰萧炎,很有些蛮横与不顾对方感受。可不管怎么说,她都是云岚宗的人,云山是亲手将她培养起来的老师。虽说这些年云山的所作所为,使他们的关系冷淡了许多,但云韵还是无法眼睁睁地看着云山死于萧炎手中。

云韵才松了一口气,萧炎却陡然收回目光,心中那一霎的柔软顷刻间消失殆尽,取而代之的是极其浓郁的狠厉与杀意。他早就说过,没有任何人能阻止他击杀云山,即便这人是与他关系颇为复杂的云韵。

"云韵,萧家的血债,必须有人来偿还!"

淡漠的声音轻轻地从萧炎口中吐出,在广场之上响起。

这一道声音响起时,云韵的俏脸瞬间毫无血色,娇躯不住地颤抖,眼睛之中也涌现出雾气。

话音落下,萧炎眼神陡然一厉,先前因为云韵的尖叫而停滞下来的拳头猛然一颤,在无数道或惊骇或狂喜的目光中,夹杂着体内最后一股力量,狠狠地击在云山的心脏部位。

嘭!

拳头落下的一刹那,低沉的闷响声在天空响起,令无数人的心脏都狠狠一跳。

拳头在云山恐惧的目光中,贴于其胸膛之上,一股雄浑的力量顿时如潮水般暴涌而出。

咔嚓!

骨骼断裂的声音响起,这次却并不是从云山体内发出,而是从那脸色狰狞、眼露疯狂的萧炎的拳头之上传出。这一击,因为力量过大,那反震力也令萧炎拳头处的骨骼断裂了一些。

"老狗,这是替我父亲打的!"

"这是替死去的萧家族人打的!"

"这是为你害得我二哥寿命将尽打的!"

"这是为你害我大哥瘫痪打的!"

"……"

拳头之上传来的剧痛,萧炎丝毫不理会。他红着眼,舞动双拳,犹如疯子一般,狠狠地砸在云山的胸膛之上,而每一次拳头舞起时,一声声暴怒咆哮声也紧接着响起。

噗!

在萧炎一记接一记的疯狂攻击下,云山的胸膛明显地下凹了一些,脸涨得通红,一大口夹杂着内脏碎块的鲜血狂喷而出,将面前的萧炎溅得满身鲜红。然而萧炎却是不管不顾,拳头机械般地怒砸而下,那般如疯魔般的模样,让人满心寒意。

望着天空中急速坠落的云山及其上方那疯魔的萧炎,云韵的俏脸已经没有丝毫血色,脚一软,她终于瘫坐在地,纤手捂着嘴,发出一道道痛苦的哽咽声。从萧炎那凄厉的咆哮声中,她能够知道,他对云岚宗的仇恨到了何种地步。

那种仇恨，只有用鲜血，才能洗刷！

看到生机迅速消逝的云山和那疯魔般的萧炎，所有人都陷入沉默，只有云韵那低低的哽咽声，在广场上回荡。

当萧炎的拳头夹杂着满腔怒火与杀意，尽数砸在云山身体之上时，海波东、加刑天等人皆长长地松了一口气，一屁股坐于树顶上。先前的那番过度紧张，几乎令他们虚脱。

"看来这小子这些年受了不少苦。云山这老狗，也算是咎由自取。"抬头望着那不断发出愤怒咆哮声的萧炎，海波东轻叹了一声，喃喃道。

"日后，云岚宗怕是要在加玛帝国除名了。"

加刑天微微点了点头。云岚宗以前固然实力强大，可今日大战惨败，以后在加玛帝国的声望将会降至最低。

嘭！

又是一记重拳狠狠地砸在云山那已经重度凹陷的胸膛上，萧炎身躯一阵摇晃，背后碧绿火翼慢慢淡化，右拳低垂，弯曲成一个诡异的弧度。先前那般近乎疯狂的乱砸，让萧炎手腕处的骨头被反震力震得断裂了。

云山的脸上布满鲜血，那对充满着恐惧与不甘的眼睛终于缓缓闭上。在最为虚弱的时候遭受了萧炎如此疯狂的攻击，即便他是斗宗强者，也必死无疑！

眼睛死死地盯着气息越来越弱，最后终于咽气的云山，萧炎紧绷的心松弛下来。一股潮水般的疲累涌上脑袋，令他眼前发黑，片刻后，眼皮一沉，身体失去了所有力量，像云山一样，直挺挺地向地面坠落而去。

嗖！

就在萧炎即将坠落地面时，一道影子闪掠天际，将之拉扯住。

模糊的目光扫过身旁，望着那张熟悉的苍老面孔，萧炎虚弱地一笑，声音低不可闻地道："老师……我成功了……"

看着萧炎脸上那虚弱的笑容，药老轻轻叹息一声，拉起萧炎那近乎畸形的手腕，道："你也太疯狂了，这身伤，怕是要养好久才能康复了……"

迷迷糊糊间听得药老的话，萧炎似是突然想起了什么，挣扎着睁开眼，望着即将坠落地面的云山尸体，连忙道："快，把那家伙的尸体抓住，斗宗强者的骸骨。"

闻言，药老先是一怔，旋即心头涌起一股暖意，笑着点了点头，身形一掠，便闪电般对着云山尸体暴掠而去。

"桀桀，药尘，你下手可慢了些哦。"药老身形刚动，一道黑影便如闪电般划破天际，瞬间出现在云山身旁，一把将之抓住——赫然便是鹜护法。

"找死！"见到鹜护法这般举动，药老脸色顿时一沉，厉声喝道。

"桀桀，谁找死，可还说不定！"鹜护法一阵怪笑，手掌黑雾涌动，狠狠拍在云山的天灵盖上，使劲一扯，一道昏迷的虚幻灵魂体，便被他强行从云山尸体中拉扯了出来。

"本护法说过，药尘，今日不管付出多大代价，也要将你擒回魂殿！"

在满场惊骇的目光中强行扯出云山的灵魂，鹜护法发出一阵阴冷的笑声，双手猛地变幻出一道道诡异的手印，一道尖厉的喝声陡然响彻天际！

"九森百噬魂！"

一团诡异的黑雾陡然自鹜护法体内暴涌而出，将云山的灵魂体包裹，旋即，一道令人毛骨悚然的咀嚼的声音从黑雾之中传出。

这一刻，所有人的脸色都变得异常难看。

庞大的广场，此刻变得异常安静，所有人都满脸呆滞地望着这突发的变故，甚至一些云岚宗长老都是一脸茫然——这位神秘的鹜护法不是宗主的帮手吗？怎么……

咀嚼的声音，在安静的天空中诡异地回荡。人们能够想象到，在那黑雾之中，正在发生着何等可怕的事情，一想到此，他们就毛骨悚然。

"怎么回事？"萧炎同样被这突如其来的一幕惊住了，努力挣扎着不使自己陷入昏迷，从纳戒中取出一枚丹药塞进嘴里，感受着空荡荡的体内出现的一缕温暖能量，模糊的视线也清晰了一点儿，他紧盯着那团黑雾，惊愕地问道。

"那个家伙似乎把云山的灵魂给吞噬了。"药老此刻脸色异常凝重，他能够感觉到，黑雾之中，一股阴冷诡异的气息正迅速变强。

闻言，萧炎的脸色微微一变，没想到这个鹫护法竟然如此狠毒，二话不说就将云山的灵魂给抽了出来，强行吞噬。这样看来，今日的事情似乎还没完。

"魂殿强者极为诡异，没想到竟然能够靠吞噬灵魂来壮大自己的实力。不过按我所料，这种秘法应该有极大的副作用，即便他此刻能够顺利吞噬云山的灵魂，恐怕事后也会付出不小的代价。不然，他不会到了这一步才使出这招。"药老沉声道。

"接下来怎么办？"萧炎的嘴角抽了抽，手腕处传来的剧痛令他的手臂不断地颤抖着，不过此时可不是休养的时候，因此他郑重地问道。

"不能让他顺利吞噬云山的灵魂！"药老眼睛一眯，冷芒掠过，袍袖一挥，一股浓郁的骨灵冷火浮现而出，对着那团黑雾暴射而去。

森白火焰掠过天空，就在其即将撞进黑雾中时，黑雾突然一阵剧烈波动，一股阴冷的黑雾涌出，与火焰撞击在一起，两者互相侵蚀，最后尽数化为虚无。

"桀桀，药尘，凭你怎么能破得了我魂殿秘法？"黑雾波动，突然，一阵怪异阴笑声传出，话音旋即变大，响彻天际，"既然如今云山已死，那么这云岚宗也就没有扶持的必要了，一些东西也该收回来了！"

听得那黑雾中传出的阴笑声，云岚宗众长老皆脸色大变，立刻明白了什么，连忙纵身而退。

然而，他们身形刚动，那团黑雾中便陡然爆发出一股诡异的吸力。这股吸力铺天盖地地席卷下来，对寻常人倒没有什么伤害，可那些转身逃跑的云岚宗长老的身体却陡然僵住，犹如木偶般静立不动，脸上涌现痛苦之色，分外扭曲狰狞。

"你在干什么?!"见到那些面现狰狞、痛苦之色的云岚宗长老，云韵脸色大变。这些长老可是云岚宗的中流砥柱，若是他们出了什么意外，云岚宗可就真的完了。

云韵突然感受到体内逐渐涌现的雄浑斗气，微微一怔，顿时明白，随着云山的陨落，他加在自己体内的封印也开始自动消散。可是此刻，封印自动解开，只能令她脸上的哀伤更加浓郁。

"桀桀，他们接受了我魂殿的力量，不然的话，你云岚宗凭什么在短短三年内实力大涨？既然得了好处，如今自然要付出代价。"黑雾中，一阵阴寒笑声传出。

"出!"

鹜护法的冷喝骤然响起。旋即，那十来位云岚宗长老的身躯顿时瘫软，一道道虚幻的灵魂体从他们天灵盖处飘出，在无数道惊骇的目光中，缓缓升空，被尽数吸进那团诡异的黑雾之中。

望着那些瞬间失去了生命气息的云岚宗长老，云韵的娇躯一阵颤抖，俏脸之上也逐渐涌上一抹铁青之色。片刻后，愤怒的尖叫声响彻四周，一股雄浑斗气猛然自云韵体内暴涌而出。

"混蛋，将他们的灵魂还回来!"

云韵俏脸铁青，背后迅速浮现一对青色斗气双翼，双翼一振，瞬间闪掠上天际，对着那团黑雾暴掠而去。

"哼，不自量力!"

看到暴掠而来的云韵，黑雾中传出鹜护法的冷笑声，一道黑色箭气猛然射出，直指云韵的额头。

俏脸冰寒，云韵纤指一动，一缕锋利剑罡自指尖掠出，与那道箭气狠狠碰

撞在一起，双双尽数消散。抵消掉对方这记攻击，云韵双翼一振，便出现在那黑雾之旁，玉手之中一柄泛着寒光的锋利青色长剑浮现而出，剑身一震，带起尖锐的剑鸣声与凌厉剑罡，对着黑雾之中刺去。

嘭！

剑罡刚刚离剑，那黑雾之中便传来一道低沉声响。旋即，黑雾猛然澎湃，将那道剑罡吞噬而进，最后黑雾涌动，迅速扩散至云韵面前，一股磅礴能量对着云韵涌去。

感受到那迅速扩散而至的黑雾，一股雄浑的斗气自云韵体内涌现，与那黑雾相撞。

轰！

能量爆炸声响起，云韵身影如遭重击般，急速滑落天际，背后双翼几番振动，方才稳下身形。以她的实力，的确难以和鹫护法相抗衡。

"这云岚宗，怕是完了……"萧炎望着那些没有了生机的云岚宗长老，再看了一眼脸色苍白的云韵，摇了摇头，低声道。

"现在最大的问题可不是云岚宗，而是那个家伙。"药老脸色凝重。他能够感知到，在吸收了云山和十几名云岚宗长老的灵魂后，鹫护法的气息已经壮大到一种颇为恐怖的地步。先前两人大战起来便胜负难分，而如今鹫护法实力暴涨，药老也没有绝对的把握战胜他。

萧炎苦笑着点了点头，如今他体内斗气消耗殆尽，已经没有半点战斗力，想要出手相助，也是有心无力。

"这个家伙吞噬灵魂时那层黑雾防御力极强，想要将吞噬打断，看来已不可能。今日，或许有些麻烦了。"药老叹息了一声，偏头看了身旁的萧炎一眼，眼神略微闪烁。

这么多年来，萧炎还是首次从药老话中听出不安和不自信，当下布满血迹的脸变了神色，沉声道："无论如何，我都不会让老师落入魂殿手中！"

药老笑着拍了拍萧炎的肩膀,缓缓道:"尽力而为,我能教的都教给你了,其余的,便靠你自己了。呵呵,魂殿虽强,可你潜力无限,迟早有一天能够与之抗衡。"

听到药老那犹如交代后事般的语气,萧炎的心猛然绷紧。

在两人低声谈话时,那团黑雾的波动也越来越剧烈,犹如沸腾一般,不断地对着天空吐出黑色烟圈,吐了片刻后,黑雾开始迅速缩小。最后,一道全身笼罩在漆黑甲衣中的人影,出现在所有人的目光下。

黑色甲衣颜色暗沉,不知由何种材料铸造,其上布满诡异的纹路。细细看去,那些纹路竟然是一个个脸色狰狞的头像。若再看得仔细些,则会发现,这些头像,便是那些被强行吸走灵魂的云岚宗长老。

这诡异阴森的一幕,令在场之人无不毛骨悚然,手脚冰凉。

鹜护法再度现身,一股比先前强横了几倍不止的恐怖阴冷气息缓缓升腾而出,笼罩着整座云岚山。这一刻,原本晴朗的天空也变得暗沉下来,阴风阵阵。

"你这恶魔!"

浑身颤抖地望着那诡异甲衣之上涌现的布满痛苦之色的头像,云韵紧咬着牙,异样的愤怒令那张俏脸扭曲起来。

"本护法的目标是药尘,与你无关。若是再来烦我,不等萧炎出手,本护法就先灭了你云岚宗。"现出身来的鹜护法淡漠地瞥了云韵一眼,阴冷地笑道。

云韵深吸了一口冷气,将波动的情绪缓缓压下,纤手一挥,愤怒的喝声响彻天际。

"云岚宗所有弟子、执事、长老听命!结阵!"

听得云韵的命令,广场之上无数云岚宗弟子先是一怔,旋即齐齐怒声应和,然后尽数盘坐在地。一股股源源不断的白色能量雾气,铺天盖地地暴涌而出。

"冥顽不灵!"

见到云韵这般举动,鹜护法顿时一声冷笑,然而就在其要动手之时,一道

凌厉雄浑的剑罡陡然自云岚宗后山暴射天际,清澈的尖鸣声回荡在每一个人耳旁。

在那道剑鸣声响起之时,一股强悍气息也突兀地自后山涌现!

"这股气息……"天空中,萧炎微微一怔,陡然虚眯起眼睛,"纳兰嫣然?"

第十六章
斗宗大战

清澈的剑鸣响彻天际，旋即，一道如虹剑芒自云岚宗后山闪掠而出，几个呼吸间，便出现在了这一片狼藉的广场上空。

虹芒消散，露出其中人影：一身玄裙，三千青丝柔顺地沿着香肩滑落，漫过蛮腰，齐至臀部。女子黛眉如画，肌如冰雪，俏脸轮廓完美，略显瘦削，令人忍不住一声暗赞——好个美丽的姑娘。

突然出现的女子，因为广场上的狼藉怔了怔，随后目光迅速转移到天空中正望着她的云韵身上，那张俏脸顿时浮现出一抹动人的笑容，清脆的声音如百灵鸟的吟唱在天空响起。

"老师……"

"嫣然，你……你真的突破生死门了？"望着那张比几年前多了几分成熟的女子，云韵大喜。而听云韵对其的称呼，这女子便是那与萧炎有着不浅渊源的纳兰嫣然。

背后的斗气双翼微微一振，纳兰嫣然迅速闪掠至云韵身旁，看了一眼四周，

微皱着黛眉道:"老师,云岚宗发生什么事了?"

闻言,云韵微微收敛笑容,紧握着玉手,声音有些哀伤地道:"嫣然,云岚宗,怕是要完了……"

娇躯一颤,纳兰嫣然也察觉到事情的不对劲,目光迅速在广场上扫过,很快便停在了云山和那些失去了生命气息的长老身上,一抹惊骇覆上心头,她眼瞳骤缩,贝齿紧咬嘴唇,嘶声道:"这……是谁干的?"

说话间,纳兰嫣然看向了天空,目光猛然停在那依稀有些熟悉的黑袍身影之上,目光中带着些许难以置信,随后缓缓上移,最后停在那张布满了血迹的脸上。

"你……你是萧炎?你怎么在此?"虽然那张脸满是鲜血,纳兰嫣然依然立刻将他辨认了出来,当下忍不住失声道。

"没想到几年不见,你竟然也到了这一层次。"萧炎有些惊讶地望着纳兰嫣然。他能感觉到,此刻的纳兰嫣然,实力竟然已处于斗王巅峰的层次,而且看其气息波动的迹象,居然有随时会突破至斗皇的可能,这令他不得不惊讶了。他苦修三年,而且还吞噬了陨落心炎,方才到达这层次,没想到这个女人……

"她体内斗气虽然雄浑,但是并非真正属于她,看起来倒像是传承了什么力量。等到她什么时候将这些力量真正地炼化,才能够将之完美操控,看来这应该是云岚宗的一种传承吧,她运气倒是不错。"一旁的药老摇了摇头,缓缓地道。以他那老辣的眼力,自然一眼就瞧出了纳兰嫣然体内的端倪。

听得药老所说,萧炎方才松了一口气。不管他如何成长,对于这个曾经差点儿成为自己妻子的女人,依然有一点儿攀比之心。

"云岚宗之事,是你做的?"缓缓从惊愕中回过神来,纳兰嫣然似是明白了什么,纤指一指下方,怒声道,"萧炎,你有事便冲着我来,何必找云岚宗的麻烦?当年的那些事早就了断了,没想到你竟然还没忘记,你还是不是男人?"

"这跟你没什么关系,不用大包大揽,你没那资格,也没那本事……"瞥了愤怒的纳兰嫣然一眼，萧炎声音淡漠，"云岚宗害我父亲失踪、大哥瘫痪，甚至差点儿将我萧家杀得鸡犬不留，这些血仇，难道你还想让我像圣人一般，大度地将之遗忘？这样的男人，与懦夫有何区别？"

听得萧炎那不含丝毫情感的冷漠话语，纳兰嫣然的俏脸微微一变，她沉声道："胡说！以我云岚宗在加玛帝国的地位，怎么可能对萧家做那种事？"

"你老师就在身边，何不问问？你口中高尚无比的云岚宗，这几年都干了些什么好事！"萧炎讥讽地摇了摇头，道。

闻言，纳兰嫣然连忙转向身旁的云韵，而云韵却是俏脸惨白地移开了目光，咬着牙嘶声道："这些年我也被软禁了，那些事……都是你师祖一时糊涂干的。"

听到云韵的话，纳兰嫣然顿时一阵眩晕。这几年，云岚宗究竟发生了何事？以云岚宗超然的地位，怎么可能会去干这般蛮横的事情？

"刚才你师祖已经败于萧炎之手，可最后却被这个恶魔强行扯走了灵魂，连带着好几名长老的灵魂，也被其吞噬！"说到此处，云韵再次愤怒起来，偏头看着那悬浮在天空中，身穿漆黑诡异甲衣的鹫护法说道。

听说云山被萧炎打败之事，纳兰嫣然心中一片震惊，但紧接着她的目光便转向了天空中的鹫护法。纳兰嫣然微眯着双眼，脸色变得凝重起来，她能够隐约感知到，这个神秘的家伙拥有极其可怕的力量。

"老师，究竟是怎么回事？"

"等事后再与你说，现在，我必须为云岚宗那些被吞噬掉灵魂的长老报仇！"云韵一摆手，冷冷地扫了一眼下方那些从云岚宗弟子体内涌出的白色能量雾气，偏头对着纳兰嫣然沉声道，"嫣然，帮我掌控阵势！"

"是！"

虽说刚刚出关便遇见这等变故，纳兰嫣然有些手足无措，可对于云韵的话，她还是第一时间选择听从。

见到纳兰嫣然点头，云韵也不拖拉，手印一动，在下方弥漫的白色能量雾

气便迅速上浮,最后凝聚在她身旁,宛如云海一般。

身处云海之中,云韵纤手一挥,那仅剩的三名云岚宗长老闪掠而上,旋即出现在云海中。云韵双掌挥动,白色雾气一阵波动,产生一股股强悍的能量涟漪。

"云烟覆日阵!"

冷喝声自云韵口中传出,云海又是一阵波动,瞬间便凝成一柄十几丈长的能量巨剑,巨剑之上刻满玄奥云纹。巨剑微微一颤,其上蕴藏的雄浑能量将空间震得微微波动。

"恶魔,受死吧!"

云韵的玉手狠狠地击打在剑柄之上,巨剑顿时冲着天空上的鹫护法暴掠而去。

"桀桀,凭这破阵法,便想对付本护法?不自量力!"看着那带着凌厉剑罡射来的巨剑,鹫护法却不屑地摇了摇头,阴冷一笑,袍袖挥动。诡异的黑色雾气自袖中暴涌而出,将那柄巨剑全部包裹。

黑色雾气似乎有着极强的腐蚀力,在与云纹巨剑接触那一霎,便将巨剑之内所蕴藏的庞大能量迅速腐蚀殆尽。而在那诡异黑雾的侵蚀下,云韵也失去了与巨剑的联系,只能眼睁睁地看着云纹巨剑迅速变淡,最后完全消散。

那凝聚了云岚宗众位强者力量的强悍一击,竟然对鹫护法没有丝毫的作用。

攻击彻底失效,云韵和纳兰嫣然等人脸色大变:鹫护法实力之强,远超他们的预料。

"该死的!"恨恨地咬了咬牙,云韵却不肯放弃,手印一动,云海便再度猛然波动起来。

"烦人的苍蝇!"见云韵又欲再度出手,鹫护法脸色一沉。云韵三番五次地出手,的确令他不耐烦了起来。鹫护法当下发出一声阴冷低喝,一股异常黑暗的磅礴能量自其体内暴涌而出,在天空凝成一道十来丈宽的黑色手掌,对着云海所在的方位，狠狠地拍了下去。

嘭！

黑色能量掌印的速度极快，眨眼时间，便在云韵等人震惊的目光中出现在云海之上，旋即怒拍而下。那一霎爆发出的恐怖能量，将那凝聚了云岚宗弟子斗气的云海震得爆裂开来。

噗！

云海一破，下方那些云岚宗弟子也受到牵连，大多数人脸色变得十分苍白，忍不住喷了一口鲜血。

云韵、纳兰嫣然等人在空中急退，片刻后方才稳住身体，脸色都非常难看。没想到这个家伙竟然如此之强，即使他们合力，也不是其对手。

"今日，真是天亡我云岚宗。"嘴角溢出一抹苦涩，云韵的明眸中满是颓丧的情绪。

一旁的纳兰嫣然紧咬着牙，刚刚出关便遇见这种根本无法抗衡的敌人，对她来说可是不小的打击。

鹫护法的目标明显不是这些残余的云岚宗人，因此在将云韵等人击退后，他便缓缓地将目光投射在萧炎和药老身上，阴冷一笑，充满了森然杀意的声音在天际回荡。

"桀桀，今日，你们二人谁都逃不掉。灵魂体我要，这萧家之人，我也要！"

见鹫护法转眼便将目标转向了自己和药老，萧炎的脸色微微一变。吞噬灵魂之前，鹫护法便能与药老战得不分上下，现在更是实力暴涨。此消彼长之下，药老定然再难与其抗衡。而萧炎现在是重伤状态，更不可能是鹫护法的对手。若是强行冲上去的话，他不仅不可能给予药老半分援助，还会连累药老分神保护。

"和他拼了！"紧握着左手，萧炎咬着牙一阵发狠，心中打定主意，若是这

家伙真想对药老不利，自己即便是拼了这条命，也不会让他好过。

就在萧炎心中动着这念头时，药老却缓缓抓住他的手臂，淡笑道："交给我吧，你去海波东那边。"

萧炎一怔，转过头来望着药老那张微笑的脸，片刻后，咬着牙低声道："老师，你……"

"放心，即便他实力大涨，想要杀我也并不容易。"药老笑着摇了摇头，不待萧炎回话，一掌猛地轰在其肩膀上，一股柔力爆发而出，将之推向海波东等人所在的方位。

"本护法说过，今日，你们二人谁都跑不掉。"望着被海波东等人保护在中间的萧炎，鹫护法冷笑一声，黑色斗篷下的殷红双眼看向脸色淡漠的药老，阴森森地道，"药尘，难道你以为以我现在的实力，你还能是我的对手不成？"

"想要老夫的灵魂，不付出巨大代价，恐怕还真没那么容易。"药老屈指一弹，一团浓郁的森白色火焰便自掌心浮现，袅袅升腾着，炽热的高温令空间都开始扭曲起来。

"代价，本护法已经付出了。"黑色斗篷下的殷红双目微微一暗，鹫护法森冷地道，"所以，接下来，便该是你奉献灵魂的时候了！"

感受到黑色斗篷下那充满阴冷杀意的目光，药老心头微微一沉，看来果然如他所料，这个家伙强行吞噬云山等强者的灵魂，有极大的后遗症。

药老也不再废话，澎湃的灵魂力量自体内铺天盖地地暴涌而出，众人虽然以肉眼难以看见，但能够清晰地感觉到那弥漫天际的恐怖威压。

"桀桀，想要拼命了吗？不过现在已经晚了！"见到药老这般举动，鹫护法一阵怪笑，旋即袍袖一挥，道道诡异黑雾迅速自其体内涌出，在天空上凝聚成黑沉沉的云层，连那天空之上的阳光，都难以倾洒进来。一时间，云岚山上的天色，也变得暗沉下来。

鹫护法一出手就能让黑雾遮天蔽日，不少强者见状都大惊失色：这股力量实在是太可怕了。

黑云缭绕，而鹜护法宛如隐形了一般，诡异地失去了踪迹，刹那间，整片天空都变得极其安静。在这种令人毛骨悚然的诡异环境中，即便是斗皇强者，也不免忐忑不安。

诡异的阴风悄然飘过，全身皆包裹在浓郁的森白色火焰之中的药老眼瞳骤然一缩，旋即反身狠狠一拳砸向身后的虚空。

拳势一动，那弥漫周身的澎湃的灵魂力量也随之而动，干枯的拳头激得这一片空间震荡不已，带着一股雄浑的劲风，狠狠砸出。

轰！

拳头落处，一道黑影诡异地浮现，双拳交击，宛如实质般的劲气涟漪向四面八方扩散而出，在天际带起一道道如雷鸣般的闷响。

哧！哧！

双拳交错，在众人的注视下两道身影再度诡异地消失，瞬间后，再次出现时，已至百米之外。一时间，天空之中雷声滚滚，人影闪掠。每一次人影出现时，都会因为极端强悍的力量碰撞而爆发出惊雷般的炸响，令下方众人心惊胆战。

天空之上，黑云滚滚，在劲气波动时，那厚厚的黑云层偶尔裂开一条缝隙，使得一道阳光倾洒进来，然而此刻，连阳光都毫无温暖。

站在树梢上，萧炎望着天空中那些惊雷声响发出处，脸色颇为难看。虽说如今已是重伤状态，可炼药师出色的灵魂感知力，依然令他能比别人更加清楚地察觉到天空之中的战况。

药老的实力的确强横，虽然是灵魂状态，但是借助着骨灵冷火，依然能与吞噬灵魂之后的鹜护法相战，但是现在，攻守之间药老已明显处于下风，看这般情形，若是再持久一点儿，药老必败无疑。

由于并不清楚斗宗强者的确切战斗力，萧炎也不能分辨出鹜护法吞噬灵魂

后达到了几星斗宗实力,不过看上去至少在六星。毕竟云山是一名两三星的斗宗强者,药老的实力则明显要高于云山一些,而现在鹫护法能将药老压制成这样,实力在六星以上,倒也不算奇怪。

"萧炎,怎么办?"海波东紧皱着眉头望向天空,他也能够隐隐感知到药老的情况有些不妙,却丝毫没有办法。虽说他如今实力接近斗皇巅峰,可斗宗阶别的战斗,他依然没有能力插手。

萧炎脸色阴沉,却没有半点办法。若萧炎如今不是重伤倒还好,再次使用三种异火相融的佛怒火莲,即便不能击杀鹫护法,至少也能给他造成一些伤害。但是现在这副重伤的身体,别说施展佛怒火莲了,就连自保之力都没有。

"先看看吧。"声音阴沉地说了一句,萧炎便不再说话,紧盯着天空,心中发狠,若是真到了那一步,即便拼了这条命,也定要出手!

听萧炎这么说,海波东也只得暗叹了一声,抬头望着那黑云之下的战斗,紧握着拳头。以他与萧炎的交情,自然不能眼睁睁地看着药老被捕,所以真要到了那地步,他也只能拼了这把老骨头。

天空之中,雷鸣响动,黑云因为恐怖的劲气波动,再度被撕裂开一道缝隙,一丝阳光从中倾洒而进。在那道光柱的照耀下,两道身影刚好再度猛然交错,低沉的厉喝声响起,两人如同两发炮弹般暴掠而出,在光柱中,狠狠相撞。

嘭!

一道霹雳巨声响彻天际,此刻众人被震得双耳一阵刺痛,更有不济者,耳朵中竟然溢出些许鲜血。两人这恐怖的交击带来的声波的威力,丝毫不逊色于萧炎用尽全力施展的狮虎碎金吟。

一声巨响,两道人影猛然倒飞而出,随后一道细微的低沉闷哼声传来,准确地落进了萧炎耳中,他心中顿时一沉——药老受伤了!

这次凶悍对碰后,天上弥漫的黑云变得稀薄了许多。阳光透过稀薄的黑云倾洒下来,驱散了广场上的阴霾。

"桀桀，不愧是闻名大陆的药尊者，到了这个份儿上竟然还这么难啃。不过，这样的战斗，你还能坚持多久？"悬浮天上，鹫护法望着远处身形愈加虚幻的药老，阴声怪笑道。

"老夫也不信，你这状态能一直持续下去。"药老面无表情地道。虽说体内的情况现在已经极为不妙，可是他不能泄露丝毫。

黑色斗篷下红色光芒闪烁，片刻后，鹫护法突然阴森一笑："我也是傻，有个能手到擒来的软柿子不抓，却来找你这个带刺的家伙。既然你对那小子那么好，本护法若是将他抓住了，你还不是乖乖束手就擒？"

鹫护法的阴笑声刚落，不待药老有所反应，他便身形一闪，划破天际直奔萧炎所在的方位。

"卑鄙！"见到鹫护法的动作，药老的神色瞬间大变，他怒喝一声，再也不管体内激烈波动的灵魂力量，身形化为模糊的影子，赶紧追掠而去。

鹫护法的速度快得恐怖，其声音刚刚落下，身影便已出现在萧炎不远处，两个呼吸间，便已与萧炎近在咫尺。

见到突然奔袭而来的鹫护法，海波东等人脸色一变，骇于其威势，纳兰桀、木辰等斗王强者皆只能连连后退，唯有海波东、加刑天几人好一些。

突然改变攻击目标的鹫护法，令海波东等人一怔，不过下一刻，海波东便反应过来，狠狠一咬牙，身形一动挡在萧炎面前。而其身后，除去阴骨老等三位黑角域强者，加刑天等强者迟疑了片刻后，也咬着牙冲了上去。

"不自量力，滚开！"

黑影暴掠而至，见到挡在面前的海波东等人，鹫护法一声大喝，袍袖一挥，诡异黑雾顿时暴涌而出，化为巨大手掌，狠狠地拍向他们。海波东几人赶忙联手迎敌，可实力差距实在巨大，仅仅一个回合就被拍飞了。

一击拍飞海波东等强者，鹫护法发出一声诡笑，身形一闪便出现在萧炎面前。

"小子,乖乖地将你萧家的东西交出来,本护法还能让你死得痛快点!"黑色斗篷下露出一张骷髅般的脸,看上去甚是恐怖骇人。话音未落,他一双如鬼爪般的手就陡然探出,直抓向毫无抵抗之力的萧炎。

眼瞳之中,鬼爪迅速放大,萧炎死咬着牙,体内为数不多的斗气迅速涌动,欲催动琉璃莲心火拼死反击。

以萧炎如今的实力对抗鹫护法,结局如何所有人都清楚。在场的人皆只能睁着眼睛,看着下一刻便要落入鹫护法手中的萧炎。

鬼爪掠过虚空,瞬间便至萧炎喉咙处。就在其欲猛然一握时,空间骤然一阵波动,一只白皙的修长玉手闪掠而出,玉指微屈成一个玄异弧度,屈指一弹,恐怖劲气暴射而出,狠狠地击打在鹫护法的手爪之上。其上所蕴含的恐怖力量,居然将鹫护法震得身形微颤。

鹫护法身形微颤的一刹那,那玉手抓着萧炎飞身后退。

"是谁?竟敢插手我魂殿之事!"攻击被阻,鹫护法的脸色瞬间阴沉,他抬起头,望着那美丽动人的妖艳女子。

妖艳女子只是淡淡地瞥了鹫护法一眼,一句与当初如出一辙的话语缓缓响起。

"他的命是我的。"

听得天际那突然响起的清冷声音,无数道目光瞬间投射过去,而当这些人看到那妖娆动人的美艳女子时,皆有片刻的失神:这般妖艳容颜,实在是太引人注目。

当然,一些对这张脸颇为熟悉的人,在瞧见她之后却是脸色大变,惊呼出声。

"美杜莎女王?"加刑天、法犸等强者,满脸震惊地望着那拎着萧炎闪退的女子,失声叫道。

几人的喝声也在广场上引起一片骚动。美杜莎女王的凶名，在这加玛帝国可是非同凡响。虽说她这几年不见踪迹，可其威势却没有减弱多少。

相对于加刑天等人的震惊，海波东倒是稍好一点儿。他已经见过美杜莎一面，虽然并不很清楚她与萧炎之间的关系，但是看起来她似乎并不是敌人。

"有她出手，这局面应该要好一点儿了。"心中松了一口气，海波东暗自喃喃道。

这美杜莎女王也是一名货真价实的斗宗强者，虽说其实力或许比不上吞噬了众强者灵魂的鹜护法，可保护萧炎应该不成问题。

"不用惊慌，萧炎与她关系不浅。"偏头望着一脸震惊的加刑天等人，海波东一笑，解释道。

闻言，加刑天等人这才放下忐忑的心。这种情况下，若是对方再增加一名强悍如美杜莎女王的帮手，恐怕在场的人没一个能跑掉。不过最让人惊讶的，还是如今美杜莎女王的实力。

当年的美杜莎只是处于斗皇巅峰，虽然比加刑天要强许多，但是并非真正的斗宗强者。然而刚才看她那出手的速度，以及竟然能抵挡住鹜护法一击，想必她如今已晋入斗宗阶别。

斗皇巅峰与斗宗虽只有一线之隔，可实际上的差距却宛如鸿沟，这一点，加刑天最为清楚。

"没想到，她竟然已经突破了……"加刑天轻叹了一声，心中有些苦涩。他在斗皇巅峰已经止步多年，丝毫没有进展，而现在看见当日与自己相差不多的美杜莎居然已经突破，心中难免有些感慨。

"真是没想到，萧炎竟然还和她有交情。"法犸摇了摇头，心中着实为萧炎的势力感到震惊。算上那药老的话，他这边便有两名斗宗强者了，这般阵容简直可怕！

几人相视苦笑，没想到短短三年时间，当年那个势单力薄的少年，身边已

聚集了如此强大的一股势力，变化实在是太大了。

半空中，云韵和纳兰嫣然在美杜莎出现时也怔了一怔，神色不由得有些变化，不过紧接着便归于平静。

"我就料到你会出手相救……"望着出现在身旁的倩影，萧炎轻咳了一声，笑道。

微微一皱黛眉，美杜莎冷声道："我是为那复魂丹，否则谁管你的死活！"

萧炎一笑，这女人的嘴硬程度他早就知道了，也不愿在这个话题上过多纠缠。他直直地盯着美杜莎，低声道："今日拜托你一件事，若是你能做到，我萧炎这条命交给你也无妨。"

闻言，美杜莎那充满着异样魅惑力的狭长眸子微微一眯，自从认识萧炎以来，这是他第一次在她面前说这般带着恳求之意的话语。这一刻，她心中有一种说不清的复杂情绪，萧炎骨子里的傲气，她颇为清楚，然而今日……

缓缓压下心中异样的情绪，美杜莎轻瞥了一眼面前的鹜护法，又看了看身体悬浮在不远处的药老，道："想要我出手保护你那位老师？"

"嗯。"

在萧炎那灼灼目光的注视下，美杜莎缓缓偏过头，美眸凝视着不远处的鹜护法，半晌后，方才红唇微动，吐出一句话来："难，这人实力太强，连我也并非他的对手，护得住你，就不能分神护你老师。"

听得美杜莎此话，萧炎心头顿时一沉：情况已经糟糕到了这种地步吗？连美杜莎这般骄傲的女人，都直言不是鹜护法的对手。

"那你与老师联手对付此人呢？"萧炎试探地道，心想：虽然单打独斗都不是鹜护法的对手，但若是两人联手，应该还能与鹜护法抗衡吧？

"你老师经过先前的连番大战，还受了一些伤，如今战斗力大减。就算他与我联手，也难以阻拦此人，甚至一旦被他抓住破绽，再次出手抓你，就无人能抵挡了。"美杜莎缓缓道。

提议再度被否决，萧炎的心情越发低落：今日，情况当真是糟得很啊。

"美杜莎女王？"

在萧炎与美杜莎低声交谈时，鹫护法也回过神来，听得加刑天等人的喝声，斗篷之下红色光芒一阵闪烁。这个名号他也听说过。当年那位美杜莎强者，在大陆有着不逊色于药老的名声，因此对于这一族的强者，他们魂殿也关注过，只是没想到竟然会在这里遇见。

"奉劝阁下不要管我魂殿之事，不然到时大祸临头可就晚了。"感知到自美杜莎体内散发的那股不可小视的气势，鹫护法眼中红色光芒闪动，阴森森地道。

"他的命是我的，在我收取之前，别人都不能动。"美杜莎淡淡地瞥了一眼鹫护法，道。

闻言，那斗篷之下诡异的红色光芒猛然暴闪，一道澎湃的黑色雾气自其体内暴涌而出，如狼烟般直冲天际。那由其体内爆发而出的威势，即便是斗王强者，也不能不感到胆寒。

感受到那自鹫护法体内涌出的澎湃气势，美杜莎冷艳的脸也首次露出凝重的表情。这般强者，是她这么久以来遇见的第一个，看来今日想要善了是不可能了。

"就照你说的试试吧，我与你老师联手。"轻吐了一口气，美杜莎突然偏头对萧炎道。若她只是一味护着萧炎的话，那么药老没几个回合就会败于鹫护法之手，而一旦药老被抓，萧炎也同样危险。

"多谢了，这份情萧炎谨记！"郑重地对着美杜莎一拱手，萧炎沉声道。

"本王跟你可没什么情，我这样做只是为了得到复魂丹！"听得萧炎这话，美杜莎顿时柳眉微竖，冷叱道。

萧炎尴尬一笑，这种时候也不想跟这嘴硬得要死的女人争辩。

见萧炎沉默不语，美杜莎这才低哼一声，纤手一动，浓郁的七彩能量暴涌而出，宛如彩虹般凝聚在其手掌之上，闪烁着美丽的光辉。

瞧着美杜莎的举动，远处的药老略一迟疑后，也再度将骨灵冷火召唤出来，两人一前一后，将处于中间的鹫护法牢牢锁定。

"桀桀，怎么？想要两人联手了？"感受着身前身后暴涌的强悍力量，鹫护法冷笑道。

美杜莎和药老未理会鹫护法的冷笑声，身形微动，瞬间便出现在离鹫护法不远的地方，雄浑力量跃跃欲试，随时准备发动凶悍攻击。

鹫护法的目光在美杜莎和药老身上扫了扫，斗篷下的眉头一皱：看如今的情形，不能再继续拖延了，这两人实力都不弱，一旦出点什么岔子，今日不仅得不到灵魂，说不定还会把自己葬送在此处。

"看来只能使用那招了啊，真是可惜了，斗宗强者的灵魂可不是能随便寻找到的。"心中有些不舍地叹了一声，鹫护法眼中的诡异光芒一阵暴涌，手印骤然一变。

随着鹫护法手印的变动，笼罩在其身体表面的黑色甲衣突然犹如活物一般蠕动起来，刻在甲衣上的一张苍老面孔，被缓缓挤了出来，化为一个尺许大的虚幻人头，那张脸上布满痛楚之色，看上去像是受到了某种异样的折磨。

而这张苍老面孔，在场之人皆不陌生，正是先前被鹫护法吞噬了灵魂的云山。

云山那虚幻的人头一出现，一阵阵低沉的诡异的呜呜声突然响起，整片天空阴风不断，令人浑身泛寒。

云韵和纳兰嫣然死死地盯着那浮现在鹫护法身旁的虚幻人头，贝齿紧咬着红唇，心中虽然充满了极端的愤怒，但是那股自天空弥漫而下的强横威压，却令她们不敢有丝毫异动。

鹫护法的举动，第一时间便引起了美杜莎、药老的注意，当下他们心中皆暗自戒备。

如鬼爪般的手掌缓缓从袍袖中探出，鹫护法轻抓着那虚幻的人头，一阵狞笑,掌心中诡异的浓郁黑色光芒暴涌而出,尽数注入人头之中。

随着黑色光芒的疯狂灌注,那虚幻的人头急速膨胀,眨眼间便至丈许宽。而随着脑袋的变大,人脸上的痛苦之色,又变得浓重了许多,异样的灵魂惨叫声顺着阴风扩散开来。

"森罗万象——魂之葬礼!"

当虚幻人头膨胀至三四丈时,一道阴森森的残忍笑声骤然响彻天际。

第十七章
被 捕

当鹫护法的狞笑声响彻天际时，那已膨胀至几丈大的虚幻人头脸上的痛苦之色忽然凝住，一股异常浓郁的黑色光芒从其七窍之中暴涌而出，瞬间后，在无数道惊骇目光的注视下，猛然爆裂。

轰隆！

巨响声如雷鸣般震荡天地，极度恐怖的黑色潮流犹如山洪暴发般，从那爆炸处铺天盖地地涌出。一眨眼，诡异的黑色光芒便扩散开来，笼罩了整个天地。

此次黑暗来得极为彻底，那天空之上的耀日在这一刻也凭空消失了，整个世界突然间被黑暗充斥。

黑暗笼罩大地，令所有人都惊慌不已。片刻之后，一道道各色斗气爆发，然而，即便是借助着斗气光芒，在这诡异的黑暗世界中，众人也依然只能看清几尺之内的范围。

"怎么回事？"

"发生什么事了？"

被　捕

突如其来的黑暗令广场上顿时骚动起来，无数人惊骇失声，慌乱迅速蔓延。

树梢之上，萧炎也因为这突然到来的黑暗微微一惊，不过他迅速恢复冷静，凭借着出色的灵魂感知力，他感知到这诡异的黑暗只是鹫护法能量扩散所致，只要能量散去，黑暗就会自动消散。

"不知老师和彩鳞如何了……"紧皱着眉头望着黑暗的虚空，萧炎紧握拳头，心头逐渐泛起一抹不安。看刚才鹫护法那般举动，似乎是将云山的灵魂抽出并且引爆了。将一个斗宗强者的灵魂引爆，那种破坏力……萧炎想到此处，身体忍不住轻轻一抖。

"这家伙搞了那么大的动静，难道只是为了制造这么一个黑幕？"萧炎身旁，海波东的身体笼罩在一层白色斗气中，淡淡的斗气光芒点亮了附近一丈范围，他皱着眉头看着四周，低声疑惑地问道。

闻言，一旁的加刑天等人微微点头，他们也没有感觉到有什么太过强悍的能量爆发，除了这个有些诡异的黑幕。

"那家伙将云山的灵魂引爆了，那股爆炸的灵魂波动在他的控制下，主要攻击目标应该是美杜莎和萧炎的老师，所以我们没有多少感觉。"法犸皱了皱眉头。

法犸身为炼药师，自然对灵魂波动异常敏感。别人或许不能察觉，他却能隐隐地发现，那黑暗的天空某处，一股异常可怕的能量波动正在酝酿。

听到法犸此话，海波东等人脸色都微微一变，体内斗气迅速奔涌，警惕着随时爆发的灵魂波动。

轰！

就在几人说话时，突然有一道奇异的声音响起。

这道声响颇为低沉，寻常人几乎难以察觉，可落在萧炎耳中却宛如雷鸣。感受到这声响中蕴含的恐怖的灵魂波动，萧炎脸色大变，猛然抬头，死死地盯着某处天空，然而却看不见任何东西。

"该死的!"

察看无果,萧炎一声怒骂,紧皱着眉头,片刻后心中忽然一动,一缕碧绿火焰顺着经脉流淌,蹿上双眸。

琉璃莲心火浮现在双眼中,此前那视线穿不透的黑暗,竟然开始缓缓消散,一幅带着些许碧绿颜色的画面,缓缓出现在萧炎的视野之中。

黑暗消散,萧炎的目光瞬间便停留在天空之中的某一处,脸上不禁浮现一抹担忧。

在那遥远的天空之中,此刻并肩而立的药老和美杜莎二人的情况并不妙,美杜莎还稍好一些,药老那本就虚幻的身体此时变得更加透明了。

在两人对面不远处,鹜护法悬空而立,干枯的手掌之上悬浮着一个庞大的黑色光团,光团之内凝聚着一股可怕的灵魂力量,而这股有些熟悉的灵魂能量,正是先前引爆云山的灵魂爆发出的。此刻,这股由爆炸而产生的灵魂力量,已完全被鹜护法掌控。

虽然目光能够穿透这片黑暗,但那道黑暗天幕居然连声音都隔绝了,因此萧炎并不清楚三人之间是否有交谈。他只能看见三人对峙了瞬间后,鹜护法便面露狰狞之色,将手中庞大的漆黑灵魂能量团高高举起,旋即双掌猛然一推,那团恐怖的灵魂能量便如一枚黑色流星般划破天际,暴掠向美杜莎和药老。

漆黑灵魂能量团划过天际,即便相隔如此之远,萧炎也能感觉到一股极强的灵魂压迫感。

这股突然出现的灵魂压迫感也被海波东等人察觉,不过他们却并不能如萧炎一般看透这片黑暗,因此惊呼出声:"怎么回事?上面打起来了?"

"好可怕的灵魂威压。"

法妈的脸上涌现一抹苍白,他发现,在那股灵魂压迫力下,他自己的灵魂感知力已经被尽数压回体内,丝毫外溢不得。

在所有人都暗自惊骇时,天空中那庞大的灵魂能量团已骤然出现在脸色凝重的美杜莎和药老面前，没有丝毫停滞狠狠地砸了下去，那股恐怖力量将空间震得一阵颤抖。

轰！

狂暴的灵魂能量，径直砸在闪避不及的美杜莎和药老身上。虽然两人已经将本身能量发挥到极致，但是一名斗宗强者灵魂爆炸产生的威力岂是这般好应付的？

七彩能量与森白火焰暴涌而出，死命地抵挡着那狂暴的灵魂侵蚀力量，然而那漆黑的灵魂力量忽然大涨，将那由两人体内涌出的磅礴能量压制了回去。

噗！

七彩能量迅速消散，美杜莎脸上浮现一抹苍白，片刻后面带痛苦地喷出一口鲜血，身体也急速暴退。

美杜莎能够抽身而退，但如今已经颇为虚弱的药老却没有这般能力了，那爆炸后的灵魂力量，对于他这种没有肉体防护的灵魂，伤害更是异常巨大。当防御在面前的骨灵冷火消散时，那诡异的黑色光芒顿时如潮水般尽数倾洒在药老身上。

遭受这般重击，药老的身躯变得如水一般透明。这一击显然令药老受了重伤，而且萧炎能够感觉到，药老的气息越来越虚弱了。

"桀桀，药尘，本护法说过，今日，你一定难逃我手！"望着灵魂几乎变得透明的药老，鹜护法那阴森的笑声在天空中响起，身形一闪，瞬间便出现在了药老不远处。

瞧见鹜护法这般举动，暴退的美杜莎脸色微微一变，身形一动，闪电般向鹜护法暴掠而去。

"哼！"美杜莎身形刚动，鹜护法便冷哼一声，手印一变，美杜莎周身的黑幕便突然一阵诡异地蠕动，空间迅速扭曲起来，将美杜莎掠来的身形拦住。

借助着黑幕将美杜莎阻拦，鹜护法干枯的手掌之上，黑色光芒陡然浮现，

犹如鬼爪般抓向药老。

感受到那扑面而来的阴森波动,药老透明的身体跟着波动了一下,露出一张眉头紧皱的苍老面孔。

药老的心情微微起伏,他知道,以此刻重伤的状态,他不可能再躲过鹫护法的攻击了,看来今日被捕已成定局。

心中念头急速闪动,药老的目光下移,犹如穿透了黑暗,直视着树梢之上脸色苍白的黑袍青年,他平静地一笑,一缕白色火芒骤然自其眉心暴射而出,闪电般掠过空间,蹿进了萧炎的额头。

"小家伙,或许老师不能再继续伴你了,日后,一切都要依靠你自己了。呵呵,这么多年了,你也不再是当年那个需要老师随时伴在身旁的小男孩了。日后的你,会走得比老师预测得更远,希望我还能看见那一天。"

火芒掠进萧炎的额头,柔和的苍老声音突兀地在其脑海中响起。

萧炎听得这几句话,身体顿时剧烈地颤抖起来,牙齿紧咬着嘴唇,鲜血渗出,他最不愿意见到的一幕还是出现了。

"放心,老师可不会那么容易死去。这缕火芒是骨灵冷火的本源,我将它留给你。你对它熟悉之后,便也能施展骨灵冷火,不过因为我早已将之炼化,所以你的焚诀并不能将之吞噬炼化。若是我哪一天真的遭遇不幸,你额头之上的火印便会消失,而骨灵冷火也会成为无主之物,到时就当它是老师给你的最后的礼物,你将它给吞噬了吧。

"还有,我躲藏灵魂的戒指名为骨炎戒,里面有破解你二哥噬生丹的方法和我的一些所留之物。日后你若是遇见我的老友风尊者,就将此戒给他看,他会相信你所说的一切,也会帮助你。

"虽然我落入魂殿手中,但是他们想要彻底炼化我的灵魂也并非易事,或许日后我们还有机会相见。但你要谨记,在没有实力之前不要乱来,想要救为师和你父亲,你就不能有丝毫意外!

"呵呵，小家伙，你是为师最得意的学生，我对你一直很满意。"

脑海之中，柔和的笑声缓缓消散，而萧炎的额头上逐渐浮现出一朵白色的火焰印记。

火印成形之时，鹫护法的手爪也陡然穿透药老的灵魂，黑色光芒暴涌，鹫护法发出一声阴笑，便将其强行吸纳进一团黑雾之中。

弥漫天际的黑幕突然颤抖起来，片刻之后，黑幕上悄然蔓延出几道裂缝，刺眼的阳光倾洒而进，不久便将黑暗尽数驱散。

黑暗迅速消散，广场上众人用手掌遮着眼睛，半晌方才抬起眼来，望向那遥遥天空。

天空之中，鹫护法悬空而立，手掌之上正托着一团黑雾，黑雾中散发着些许熟悉的气息。

紧抓着这团黑雾，鹫护法手印一动，便将之迅速吸进手指上的一枚戒指之中，长长地松了一口气。费了这么大的劲，终于将这个逃了多年的老家伙给抓住了，这次回去殿主定然会大喜。

将药老的灵魂囚于纳戒之后，鹫护法瞥了一眼暴射而来的美杜莎，阴冷一笑，身形一颤便化为一道黑雾，宛如鬼魅般对着下方呆立在树梢之上的萧炎暴掠而去。

"桀桀，小子，你老师已被擒，你也去陪他吧！"鹫护法眨眼间便摆脱美杜莎的追击，直奔萧炎。

萧炎微垂着脑袋，呆滞地立于树梢之上，犹如未曾看到鹫护法的袭击一般，一动不动。

一旁的海波东等人见到暴掠而来的鹫护法，脸色大变，连忙拉着萧炎想要闪避，可此时的萧炎身体却像被钉住了一般，一时之下居然难以扯动。

就在几人迟疑间，鹫护法却已暴射而来。看这般情形，那紧跟而来的美杜

莎女王明显已来不及救援。

"带他走！"

就在海波东等人准备再次与鹫护法硬拼时，一道娇小的身影突然出现在萧炎面前，一头紫色长发随风飘荡，赫然是一直都很少出手的紫妍。此刻，这个小女孩脸色凝重。

见到紫妍的举动，海波东一怔，咬着牙点了点头，手掌一用力，便将呆滞的萧炎强行扯起，暴掠而退。

"小女娃，找死！"

见紫妍竟然敢出手阻拦，鹫护法顿时怒喝一声，手掌一挥，一股澎湃的黑雾暴涌而出。

宝石般的眸子死死地盯着那暴掠而来的黑雾，一股异样的紫色光芒缓缓充斥紫妍的双眼。旋即，她紧握小手，紫色光芒萦绕双臂，在其拳头之上凝固成奇异的紫色晶层，随即拳头夹杂着足以碎山裂石的恐怖力量狠狠击出。

紫妍拳头一出，其面前的空气便陡然被压缩成一道无形的凸弧，尖锐的破风声响起，空气在那股力量的压缩下，犹如一枚炮弹般重重地击打在那缕黑雾之上。

嘭！

低沉的声音响起，那凝聚了鹫护法不少能量的黑雾竟然一阵波动，然后缓缓消散。没想到，以紫妍的实力，居然能够抵挡得了身为斗宗强者的鹫护法的一击。

使用了这般恐怖的力量，对紫妍来说当然也是极大的消耗，因此随着这一拳的出击，她眼中的紫色光芒顿时萎靡，连带着气息都虚弱了许多。

"咦？"见紫妍竟然将自己的一击抵挡下来，鹫护法惊叹一声。然而还不待他再次出手，一道彩色光芒便自天空陡然闪掠而下，美杜莎俏脸冰寒地出现在紫妍面前，纤手一握，一柄七彩的蛇形长剑便陡然刺出，直指鹫护法的喉咙。

对美杜莎的攻击，鹫护法不敢轻视，如鬼爪般的手掌探出，与那七彩蛇剑急速碰撞，带起一道金属交击的声响。

锵！

"美杜莎，你真要与我魂殿结仇不成？"三番五次被美杜莎阻拦，鹫护法怒声喝道。为了擒住药老费了他极大的功夫，那用秘法暴涨的能量也开始有些后继乏力，这样拖下去，恐怕他迟早要栽在美杜莎手中。

一剑刺向鹫护法的要害，美杜莎神情冷漠，不着痕迹地瞥了不远处犹如失去了魂魄的萧炎一眼，眸子深处悄然涌出些许怒火，手下攻势越发凌厉狠毒。

"将灵魂交出来！"

"桀桀，妄想……"鹫护法一声怪笑，身形一闪，将那蛇剑躲避开，有些遗憾地看了远处的萧炎一眼，阴森森地笑道，"小子，今日算你好运，不过对你萧家，我魂殿可是兴趣不小。下次，本护法会让你来陪伴你老师的，今日便到此为止吧。"

冷笑声落下，鹫护法身形一闪，便欲逃离。

"杂种，将老师的灵魂交出来！"

鹫护法的笑声落下，神色呆滞的萧炎顿时清醒过来，双眼瞬间变得赤红，一声怒吼，一对碧绿火翼闪现其身后，双翼一振，便疯狂地射向鹫护法。在其飞射时，碧绿火焰陡然涌现于双手之上，旋即快速融合。虽说如今是重伤状态，可药老被捕，萧炎已经什么都不管了。

瞧见萧炎竟然强攻而来，鹫护法不怒反喜：这家伙真是自投罗网！

就在鹫护法等着萧炎自己送上门时，美杜莎身形一动，便拦在了双眼赤红的萧炎面前，一把将其抓住，沉声道："不要冲动，你若是不想让你老师失望，就冷静点儿。你要是被捕，就再没有人能救他了！"

听到美杜莎的低喝声，萧炎这才稍稍恢复一点儿理智，摸了摸额头之上有些温热的火印，他紧咬着牙，双手之上的碧绿火焰缓缓淡去。

见美杜莎出手，鹫护法失望地摇了摇头，冷笑一声，道："的确，小子，你老师可不是寻常灵魂体，殿主对他极其重视，短时间内自然不会对他如何。所以，来吧，来我魂殿救人，本护法等着你。"

冷笑声落下，鹫护法不再停留，身形一闪化为一道黑雾，宛如闪电般暴掠至天际，迅速消失不见。那般速度，连美杜莎都难以追上。

死死地盯着鹫护法消失的地方，片刻后，萧炎猛然双手抓头，发出一阵咆哮，咆哮声中充满了痛苦与凄然。

望着双眼赤红的萧炎，美杜莎轻轻一叹，那一直冷漠的俏脸竟然变得柔和了许多，纤手拍了拍萧炎的脑袋，轻声劝慰道："想要救出你老师，就努力修炼。他将所有希望都寄托在你身上，不要让他失望。而且你如今也不是孤家寡人，萧家想在加玛帝国立足，还得靠你！"

望着天空上如受伤的野兽般发出痛苦咆哮的萧炎，海波东、加刑天等人都沉默了。这鹫护法的实力强悍得超乎所有人的预料，没想到连药老那般实力，都落得这般下场。

广场半空处，云韵和纳兰嫣然怔怔地望着那满脸痛苦的青年，这么多年来，她们只见过两次这个素来理智的青年出现这样的情绪。第一次是他父亲失踪时，而第二次，便是今日。

"老师，现在怎么办？他……他杀了云山师祖，我们……"纳兰嫣然望着一片狼藉的广场，特别是看到那些长老的尸体时，神色十分哀伤。这云岚宗真是彻底被毁了。

先前，云韵已经将发生在云岚宗的事与纳兰嫣然详细地说了一遍，自然也没有隐瞒云山之死。此刻，纳兰嫣然已经知道了令云岚宗落到这个地步的罪魁祸首，正是天空中的萧炎。

云韵紧握玉手，脸上尽是挣扎之色。她清楚地知道，萧炎此次是来复仇的，云岚宗与萧家的矛盾，根本没有半分调和的可能性。她没告诉纳兰嫣然的是，

今日之事恐怕还没完。如今那位看起来与萧炎关系匪浅的老者被捕，想必萧炎的怒火会尽数转向云岚宗。那个神秘的鹜护法，毕竟是云山不知从何处找来的帮手。

这般算来，萧炎两位至亲之人，都是直接或者间接地毁于云岚宗之手，两者间的仇恨，云韵知道，必要有一方毁灭方能结束。

所以，日后，云岚宗恐怕要从加玛帝国消失了。

心中念头飞速转动，云韵的唇角有一抹苦笑，没想到事情竟然走到了这一步。而她也有难以推卸的责任。若非当年她答应让纳兰嫣然前去退婚，也就不会发生后来这些事情，萧炎与云岚宗也会相安无事，甚至说不定能结秦晋之好。

时间缓缓流逝，天空之中，萧炎终于安静下来。他轻轻推开美杜莎，赤红的双眼扫向下方的广场，以及广场上的云韵和纳兰嫣然。

第十八章
云岚宗结局

萧炎眼睛赤红地看向下方,广场之上顷刻间便安静了下来,一些云岚宗弟子悄悄地咽了一口唾沫,心中有些不安——如今那神秘的大魔头逃之夭夭,接下来恐怕萧炎要找他们云岚宗算账了。

看到萧炎那般神色,海波东等人一怔,旋即身形一动,便出现在萧炎身旁,虎视眈眈地盯着下方。

见到这般阵仗,云韵俏脸微变,纤手一压,将广场上的骚动压制下来。如今云山身亡,她便再度成为云岚宗的掌事者,她总不能眼睁睁地看着云岚宗毁在萧炎手中。

"你……你究竟想怎样?"

云韵咬着牙问道,游离不定的目光终于停在了萧炎那异常冷漠的脸上。此时她的心情异常复杂,虽然这几年她与云山的关系淡薄了许多,但云山始终都是她的老师。如今云山死于萧炎手中,按照常理,她应该报仇,可云山这些年的种种作为,落得这般下场只能说是咎由自取。这一点,云韵也无法反驳。

云山死于萧炎手中，的确是他罪有应得。但论情理，身为云山弟子，云韵也有责任为其报仇。且不说今日云岚宗已落下风，就算云韵有那实力，要让她出手击杀萧炎，她也难以做到。云韵在心中反复挣扎纠结。

听到云韵的话，萧炎仰天一阵大笑，笑声中满是悲凉与愤怒："我想怎样？云岚宗掳我父亲在前，毁我萧家在后，如今更是害得我老师被魂殿抓走，生死不知，你还问我想怎样？"

感受到萧炎话中的那股悲凉与愤怒，云韵紧握纤手，指甲刺得掌心生疼。她能够理解此刻萧炎心中的痛苦，这些年云岚宗所做之事，她也无从辩驳。

"老师这些年所做之事，的确对你伤害很大，可今日你也令云岚宗成了这般模样，难道还不能收手吗？"胸脯轻轻起伏，云韵紧咬着红唇，片刻后，终于忍不住问道，声音中有哀求之意。

"收手？"萧炎冷笑一声，赤红的双眼中涌上愤怒，咆哮道，"只要云岚宗还存在于加玛帝国，我就不会收手，我萧家的血债，只有用血才能洗刷！"

盯着萧炎那失去理智的脸，云韵的脸上浮现一抹凄然，她声音嘶哑地问道："一定要弄到这般地步，你才乐意吗？血债——云岚宗如今也已经付出了血的代价，难道你就不能网开一面吗？"

"哈哈！"听到云韵的话，萧炎一阵狂笑，然而那笑声中的愤怒人人都能听得出来。

"网开一面？当初云岚宗围剿我萧家时，可曾网开一面？若非米特尔家族帮忙，恐怕我萧家人早就被你云岚宗杀个干净了，那会儿，怎么没人网开一面？"

俏脸上浮现一抹苍白，云韵的身躯微微一颤，萧炎的每一句话都如此尖锐，她根本没有反驳的理由。这些事皆由云岚宗挑起，萧家从一开始就是受害者。

"萧家的事，我知道是云岚宗有错在先，但无论如何，我都是云岚宗的宗主，你若是要将这个宗门毁灭，那我必会倾力阻拦，即便是拼上这条命……"云韵深吸了一口气，缓缓地道。

　　望着一脸苦涩的云韵，萧炎颤抖着握紧拳头，片刻后，怒吼道："云韵，不要以为你这样便能让我放过云岚宗。我说过，萧家与云岚宗，只有一方能存在于加玛帝国。这一点，我不会为任何人改变，包括你！"

　　盯着那张愤怒的年轻面孔，云韵苦涩一笑，当年的她便让他失望了一回，今日恐怕又要让他失望了。

　　"既然如此，那就先将我击败吧，以你现在的实力，这应该很容易。"纤手一握，一柄修长的青色长剑便闪现而出，云韵抬起俏脸，轻声道。

　　"云韵！你不要太过分了！"见云韵竟然要对自己出手，萧炎顿时暴怒，面目狰狞地喝道。

　　"对不起。"看着萧炎狰狞的脸，云韵贝齿紧咬着红唇，缓缓地摇了摇头。她知道这般举动对萧炎伤害不小，可她是云岚宗的宗主，那从小便被灌输的理念令她不可能将宗门就此抛弃。

　　暴怒地望着轻轻颤抖的云韵，萧炎死死地咬着牙，片刻后猛地从纳戒中掏出一大把丹药，疯狂地丢进嘴里。随着丹药的入体，萧炎虚弱的气息也稍稍恢复了一点儿。不过这种强行透支的方式可算不得什么好办法，一旦药力过去，他会愈加虚弱，不过此刻的萧炎已顾不得这个了。

　　"萧炎，你就不要出手了吧，这里还有我们……"海波东望着萧炎，急忙劝阻道。他清楚，这个家伙在轮番打击下已经有些不太理智了。

　　"我自己来！"声音嘶哑地说了一句，萧炎的嘴巴使劲地嚼着丹药，死死地盯着下方的云韵。

　　感知到从萧炎体内缓缓涌出的斗气，云韵苦涩一笑，玉手紧握长剑，等待着迎接她心中最不愿意发生的一场战斗。

　　"老师，"一旁的纳兰嫣然瞧着萧炎体内涌出的斗气，身形一闪便出现在云韵面前，低声道，"让我来吧……事情闹到如今的地步，其实都是我当年的任性所致。"

"不想嫁给自己不喜欢的人,你并没有什么错。"云韵叹息道。

"可我是云岚宗的人,他要毁掉云岚宗,弟子自然不会袖手旁观,这场战斗便交给我吧。"纳兰嫣然冲着云韵微微一笑,抬头望向天空中的萧炎,清脆的声音响起,"萧炎,对这三年所发生的事,我也很遗憾,但我是云岚宗一员,所以你若是要毁灭云岚宗——就先击败我!"

深吸一口气,一股雄浑斗气猛然自纳兰嫣然体内暴涌而出!

"嫣然!这是萧炎与云岚宗之间的事,你不要多管!"就在纳兰嫣然意欲挺身而出时,天空中的纳兰桀和纳兰肃脸色一变,连忙出声阻止。如今的云岚宗,已岌岌可危,凭萧炎如今的势力,要毁灭它并不难。纳兰嫣然与他对抗,自然不可能取得胜利,若是再度激怒了他,那连带着纳兰家族都不会好过。

抬头望着纳兰桀二人,纳兰嫣然缓缓地摇了摇头,一脸倔强之意:"我的一身本事全是老师和云岚宗所传,这种时候,我绝对不会袖手旁观!"

见纳兰嫣然这般倔强,纳兰桀二人顿时气得跳脚,却没有丝毫办法。此时纳兰嫣然的实力已经超越了他们。

"萧炎先生,请先不要出手,让老夫好好劝劝这个丫头!"纳兰桀看见萧炎那缓缓阴沉下来的脸色,连忙道。

手掌一挥,将纳兰桀的话语打断,萧炎看也不看他,紧紧盯着下方一脸倔强的纳兰嫣然,脚掌之上银色光芒闪现,刹那间,双翼一振,身形便化为光影,陡然暴掠而下。

萧炎突然展现出来的恐怖速度,令纳兰嫣然脸色微变。她一挥手,一股凌厉剑罡便自掌心暴射而出,直指那道模糊的影子。

咻!

天际之上,黑影诡异一动,便将那道剑罡闪避开,背后碧绿火翼的颜色陡然变深,一道雷鸣声响彻天际,萧炎化成的那道黑影陡然消失。

突然消失的萧炎令纳兰嫣然一怔,她的眼中涌现一抹震惊:这般速度怎

可能是一名斗王强者能有的？

就在纳兰嫣然因此失神时，面前的空间一阵诡异地波动，宛如鬼魅般的黑影骤然浮现。

瞳孔微微一缩，纳兰嫣然一挥手，一道雄浑斗气便狠狠射出。

嘭！

一缕碧绿火焰闪掠而出，与那道斗气碰撞在一起，随着一道低沉声响，爆裂开来。

两道攻击迅速消散，纳兰嫣然刚欲闪退，一道黑影瞬间穿破空间阻碍，已经牢牢地抓住其修长的脖颈，令其身躯当即动弹不得。

"虽然我们皆在斗王巅峰，但要击杀你，几个回合足矣！"

冷漠的声音缓缓响起，旋即，萧炎的身影如鬼魅般浮现在纳兰嫣然身前。此刻他的手掌正牢牢地抓着纳兰嫣然的脖颈，只要劲气稍稍一动，就能将她的脖子震断。

交手不过两三个回合，自己竟然便被萧炎钳制，这的确让纳兰嫣然颇感震惊。到现在她才彻底相信，云山真的是败于萧炎之手。震惊之余，她也感到些许颓丧，原本以为经过生死门的考验后，她实力大涨，定然能够超越萧炎，然而现实却给了她狠狠一击。

脖颈保持着优雅的弧度，然而在那微微颤抖的手掌下，纳兰嫣然却不敢有丝毫动作。现在的萧炎并非理智状态，暴怒之下劲力一动，恐怕自己便会成为一具冰冷的尸体。

"萧炎！不要伤嫣然！"

电光石火间发生的交手令云韵有些措手不及，等到她回过神来时，便见到萧炎已将纳兰嫣然钳制住，心一下子就提了起来，她赶忙喊道。

"萧炎先生，还请手下留情！"

天空中，纳兰桀和纳兰肃也被吓得冷汗直冒，两人身形一动，便赶忙闪掠而下，急声恳求道。如今纳兰嫣然已至斗王巅峰，能令他们纳兰家族实力大涨，若就这般轻易地被萧炎给杀了，他们可是要吐血的。

海波东等人望着这一幕，相互对视了一眼，却并未开口说什么。云岚宗如今元气大伤，不仅云山身亡，众多长老也死了大半，虽然宗内还有云韵这位声望不低的斗皇强者，但是日后也难以再翻起多大的浪。

萧炎无视众人的求情，手臂微微颤抖着，手掌紧紧地抓着纳兰嫣然的脖颈，眼神深处掠过一抹挣扎之色。他并非真正的绝情之人，而且云韵与他的关系错综复杂，面前这纳兰嫣然，更是差点儿成为与他相伴一生的女人。对纳兰嫣然他倒是没有太多情感，然而对云韵……

"杀——"

就在萧炎眼神闪烁时，突然间，震天动地的喊杀声从山下传来。旋即，无数身披甲胄的人如蚂蚁般倾巢涌上山来，将整个云岚宗团团围住。

突如其来的军队，令广场上的云岚宗弟子们一阵骚乱，感知到那冲天的杀气，他们的脸色皆有些发白。这些人真的打算将云岚宗杀个鸡犬不留吗？

铺天盖地的人如潮水般冲进云岚宗，迅速赶至广场附近，将广场上所有人都围住。

军队铁流缓缓停下，人流从中分开，夭夜公主的身影缓缓出现在众人的视线中。

夭夜惊愕地望着一片狼藉的广场，目光旋即停在了那黑袍青年身上，刚欲说点什么，一道人影便自天空闪掠而下，出现在她面前。

"太爷爷，云岚宗的防御已经被尽数摧毁，只要一声令下……"见到来人，夭夜连忙迎上去，微微一笑，然而从那红唇中吐出来的话语却颇为血腥与残忍。

"先别急，看萧炎的意思吧。"加刑天摆了摆手，将目光投向天空中的萧炎。

云岚宗的命运现在已经彻底掌握在萧炎的手中，只要他一句话，这云岚宗，今日就会血流成河，所有云岚宗弟子皆会成为刀下亡魂。

闻言，夭夜乖巧地点了点头。虽然身为皇室，掌控着整个帝国的命脉，但是她并非寻常女人，自然知道这里能做主的人是谁。如今云岚宗败局已定，这雄霸加玛帝国多年的一头猛虎即将彻底倒下，但是另外一头年轻猛虎却刚刚崭露头角，甚至还拥有比云岚宗更加恐怖的实力与潜力。

总的说来，他们皇室这次借着萧炎的势力，灭掉了最为忌惮的云岚宗，但是要不了多长时间，便会有新的"云岚宗"出现，因为萧炎的势力已经具备了这种资格。

天空中，萧炎瞥了一眼这些涌上山顶的军队，又看了看一旁俏脸苍白的云韵，终于缓缓松开了纳兰嫣然的脖颈。

脱离了萧炎的钳制，纳兰嫣然白皙的脸涌上一抹嫣红，她剧烈地咳嗽了几声，被云韵赶忙拉到身后。

"老师……"

云韵轻轻挥了挥手，打断纳兰嫣然的话，看了一眼那充满杀气的军队，缓缓吸了一口气，声音嘶哑地道："你真的要赶尽杀绝才满意吗？"

"那我萧家的血仇，谁来还？"望着云韵那张苍白的脸，萧炎心头涌上一股莫名的情绪，他旋即偏过头，狠着心冷声道。

云韵凄楚一笑，玉手紧握长剑，片刻后，猛地一咬牙说道："那就让我来还！"

话音一落，云韵手掌一动，手中锋利的长剑便狠狠地对着自己的玉颈划去。

"老师！"云韵的这般举动，顿时令下方广场一阵骚动，其身后的纳兰嫣然更是花容失色地尖声叫道。

长剑划破空气，在其即将划中云韵的玉颈时，一只手掌陡然出现，死死地抓住剑身，鲜血顺着长剑溢流而下。

云岚宗结局

见到长剑被阻，云韵一怔，随后便看见那被剑刃割得血流不止的手掌，赶忙弃剑，想要上前帮忙，可看到萧炎那异常阴寒的脸，又不敢有什么动作，一时间显得有些手足无措——她没想到萧炎会出手阻拦。

"你死了，那便让云岚宗所有人一起去陪你吧。"

丢掉长剑，萧炎脸色漠然地在衣袍上擦了擦手掌，声音淡漠地道。

"萧炎，你究竟想要怎样？你若是觉得云岚宗亏欠你太多，那我便用这条命来偿还，只要你能放过云岚宗这些普通弟子。他们只是听从命令而已，什么都不知道啊！"被萧炎这样威胁，云韵顿时不敢再有异动，咬着牙嘶声道。

"还？怎么还？你死了就能让我萧家的人复活？你死了就能让我父亲和老师都回来？"萧炎猛地一瞪眼睛，暴怒地咆哮道。云韵为了云岚宗三番五次对抗他，简直令他怒火攻心。

整个广场一片安静，只有萧炎的咆哮声在回响。所有人都知道，如今云岚宗的命运就掌控在这个情绪极度不稳定的青年手中。

看到暴怒的萧炎，云韵不敢与之对视。不得不说，三年不见，面前的人已经不再是当年那个有些稚嫩的少年，如今的他完全具备了强者的种种气质与威势。

"我并不是拿我的命威胁你，我知道，如今我并没有这种资格。但身为云岚宗的宗主，若是云岚宗真的被杀得鸡犬不留，那我也无颜苟活于世上，事后，只能自刎以谢众位祖师。"目光躲闪了片刻，云韵一声苦笑，缓缓地道。

萧炎紧握拳头，眼神闪烁不定，谁都能看出他心中的剧烈挣扎。

天空中，海波东等人看着这一幕，都明智地没有插嘴。他们早就知道萧炎与云韵关系不浅，听现在这番谈话，似乎的确另有隐情。

在一旁，美杜莎悬空而立，淡淡地望着下方纠缠的几人。听到萧炎与云韵那番暗含往事的对话后，她忍不住蹙了蹙黛眉，心中升腾起一股烦躁的情绪。而这股烦躁情绪，让美杜莎一把将身边正眼巴巴望着下面的紫妍扯了过来，然

后在她的小脑袋上一阵乱揉,惹得她苦着小脸一阵嘟囔。

"萧炎,所有事情都是由我而起,只要你放过云岚宗和老师,我纳兰嫣然即便是……为奴为婢也心甘情愿!"看着脸色阴晴不定的萧炎,一旁的纳兰嫣然突然咬牙说道。

听到纳兰嫣然的话,纳兰桀和纳兰肃怔了怔,对视了一眼却并未开口说话。以萧炎如今的实力和势力,日后绝对又是另一个"云岚宗"。嫣然若能再与他有些关系,对他们纳兰家族的好处自然是不必说,就算这种关系是主与奴也无所谓。而且他们对纳兰嫣然的美貌还是颇有信心的,虽说她以前与萧炎恩怨不小,可在一起久了,自然会改变的。

"我若是有这兴趣的话,三年之前你便是我的奴婢了。"萧炎淡淡地瞥了一眼纳兰嫣然,冷声道,"拿你来换云岚宗这么多人命?凭什么?"

纳兰嫣然紧咬着红唇,心中虽然不忿,但是面对这个掌控着云岚宗生死的青年,她不敢放肆。现在双方的地位,已经不是三年之前那般了。

"你不要再戏耍我们师徒了,你想怎样,直接说吧!事情到了这个地步,云岚宗已经没有丝毫反抗之力。"云韵有些疲倦地叹了一口气,眼神也不再躲闪,直视着萧炎,声音嘶哑地道。

萧炎微皱眉头,盯着面前的云韵。然而被他那凶狠的目光注视着,云韵这次却没有躲闪,眼中满是疲倦与无力。

嘴角动了动,萧炎脸色阴沉,目光在下方偌大的广场上缓缓扫过,许久之后,他猛地一咬牙,话音响彻天际。

"一个月之内,解散云岚宗,否则,鸡犬不留!"

天地间寂静,只有萧炎的声音缓缓回荡。无数云岚宗弟子此刻皆松了一口气,旋即略感悲戚。想当年云岚宗是何等威风,没想到如今却落到这种任人宰割的地步,这般落差真是令人难以接受。

当然,不论如何难以接受,这些云岚宗弟子也没有半点办法。看萧炎那副杀气腾腾的模样，想必早就打定血洗云岚宗的念头。若非云韵宗主与其有些关系和交情，恐怕此刻广场上早已血流成河。能够捡回一条命，对他们来说，已经是极为幸运的事情了。

听得萧炎那宛如最终审判般的话语，云韵的娇躯微微一颤，贝齿紧咬着红唇，脸色异常苍白。云岚宗真的要毁在自己手中吗？

云韵握了握玉手，目光缓缓从下方无数云岚宗弟子面上扫过，脸上浮现一抹悲凉，喃喃道："这就是你对云岚宗的报复吗？"

看着云韵那凄楚的模样，纳兰嫣然也一阵心痛，紧握着她的手，猛然抬头对着萧炎道："萧炎，如今的云岚宗对你已经没有什么威胁，难道就不能手下留情吗？我和老师能够当众发誓，这段恩怨，云岚宗日后不会再有一人提起！"

萧炎瞥了她一眼，面无表情地道："看在以往的情分上，这已是我最后的让步。鸡犬不留与自动解散，二者选其一，如何抉择你们自己定！"

听到萧炎这话，纳兰嫣然的眼神黯淡了下来。她知道，萧炎绝对不会再让云岚宗存在于加玛帝国，放过这些普通弟子，已经是他能做的最大的让步了。

萧炎话音刚落，无数道目光顿时投向了云韵：究竟选择哪一种，就在她一念之间。

在一道道目光的注视下，云韵紧握玉手，眼中闪烁着挣扎之色，许久之后，她终于颓然一叹，略显嘶哑的声音中满是疲倦与无力："罢了，事已至此，再多说也无用。你既然执意要如此，那便依你，只要不伤云岚宗普通弟子，一个月内，我就会将云岚宗解散！"

短短几句话，仿佛用尽了体内所有力气，说完最后一句话，云韵的双眸也变得黯淡无光。那般颓然，看得人心疼不已。

狠着心不去看云韵的神色，萧炎声音低沉地道："希望你说到做到，若是宗内有人执意不从，那我就会出手了结。"

话落，萧炎将目光一转，望向下方军队之首的夭夜，淡淡地道："夭夜公主,将军队撤去吧,不过为了以防万一,可以暂时驻扎在山脚之下。"

听到萧炎的话,夭夜连忙微笑着点了点头,转过身来,有条不紊地将一道道命令发布出去。得到命令之后,那黑压压的军队顿时如潮水般迅速退去,最后彻底从山顶消失。

"今日之事,多谢诸位了。"待军队退下,萧炎再度望向加刑天等人,脸上扯起一道有些勉强的笑容。

闻言,加刑天、法犸等人连忙客气地笑着摆手。今日能够令云岚宗彻底覆灭,功劳最大者,还是萧炎和他的那位神秘老师,他们这些人也就帮忙抵挡了一下云岚宗的长老而已。而且如今云岚宗一灭,加玛帝国的局势就得大变了,以萧炎如今的实力,毫无疑问将会成为加玛帝国一霸,日后他们指不定也要看他脸色行事。

"承诺众位的报酬,待萧炎痊愈后,一定会尽数奉上。"望向一旁的阴骨老三人,萧炎淡笑道。

"呵呵,不急不急,现在最重要的是萧门主先将伤养好。"阴骨老三人连忙赔笑,态度异常客气。经过先前的那番大战,他们对萧炎的实力有了更深的了解。以前他们是因为美杜莎才对萧炎有所忌惮,现在则是真正地敬畏他了。如今的萧炎拥有能够将斗宗强者击败的实力,这足以令他们刮目相看。不管在何处,实力永远都是凌驾于一切之上的东西。

点了点头,身形突然一颤,萧炎背后的碧绿火翼陡然变得虚幻起来,那从其体内弥漫而出的强横斗气顿时如潮水般退去,他的脸色再度变得惨白。随着体内药力的消散,那种透支的力量也开始消失。

"没事吧?"见到萧炎身形颤动,海波东身体一动,出现在其身旁,将他扶住,担心地道。

摆了摆手,萧炎额头之上布满了细密的冷汗。随着斗气的消散,体内伤势又开始爆发,剧烈的疼痛令他浑身都在颤抖。

"你伤势不轻，又强行透支了力量，还是赶紧回去休养吧，万一留下后遗症，对日后实力的提升会产生极大的阻碍。"望着萧炎惨白的脸色，海波东皱眉提醒道。

微微点点头，萧炎喘了一口气，对着众人挥挥手，道："今日之事，便到此为止，走吧。"话落，他偏头望了望云韵，声音淡漠地强调道："一个月之后，我不希望再听见云岚宗这个名字，否则……"

云韵苦涩一笑，深吸了一口气，旋即淡淡地道："一切都会如你所愿。"

深深地看了一眼云韵，萧炎突然道："云岚宗解散后，你还会自刎以谢祖师？"

微微一怔，云韵望着眼角余光隐隐扫向下方那些云岚宗弟子的萧炎，明白了萧炎的意思，她只得咬了咬牙，道："只要你放过云岚宗弟子，一切就都依你！"

"那就好，虽说解散后云岚宗不复存在，可想要将他们找出来也不难。"

萧炎淡淡一笑，突然看向地面上云山那具冰冷的尸体，眼中寒光闪过，手掌一握，便将之吸掠进手中，然后塞进纳戒之中。

虽说如今药老已被魂殿抓走，可萧炎依然想要将老师所说的那些炼制身躯的材料凑齐。因为萧炎相信，日后自己定会救出老师，然后炼制一具完美的躯体给他老人家。

瞧着萧炎的举动，云韵的脸色微微变了变，想要开口说什么，可看到萧炎那透着冷意的目光，她只得咽下口中的话语。如今云岚宗这么多人的性命都握在他手中，她也不敢再激怒他。

将云韵震慑住，萧炎这才轻哼了一声，偏头对着海波东低声道："走吧。"

"嗯。"海波东点了点头，扫了云韵一眼，一手扶着萧炎，背后冰翼一振，便向着帝都飞掠而去，其后，加刑天、法犸、美杜莎等人紧紧跟随。

天空中那庞大的阵容迅速离去，笼罩在云岚宗众人心头的压抑感方才逐渐

淡去。众人面面相觑,目光中悲戚之意甚浓。

"嫣然,等这里的事情解决完了,你还是回家去吧。你与你母亲也有三年未见了,她可想你想得紧。"纳兰桀和纳兰肃看到众人离去,这才转头对纳兰嫣然交代道。

闻言,纳兰嫣然柳眉一蹙,片刻后看了魂不守舍的云韵一眼,迟疑地点了点头。

见纳兰嫣然点头,纳兰桀二人方才松了一口气,瞧了瞧云韵,一声叹息,也不敢多留。如今的云岚宗可不似以往,所谓墙倒众人推,虽说云韵是斗皇强者,但他们也不敢与之表现得太过亲近,否则一旦惹得萧炎不满,恐怕他们纳兰家族第二天便也得在加玛帝国消失。

对着云韵拱了拱手,纳兰桀二人赶忙展动身形向着帝都掠去,再也不肯在这一片狼藉的云岚山上多做停留。

天空之上,萧瑟的秋风吹过,留下两个身形单薄的女子。两人相视一眼,脸上皆涌现一抹苦涩。

"老师,你打算怎么办?"看了看下方那一脸颓然的云岚宗弟子,纳兰嫣然叹息了一声,道。

"还能怎么办?你还不了解萧炎吗?这次他是看在你我的情面上,才没有让云岚宗血流成河,但解散云岚宗是他的底线,若是再出变故,恐怕……"云韵苦笑着摇了摇头。对于萧炎,她谈不上什么仇恨。云岚宗对萧家做了那么多错事,有这般下场不足为奇。

幽幽叹息一声,云韵挥了挥手,道:"告诉云岚宗弟子,一个月之内尽快离开。离开的时候给他们每人一笔钱,以他们的实力应该有求生之力。"

纳兰嫣然默默地点了点头,心中一片凄然。

阳光穿过云层,洒在云韵身上。她望着萧炎等人离去的方向,心中浮现一股莫名的情绪。当年那个稚嫩的少年,真的如她所料,成了一名能够独当一面的强者。只不过，没想到在他成长起来之后，他们二人竟背道而驰。

发生在云岚宗的事，短短几日时间，便飞一般地传遍了加玛帝国的每一个角落，在整个帝国掀起轩然大波。

当初云岚宗在加玛帝国的势力是何等强横与可怕，这几年有云山坐镇，云岚宗更是声势大振。然而如今却突然传出云岚宗要解散宗门的消息，这对加玛帝国的人来说，无疑是一件惊天动地的大事情。

这件事被传得沸沸扬扬，作为事件的主角，萧家与萧炎也被加玛帝国的人牢牢地记住了。原本对于萧炎这个名字，一些人略感陌生，但记性稍好的，则还能模糊记起三年前在帝国之内如新星般升起又消失的那个少年。

不过当时的萧炎，只是在年轻一辈中颇为优秀，在云山这等老妖怪眼中，却不值一提。当年还因为得罪云岚宗而被追杀出帝国。然而，三年之后，萧炎却强势归来，并且已经强悍到足以击败云岚宗。如此飞速的进步，当真令人不得不咋舌惊叹。

在整个帝国都为此事震荡时，云岚宗也终于正式传出了将要解散的消息，这个消息被证实，自然又免不了引起一番讨论。

在云岚宗传出解散的消息后不久，便有云岚宗弟子陆续离宗下山了，隐匿身份成为帝国的普通一员。

短短半月，云岚宗的弟子便离去了十之七八，而云岚山也从以往的守卫森严变得空空荡荡。这座以前被加玛帝国的人视为修炼圣地的山峰，日后也会变成一座普通山脉。或许随着时间的流逝，连云岚宗这个名字，都会逐渐被遗忘在岁月的长河中。

曾经在加玛帝国显赫了几百年的古老宗门，便这般迅速地没落了。

随着云岚宗的解散，帝国之中感叹声不断。人们亲眼见证了一个庞大势力的衰落，萧炎之名也开始在无数人口中传播。只要不是太过愚笨之人，都明白

日后在加玛帝国,这个青年会取代以往的云岚宗,成为帝国斗气修炼界的一方霸主。

加玛帝都,加玛圣城。

坐落在城中心极好地段的萧府,无疑是最近帝都之内最吸引目光的存在。每日这里都是人流不断,所有在帝都有头有脸的势力首脑,都亲自带着重礼前来庆贺,甚至甘愿不顾身份,在府外排队等待良久。有的人为了能够将自己的心意送到萧府之中,对那守门的萧家族人都满面笑容,言语间极为热情。萧家族人再也不用像以往那样躲躲藏藏,如过街老鼠般谨慎。

萧府之内,一处宽敞幽静的大厅中,黑袍青年安静地坐在椅子上,微闭着眼睛。在大厅中缓步走动的美貌侍女,小心翼翼地将茶水斟满后,会立在一旁偷偷打量着这位加玛帝国炙手可热的新生霸主,脸颊泛着绯红。谁家少女不怀春?如今的萧炎,不知道是多少加玛帝国少女心中爱慕的英雄。仅仅二十来岁,便能够与传说中的斗宗强者一战,这般天赋与成就,简直让人难以置信。

"哈哈,你小子终于出来了,怎么样?伤好了没?"大厅中的安静气氛突然被一阵笑声打破,萧厉的身形出现在大门处。在其身后,是被一名侍女推着的坐在轮椅上的萧鼎。

听到笑声,黑袍青年缓缓睁开了眸子。漆黑的双眸中,有淡淡火芒闪动,清秀的脸依稀带着点苍白,额头之上,森白色的火印栩栩如生,仔细看,犹如一团实质火焰,给人一股妖异的感觉。

看着进来的萧厉、萧鼎,萧炎古井无波的脸上露出一抹微笑,站起身来迎了上去。

快步走上前,萧厉使劲地拍了拍萧炎的肩膀,欣喜地笑道:"伤势痊愈了?"

"这次受伤太重,想要痊愈哪儿有那么容易。"

萧炎摇了摇头,此次受伤是他有生以来最为严重的一次:不仅体内斗气枯竭，灵魂力大损，连带着手都有严重的骨折。这般伤势，若是换作常人，恐怕不死都得丢半条命。好在萧炎的身体经过许多天地灵药的淬炼，远非常人可比，加上其身为炼药师，自然懂得对症下药，用最好的办法将体内伤势慢慢治愈。不过饶是如此，他在花费了将近半个月时间疗伤后，也只是勉强治愈。想要恢复到巅峰状态，依然还要花费一段时间。

"慢慢来，不着急。只要别留下后遗症，一切都好说。你是萧家最重要的人，可不能出丝毫岔子。"萧鼎微微一笑，道。

萧炎点了点头，转身在椅子上坐下，沉吟了一会儿，问道："云岚宗现在如何？"

"已经解散了大半，不过宗内还有不少人，想必还要半月才能彻底解散完毕，这次算是便宜了他们！"闻言，萧厉的神色顿时变得阴冷起来，他寒声道。

萧鼎摇摇头，淡笑道："杀了那几个罪魁祸首，报仇与震慑效果都已达到。云岚宗普通弟子众多，真要杀干净的话，对我们萧家的名声反而没有好处，只会让一些人对萧家感到恐惧，从长远来说弊端不小。"

看了微笑的萧鼎一眼，萧炎默然。若非因为云韵，他此次的确打算血洗云岚宗以报血仇……说起来，他其实是顾及了一些私情。

瞥了一眼萧炎，似是清楚他心中所想，萧鼎一笑，缓缓地道："三弟，你并没有做错什么。因为你，萧家人才不用苟延残喘地生活。你现在是所有萧家族人心中的顶梁柱，不管你的举动是对还是错，萧家族人都会倾力支持。"

说这话时，萧鼎皱着眉头瞪了萧厉一眼。萧厉缩了缩头，也赶忙笑道："嘿嘿，我在黑角域待得久了点，与正常人有些脱节。"

听到两人的话，萧炎心头有暖流淌过。这便是血脉相连的亲兄弟，不管自己做了什么，是错是对，他们依然会义无反顾地支持自己。

"那云韵，若是可以，带来让大哥、二哥看看。听海老他们说，你这次便是因她而留情。虽然她与我萧家之事的确有过瓜葛，但我们不会介意。"萧鼎端过

身旁的茶杯，浅抿了一口，突然戏谑地笑道。

闻言，萧炎顿时有些窘迫，辩解道："只是以前在帝国历练时，欠她不少人情而已。"

见到萧炎那副模样，萧鼎笑了笑，也不再取笑他，道："你叫人传的话我都知道了，刚派人去通知海老，想必等会儿他就赶来了。"

苦笑着点点头，萧炎瞥了一眼一旁的萧厉，心中想着应该抓紧时间将其体内的噬生丹破解，不然，再等下去，万一二哥出现个什么意外，可怎么向大哥交代啊！

想起破解噬生丹之事，萧炎忍不住瞥了一眼手指上的漆黑戒指，眼中溢出一抹淡淡的悲伤。

"对了，托你的福，最近萧家在帝国中可是名声大振，每天登门送礼的人络绎不绝。这般景象，当初在乌坦城可是从未有过的，若是父亲看见的话，必定会感到很欣慰。我们三兄弟中，他一直对你抱着最大的期望。"萧鼎为人细心，一眼便瞧出萧炎眼中的悲伤之意，当下话音一转，柔声笑道。

萧炎默默点头，缓缓紧握拳头，轻声道："父亲的下落我如今也有了一点儿线索，不过想要将他解救出来，现在的实力远远不够。"

"我们相信你。"萧鼎微笑道。这么多年来，萧炎给他们创造了不少奇迹。

知晓萧鼎二人对自己的信心，萧炎一笑，微微点头，刚欲说话，便有一名族人匆匆进门，恭声道："海波东老爷子到了。"

闻言，萧炎连忙起身，如今云岚宗之事已经解决，那么接下来便得考虑一下萧家日后在加玛帝国的发展了。虽说如今萧家在加玛帝国已是声势大振，但这对萧炎来说还不够。他曾经答应过父亲，会令萧家真正地振兴！

他要让萧家比以往任何时候都强大！

第十九章
宗门大会

"哈哈,小家伙,你身子骨倒是硬朗啊。我还以为你至少要休养一个月才能有说话的力气呢,没想到才半个月就恢复了一些力量,真是让人惊讶啊。"

一道苍老的笑声突然传进来,旋即,海波东的身形缓缓出现在众人的视线里。

见到海波东,萧炎微微一笑,客客气气地将之迎进大厅,然后再度归座。

坐在椅子上,海波东的目光仔细地在萧炎身上扫了扫,片刻后,眼中突然掠过一抹讶异,惊声道:"你的气息……"在海波东看来,此时萧炎的气息有些起伏不定,看上去与即将晋阶的情况倒是有些类似。

面对海波东诧异的询问,萧炎笑着点了点头,轻声道:"这次虽然受伤极重,但是似乎也令我隐隐触摸到了斗皇阶别的障壁。如果运气好的话,或许不久之后我就能尝试着冲击一下斗皇层次了。"

闻言,海波东心中大喜,不由得咂了咂嘴,惊叹道:"你这小子,虽说与云山这等强者大战对你有着不小的好处,可没想到,竟能够令你碰触到斗皇障

壁。"身为斗皇强者,他自然极为清楚斗王与斗皇之间的差距难以跨越。当年他可是在斗王巅峰停留了将近十年时间,方才借着机缘侥幸突破。而现在,萧炎这般修炼速度着实令他羡慕。

听到海波东的感叹,萧炎笑了笑,却并未说什么。其实原先,他在地底实力暴涨,也导致他想要从斗王巅峰更进一步的难度随之大涨。因此从地底出来之后,不管他如何修炼,实力总是停滞不前,除了对体内斗气的操控越发熟练以外,没有一点儿别的动静。按照他原本的预料,没有个两年时间恐怕难以真正进入斗皇层次。

云岚宗的那场生死大战,虽然令他在生死线上徘徊,但是也带来无尽好处。如今能隐隐触及斗皇层次,便是最大的好处。

这一切只能说是机缘。

赌上生死的战斗,最能使人体之内隐藏的潜力爆发,因此,战斗才是提升实力的捷径。当然,前提是你得保证自己不会在战斗中变成一具冰冷的尸体。

"等你伤势痊愈之后,好好闭关一次,看看能否顺利地突破至斗皇。"海波东笑着提醒了一下,话音一转,笑道,"对了,你派人通知我过来,可是有事?"

提起正事,萧炎微微收敛笑容,手指轻轻地点在桌面上,缓缓地道:"不知道海老可曾听说过魂殿这个势力?"

"魂殿?"闻言,海波东一怔,沉吟片刻后,道,"那日出现在云岚宗的神秘强者,便是这个势力的强者吧?"

"嗯。"

"这个势力以前我的确没怎么听说过,不过因为那日神秘强者的出现,在你养伤期间,我悉心收集了一些关于这个势力的情报,虽然不多,但也大致知道这个势力的实力异常强大,而且神秘诡异,专门猎捕大陆上一些失去肉体的强大灵魂体。"海波东皱眉道。

"我父亲和老师,如今都落入他们手中,而且听他们的意思,似乎对我萧家很感兴趣，日后或许还会继续派强者前来寻事。"萧炎眼中寒光闪烁，轻声道。

海波东微微点头。如今虽然拔除了云岚宗这等强悍势力，但是那更加强大与恐怖的魂殿，却犹如大山一般压在他们头上，令他们难以喘息。从当日那位自称鹫护法的强者的实力来看，这个神秘势力之强大明显远非云岚宗可比。

"魂殿神秘莫测，很少有人知道他们的所在。以我们加玛帝国的实力，远远不够资格接触他们。按照我所料，恐怕就算放眼整个斗气大陆，这魂殿都算得上是极强的势力。而我们加玛帝国，别说是放进无边无尽的斗气大陆了，在加玛帝国所在的这大陆的西北地带，也只能算作二流势力。"海波东苦笑一声，叹道，"别看云岚宗在帝国中如此强势，可在这大陆西北地带每五年一届的宗门大会上，他们的待遇也好不到哪里去，听说白眼和嘲笑挨得可不少。"

"宗门大会？"闻言，萧炎一怔，他可从未听说过这个大会。

"我们加玛帝国所在的方位，正好是大陆西北，而在这庞大的地域中，至少有近百个大大小小的国家，加玛帝国只是其中的一个。每个帝国中，都或多或少有一些实力不弱的宗门势力，林林总总、数不胜数。"看到萧炎疑惑的神色，海波东一笑，解释道，"而这宗门大会，是由西北地域之中实力最强的几个势力举办的。他们也没安什么好心，就是一些野心大的家伙，想将这西北地域的所有势力都统一起来，成为足以和大陆上那些顶级势力相媲美的存在。"

"不过这目标直到现在都没人达成。西北地域太过辽阔，势力众多，关系错综复杂，想要全部纳入宗门谈何容易。所以迄今为止，这西北地域都未出现过真正的霸主，只能众强并列。当然，这里的众强可不包括云岚宗，以云岚宗的实力，最多只能在这西北地域排上二流之列。"海波东笑道，"但这是以前云山不在时云岚宗的地位。这几年经过那老家伙的发展，云岚宗实力也算是突飞猛进，我想已经勉强能够挤入一流之列了。若是下届宗门大会举行，应该会令不少当年嘲笑云岚宗的势力闭嘴。呵呵，可惜被你小子给扼杀了。"

听到海波东道出自己并不知晓的消息，萧炎一脸惊叹，没想到在加玛帝国

耀武扬威的云岚宗，在这西北地域竟然只有这般地位。

"呵呵，对了，我们当年在墨家遇见的那两名斗皇强者便属于天蛇府。这天蛇府是西北地域真正的一流势力，实力远胜于云岚宗，当年甚至差点儿就在宗门大会上打败众宗门，成为西北霸主。"海波东突然想起了什么似的，说道。

"天蛇府？"闻言，萧炎一愣，旋即想起了当年前去墨家解救青鳞时遇见的那两名神秘强者。没想到这个势力竟然比云岚宗还强，难怪手脚能伸到黑角域去，云岚宗可没本事在那种混乱之地生存。

"天蛇府位于西北地域中心地带的天蛇国，在帝国内地位超然，比起云岚宗在加玛帝国的地位，有过之而无不及。甚至，连天蛇国的皇室更替，都由他们操纵。那个国家也有其他一些势力，不过都奉天蛇府为首，每年还需要缴纳不少贡奉。"海波东淡笑道，"加玛帝国由于立国时间不算很久，加上地域偏西，一般很少有外国强者进入。除了帝国的几大势力和皇室，寻常人很难知晓这一层次的消息。那一次若不是因为那个叫青鳞的小女孩，天蛇府的人也不会来这里。"

首次听得这些秘闻，不仅萧炎一脸惊愕，一旁的萧厉、萧鼎二人也是啧啧称叹。他们在帝国内混迹了这么多年，对这些消息却丝毫不知。

见到几人的错愕模样，海波东一笑，旋即瞥了萧炎一眼，缓缓地道："如今云岚宗解散，恐怕加玛帝国便没有拿得出手的宗派势力了。"

瞧着海波东的神色，萧炎微挑眉头，轻声道："海老此话何意？"

"呵呵，小家伙，如今你萧家被那魂殿记挂，你总不可能让族人全部隐姓埋名躲进深山吧？"海老笑道。

萧炎沉默，他答应了父亲要振兴萧家，自然不可能让族人都去做山野樵夫。

"想要保护好族人，光凭你一人之力自然是略显单薄，因此萧家需要具备足够强大的实力。"海波东目光闪烁，微笑道，"如今云岚宗解散，正是最好的机会。日后萧家逐渐发展起来，若是能够名列西北地域众强之列，即便魂殿想要动萧家之人,也不可能再像以往那般随意了。若你有朝一日能够成为这西北地域的霸主,那魂殿也会多有忌惮。而且,你想要救出你的老师和父亲,靠你一人在大陆胡乱搜寻,得等到哪年哪月?"

萧炎沉吟许久之后,微微点头,道:"海老此话说得的确有理。不过想要白手起家,组建起能够挤入西北地域众强之列的势力,又谈何容易?我天性不适合开宗立派,分心在这种事情上,说不定还会干扰我修炼。"

"呵呵,有些事情并不需要你亲力亲为,自有更适合的人帮你打理,到时你只管做个甩手掌柜,安心修炼便可。"海波东一笑,望了望萧炎身旁的萧鼎和萧厉,笑着道,"白手起家,倒是不至于。以你如今在加玛帝国的声望,只要振臂一挥,自会有无数强者来投靠。而且此刻,帝国几大家族都在看着你的动作呢,跟着你,他们能获得更大的好处。"

看到海老含笑的模样,萧炎目光一阵闪烁,片刻后,虚眯着眼,微微点头,沉声道:"既然如此,待我伤势彻底痊愈后,麻烦海老帮我联系一下法玛会长和几大家族族长,这加玛帝国的天也该变一变了!"

闻言,海波东含笑点头。他始终觉得,萧炎不应该止步于加玛帝国,庞大的斗气大陆才是他施展身手的地方。

在与海波东商谈了之后,萧炎并未外出,而是安静地待在萧府之中,专心调养身体。想在这加玛帝国建立起一方比云岚宗更强的势力,那么他必须有足够的实力来震慑帝国之内的势力和强者。不然,到头来只是一场笑话而已。

在萧炎安心休养期间,云岚山上也终于变得空空荡荡。众多云岚宗弟子离山,帝国内一些认为云岚宗解散是谣言的人,才彻底地相信,在加玛帝国显赫了几百年的庞大宗门,真的要消失了。

云岚宗弟子被遣散,帝国内的形势变得怪异起来。以前,加玛帝国的霸主毫无疑问是云岚宗,而如今云岚宗已倾覆,那空出来的位置自然会引起不少势

力的垂涎。当然，眼红归眼红，没有人蠢到站出来高声宣布要取代云岚宗，因为所有人都知道，如今的加玛帝国有资格与实力这样做的，只有那位击败了云山的萧家三少爷——萧炎！

所有人，都在等待着那位青年接下来的动作。

加玛皇城内，一处安静的大殿之中，加刑天和天夜公主坐于其中，偶尔皱着眉头轻声交谈。

"云韵已经将云岚宗的弟子全部遣散，日后，这云岚宗将会成为加玛帝国的历史了。"天夜揉了揉额头，这些天她一直关注着云岚宗的一举一动，瞧见云韵真的在履行约定，她才彻底松了一口气。对于这个坐落在皇城附近的庞然大物，皇室不知担心、忌惮了多少年，如今有机会扳倒它，自然不会给它翻身的机会。

加刑天微微点头，脸上却并未有太多笑容，目光透过窗户扫向帝都内的某个方向，喃喃道："虽说此次除掉了云岚宗这头猛虎，却又来了一头实力更强的年轻雄狮。不知道这对加玛皇室来说，是祸是福啊。"

天夜沉默，旋即一声低叹，苦笑道："这也是没办法的事，光凭我们的力量，根本不可能将云岚宗扳倒。云岚宗的野心尽人皆知，若是任由他们发展下去，定然会对我皇室下手。那时候，恐怕仅凭云山一人，便能轻易地将皇室所有人给抹去。"

加刑天脸色凝重，缓缓地道："我接到消息，恐怕萧炎有意在帝国内组建新的势力，到时候怕又是一个'云岚宗'。你说，此事怎么办？"

闻言，天夜的神色也凝重了许多，沉吟许久，她再度苦笑着摇头，道："萧炎如今的势力其实已不比云岚宗弱，他自己便是能与斗宗强者抗衡的存在，在其身旁，还有一名货真价实的斗宗强者——那位当年令我加玛帝国损失惨重的美杜莎女王。这般势力，我们若是稍稍表现出一丝对他的敌意，恐怕就会惹祸上身。"

"难道要眼睁睁地看着萧炎将势力组建起来却不加阻拦？"加刑天皱眉道。

"萧炎的心性没有云山那般狠辣，为人也挺重情义的。对于这种人，硬碰硬只能自讨苦吃，所以只能走迂回的怀柔之策。"夭夜思索半晌，缓缓地道。

"怀柔？"

"萧炎这人，你敬他一尺，他还你一丈。你对他暗藏坏心，一旦他发现，必定立马翻脸，下起手来也不会留情。"夭夜沉吟道，"既然我们如今的实力不能对他有丝毫威胁，那么还不如顺水推舟。日后对我皇室的延续，说不定还有不小的好处。"

"你的意思是，不仅不阻止他组建势力，还尽量帮他一把？"加刑天一愣，道。

"除此以外别无他法。"夭夜无奈地点了点头。萧炎身旁强者众多，若是惹怒了他，将美杜莎派出来，这皇城中，有几个强者能够与之抗衡？既然硬来不行，那除了来软的，还能有何办法？

紧皱着眉头，手指轻轻点在桌面上，片刻后，加刑天叹息了一声，道："好吧，就先照你说的试试。希望这小子不会像云山那样，想要取代我加玛皇室。不然，即便是拼得两败俱伤，也要让他讨不到好果子吃。"

见到加刑天点头，夭夜微微一笑，沉吟了一会儿，突然道："其实云岚宗的消亡，对我加玛帝国来说弊端也不小。失去了云岚宗，日后西北地域的宗门大会，我加玛帝国连参加的资格都没有了，那样的话，怕又少不了要被临近的帝国嘲讽。对了，听说近些年出云帝国变动不小，原本其国内大大小小的势力众多，可这些年却相继灭亡，如今其帝国内只有一方庞大势力。"

"嗯，我也听说了，那势力似乎叫作毒宗，不仅诡异莫测，而且实力极强。根据情报，这个毒宗的神秘宗主有着能与斗宗强者匹敌的可怕实力。说不定，在下一届的宗门大会上，将会一跃成为能与天蛇府、雷霆宗相匹敌的强横势力。而到时候，出云帝国怕是又要嚣张起来了。"说起这个，加刑天的脸色微微一

沉。出云帝国与加玛帝国素来势同水火，边境地区几乎每年都会爆发冲突。

"所以若是我们加玛帝国派不出上得了台面的强横势力和强者，恐怕日后在西北地域的地位也会越发低微了啊。"夭夜叹息道。

"等那家伙将伤养好了，你代皇室去慰问一下，然后将皇室的意思透露给他。加玛帝国的确需要一个能拿得出手的强大势力和强者，现在看来，只有萧门和这家伙最合适了。"挥了挥手，加刑天站起身来，缓缓向外走去，边走边道。

望着加刑天的背影，夭夜微微点头。

"对了，关于那出云帝国的毒宗，你尽量多派出点探子打听，多知道一些情报，对我们没有坏处。"到门口时，加刑天似是想起了什么，脚步突然一顿，道。

"这事你多关注一下吧，总感觉这个毒宗有些不对劲，能够将出云帝国内大大小小的势力全部灭掉，岂是寻常人能办到的？可出云帝国内……似乎也并没有这等强者吧？"加刑天满脸疑惑，片刻后只得叹息着摇了摇头，道，"唉，看来出云帝国这些年也是颇为混乱啊。这该死的毒宗，究竟是何来路？"

苦思无果，加刑天只能作罢，叹息一声，行出了大殿。

望着加刑天的背影，夭夜一声苦笑。她早就派出过大批探子，不过那毒宗行事颇为诡异，想要打探到其内部消息极其不易。而且其内部等级颇为森严，即便探子能够混进去，短时间内依然难以接触到其核心成员。最近一次她收到的来自出云帝国的情报，只有短短两个字：毒女！

"毒女？"大殿中，夭夜低声喃喃着，声音中充满了疑惑与茫然。

在外界因为云岚宗之事而闹得沸沸扬扬之时，萧炎却整日待在密室之中，竭尽全力地想令体内的伤势痊愈，而且不留下任何后遗症。

萧炎此次受的伤，比以往任何一次都要重，就算其肉体强悍且精通炼药，想要彻底痊愈，也得花费不少的时间。不过，萧炎倒是未曾显得急躁。疗伤这种事不能出岔子，否则伤上加伤，情况可就糟了。对于萧炎这等实力的人来说，受伤并不可怕，怕的是留下什么后遗症，成为日后冲击更高层次的阻碍。

不过这种担忧，对萧炎来说并不存在。身为炼药师，他知道如何用完善与安全的方法，令自己逐渐康复，只是需要一些时日而已。

萧府。一处僻静的密室之中，黑袍青年端坐于石床之上，双手结印，呼吸平缓悠长。伴随着他每一次呼吸，周围的空间便会产生一阵波动，一股肉眼可见的能量，随着其呼吸迅速钻进体内。

能量吞吐持续了一个多小时，萧炎才缓缓睁开眼，漆黑的眼瞳中掠过淡淡火芒，随后火芒迅速消逝，而那对黑眸也渐渐变得平和。

轻呼出一口气，萧炎手指抚过幽海纳戒，一枚碧绿色的浑圆丹药出现在手中。丹药一出现，一股令人陶醉的药香便漫溢而出，吸一口，人的精神都微微一振。

这枚丹药名为复元丹，是疗伤药的一种，不过阶别不低，足足达到了五品。复元丹专门用来治疗一些重伤，由于药性温和，不会给本就受伤的身体带来冲击，堪称治疗重伤的绝佳丹药。不过由于此丹药等级不低，炼制起来也颇为麻烦，寻常强者即便受了重伤，也难以享受到这种丹药。也亏得萧炎本身便是炼药师，而且还是可以炼制六品丹药的炼药师，不然想求得这种阶别的丹药，可得花费不少心思。

萧炎将丹药随意地弹进嘴里。丹药入口，即刻化为一道温热的能量，缓缓进入身体，沿着四肢百骸迅速扩散，令萧炎有一种暖洋洋的感觉。那些受伤的经脉传来的阵阵抽痛感，很快就减轻了许多。

吞服了复元丹之后，萧炎的手掌再一翻，一个盛着赤红药液的玉瓶出现在他手中。

萧炎掀开衣袖，露出右手。这只手掌的骨头原本已断裂，不过经过这段时

间的小心调养，断裂的骨头渐渐愈合了。但想要恢复到以前那般状态，光凭斗气温养还不行，还需要其他一些能够续骨的奇妙药材辅助。

玉瓶微微倾斜，赤红的药液流淌而出，倾洒在萧炎的右掌之上。药液一接触到手掌，就传来异样的哧哧声。萧炎嘴角一阵抽搐，那种炽热感，犹如整个手掌伸进了火炉之中。

手掌虽然传来阵阵灼痛，但是萧炎并未惊慌，他知道这是正常情况。他屈指一弹，一枚玉片出现在手中。萧炎小心翼翼地用玉片将那赤红药液涂抹开来，最后，他的整个右手包括手腕都涂满了赤红的药液。

药液被涂开后，短短几个呼吸间，便顺着毛孔进入皮肤，而萧炎手掌中的骨头也传来阵阵酥麻的感觉。

"这九芝续骨膏果然效果不错。"感受着骨头中传来的酥麻感觉，萧炎的心中闪过一抹喜意。他能够清晰地感觉到，骨头正在迅速愈合，手掌紧握时会出现的无力感也缓缓退去了，取而代之的是充盈的力量。

待药力尽数发挥后，萧炎才停止了手中的动作，将玉片收入纳戒中。望着那红通通的右手，他微微一笑，按照这种速度，只要再涂抹几次，那断裂的掌骨就能够彻底恢复了。

"体内斗气也恢复了十之五六，不过这一半的斗气，却足以和以前的七八成相比。看来这次大战，果然收获不小。就是不知道斗气完全恢复后，是否能够碰触到斗皇的那层障壁。"感受着流淌在经脉之中的雄浑斗气，萧炎喃喃道。

自言自语声落下，萧炎略一沉吟，突然手掌一握，一团碧绿色的火焰便出现在掌心。

盯着这团琉璃莲心火，萧炎用另一只手掌一弹，额头处的森白色火印微微释放出一股热流。旋即，一道白色火焰噗的一声，也从萧炎指间升腾而出。

怔怔地望着这缕森白色火焰，萧炎轻轻摸了摸额头处的那道白色火印，感受到其温度后，心中才松了一口气。药老说过，只要火印还在，就说明他还活着，萧炎最不愿意见到的情况还没有出现。

"老师，放心吧，我会尽快提升实力，将您和父亲解救出来！"萧炎紧握着拳头，眼中狠厉掠过，在心中沉声道。

心神一动，双手上的异火迅速消散，萧炎的目光又落在了那枚黑戒上。这戒指是药老以前的栖身之所，因为与药老灵魂相连，连萧炎都不能进入。不过如今有骨灵冷火本源在体，萧炎已能够随意地操控这枚古朴的戒指了。

手指上浮现一层淡淡的森白色火焰，轻轻地将之抹在漆黑的戒指上，萧炎的灵魂力量便毫无阻碍地进入了戒指之内的空间。

这枚戒指之内的空间，即便是萧炎手中那枚高阶的幽海纳戒也难以与之媲美。当然，最具有价值的并非这枚戒指，而是戒指之内储存的众多东西。

灵魂力量飞速地扫过戒指之内的空间，萧炎的神情有些呆滞。这纳戒中堆满了药老毕生所藏，有药方、功法、斗技和一些奇奇怪怪的东西，林林总总放在一起，令人眼花缭乱。

萧炎随意地翻看着一些功法、斗技，再度咋舌地发现，这里的东西几乎没有低阶的，最低阶别的功法和斗技也是玄阶低级。萧炎仔细地探查，竟然还看见了一些地阶斗技和功法，不过这种阶别的东西极少，萧炎算了算，两种加起来也不超过二十。

即便如此，这里的藏品也达到了令萧炎目瞪口呆的地步。这里简直就是一个足以令无数人趋之若鹜的藏宝库，还好只有他一人知道，不然，任谁手中握着这么多高阶功法、斗技，都会招惹来无数祸患。

在空间中翻看了一遍之后，萧炎便将灵魂力量收了回来，在退出时，他将一个通体如碧玉般的卷轴取了出来。

把玩了一下碧玉般的卷轴，先前经过灵魂力量的探测，他已经知道，这是药老留下的能够破解萧厉体内噬生丹的办法。

算算时间，萧厉吞服噬生丹距离现在也有两年半左右了，必须抓紧时间将

之破解。不然一旦到了时间，萧厉恐怕顷刻间便会死亡。到时候，萧炎自己痛苦不说，也不知道如何跟大哥交代。到现在，他们二人都未与萧鼎提过这事，因为他们知道，以萧鼎的脾气，若是知道此事，他们两人都会被狠狠骂上一通。

缓缓地将卷轴摊开，熟悉的苍劲有力的字便出现在萧炎视野中，令他轻轻一叹。

"小家伙，噬生丹药性太过霸道，想要将之解除，即便是我也难以办到。不过不要失望，也并非没有办法。噬生丹是透支人的生命力来获取力量，既然不能将之破解，那么就提升服用丹药者的生命力，这样的话，便能够延长服用丹药者的生命了。当然，这只是权宜之计，若是想彻底将之破解，那服用丹药者需要突破至斗皇。"

仔细地将卷轴上的字读完，片刻后，萧炎高兴起来。老师这办法算不得太复杂，既然噬生丹是透支生命力，那就用能够提升生命力的丹药来延长二哥的生命，至于能否突破到斗皇层次，便日后再看了。

此法虽然简单，但也有不小的问题，问题便是能够提升生命力的丹药太过稀少了。不过好在这对在大陆上赫赫有名的药尊者来说，算不得什么太大的问题。

萧炎的目光缓缓下移，停在了卷轴的最后，心中长长地松了一口气。

"青冥寿丹，六品丹药，能够提升人将近十年寿命，一人一生只能服用一枚。炼制材料：青冥果，寿王浆，万年青藤……"

目光缓缓地在那卷轴上记载的药材上扫过，片刻后，萧炎微微点头，收好卷轴，陷入了沉思。这些药材颇为稀罕，想要将之搜集齐全，怕是要花费不少时间，看来药材的事还要去麻烦海老。米特尔家族拥有帝国之内最大的拍卖场，所藏自然异常丰厚。这些药材虽然珍稀，但应该能找到一些。

想到此处，萧炎松了一口气，翻身下了石床，缓步行出密室。

刚刚行出密室，早就等在一旁的一名侍女赶忙上前，恭声道："三少爷，大少爷说若是您从密室出来，请您去客厅一趟。"

闻言，萧炎微微点了点头，向着客厅行去。

十来分钟后，萧炎出现在客厅之外。客厅里传来萧鼎、萧厉二人的声音，除此之外，还有一个并不陌生的女子声音。萧炎略一分辨便听出，是皇室的大公主夭夜。

"她来此处做什么？"眼睛微微一眯，萧炎便推开房门，信步走了进来。

大厅中，萧鼎、萧厉正与夭夜相谈。听得推门声，夭夜目光一抬，见进来的是萧炎，当下脸上的笑意更浓了。

"呵呵，萧炎先生，想见您一面可真不容易。夭夜这两日来了好几次，就这次碰见了。"夭夜站起身来，冲着萧炎笑道。

萧炎笑了笑，与萧鼎二人分别对视了一下，然后便在两人身旁寻了个椅子坐下来，淡笑道："不知道夭夜公主此次前来所为何事？"

"萧炎先生帮我皇室清除了一大祸患，我来探望您，难道还需要什么理由吗？"夭夜看着萧炎，有些矜持地笑道。

萧炎笑着摇了摇头，不再说话，端过身旁的茶杯浅抿了一口，轻抬双目，盯着夭夜，他可不相信对方真是来探望他的。

被萧炎这么盯着，夭夜勉强保持着脸上的笑容，沉吟了一会儿，缓缓地问道："听说萧炎先生准备在加玛帝国创建势力？"

"我萧家仇人不少，想要保护族人，自然需要足够的力量。"对此，萧炎并未隐瞒，淡淡地道。

紧盯着萧炎，片刻后，夭夜轻声道："萧先生要组建势力，我皇室不会反对，甚至还能助你一臂之力，不过希望云岚宗之事不要再度上演。"

听出夭夜话语中的凝重，萧炎虚眯着眼。既然对方已经将话挑明了，那他也不用躲闪，当下沉声道："这点夭夜公主大可放心，萧炎不是云山，只要皇室不暗中对我萧家动手脚，萧炎定然会记得皇室的相助之情。"

看着萧炎郑重的脸色,亓夜心中悄悄松了一口气,微笑道:"萧炎先生的品行,亓夜自然信任。如今云岚宗已消亡,加玛帝国需要一个强悍势力成为帝国的代表,如今看来,萧炎先生当真是最好的带头人。"

萧炎笑了笑,道:"皇室不反对自然最好,大家曾经是并肩作战的战友,我也不想将双方的关系搞僵,那样对谁都不好。至于组建势力之事,过几日等有了眉目之后,我会与亓夜公主细说。"

亓夜点了点头,道:"既然如此,那我就静待佳音了。"话音落下,亓夜站起身来,手掌一挥,十来个玉盒便出现在桌面上,"这些都是太爷爷让我带来的,萧炎先生本身便是等级不低的炼药师,想必疗愈伤势不会有太大的问题,这些药材对你的伤势也有些用。皇城还有事,我便不在此久留了,告辞。"话音落下,亓夜转身缓步离去,片刻后便消失在萧炎等人的视线之中。

萧炎站起身来,走至桌旁,将那些玉盒打开,一股浓郁的药香顿时扑面而来,令他眉头挑了挑——皇室果然手笔不小。

"看来皇室并不抵触这件事。"看了看玉盒,萧厉笑着道。虽说如今身处强者阶层的萧炎并不惧皇室,可皇室毕竟是这个帝国名副其实的掌控者,与其有冲突还是有些麻烦的。

"不是不抵触,而是因为现在三弟身旁有不少令他们忌惮的强者,不然他们定会百般阻挠。"萧鼎淡笑道。经历过云岚宗之事,加玛皇室对那些强大势力更加忌惮了。

听到二人的话语,萧炎微微一笑,道:"不管怎样,他们没其他意见就好,这样组建势力也能少去许多麻烦。"

萧鼎点了点头,缓缓地道:"你要组建势力,我建议将帝国几大家族和炼药师公会都整合在一起,形成一个联盟势力,这样的话,能够在短时间内令我们实力大涨,还能免除组建势力最基本也最烦琐的一些步骤。而且如今有了皇室的支持,日后便能在帝国内吸收修炼天赋不错的新人了,这从长远来说,对我们有莫大的好处。

"当然,要培训出属于联盟的强者,功法、斗技必不可少,而这些,便试试能否让几大势力一起提供吧。"

"功法、斗技这些东西,交给我就行。至于势力的组建,大哥你看着办,这些东西我不擅长。"萧炎笑了笑,先后得到韩枫和药老所藏,提供一些功法和斗技,对他来说没有丝毫问题。

听得萧炎此话,萧鼎无奈地摇了摇头,道:"你这小子,现在就想着做甩手掌柜——对了,你伤势如何了?"

"再过几日,应该便能痊愈了。"萧炎笑了笑,道。

闻言,萧鼎和萧厉皆松了一口气。萧厉抬头笑道:"等你伤好了,我或许就要去黑角域了,那里的萧门还需要我掌管,不然,等下次去时,萧门的人就全跑光了。"

"嗯,听你们所说,那萧门有迦南学院提供的新鲜血液,日后潜力定然不差。黑角域虽然混乱,可其中油水也不少,日后若是能够将萧门扩张,并且成功地在黑角域占据一席之地,想必也会是一股强盛的势力。等到以后加玛帝国的势力发展起来,两相联合,定能够与斗气大陆上的一流势力相媲美。"萧鼎沉吟道。

萧炎微微点头。从内院出去的学员,大多是天赋极为不错之人,若是能够将他们收入麾下,可是一批潜力不小的精锐势力。对萧门未来的发展,他从未有过怀疑。

就在萧炎三兄弟商讨之时,一名侍女突然匆匆走进来,在门口恭声道:"萧炎少爷,纳兰小姐在大门外说有事求见。"

闻言,萧炎一怔,纳兰小姐自然便是纳兰嫣然,不知她找自己有何事?

"请她进来。"眼中掠过一抹疑惑,萧炎轻声道。

"嘿,纳兰嫣然吗?说起来,我和大哥都还未见过这位差点儿成为我们弟妹

的人呢……"望着侍女远去的背影,萧厉突然冷笑道。看来对当年纳兰嫣然强行退婚的事,他一直耿耿于怀。

"那些恩怨,早在几年前就被三弟了断了,你就不要记挂在心里了。"萧鼎微皱着眉头,沉声道。看来萧厉在萧炎面前提起那些事,他颇为不满。

耸了耸肩,萧厉也不再说话,斜靠着椅子,目光懒散地从大门口扫过。

三人在客厅静待了片刻,先前那名侍女便徐徐而来,在其身后,一道曼妙的倩影若隐若现。

两道身影在门口处停下,侍女躬身而退,一身云色裙袍的纳兰嫣然缓步走了进来,目光在客厅内三人的面上扫了扫,旋即停在了居于中央位置的萧炎身上。

"纳兰小姐来我萧府,可是有事?"将手中茶杯轻轻放下,萧炎眼睛低垂,轻声道。

看着萧炎这副冷淡的模样,纳兰嫣然贝齿轻咬着红唇,片刻后方才开口道:"老师想见你最后一面。"

"最后一面?"萧炎紧握拳头,声音逐渐变冷,"你不要告诉我,她干了什么蠢事。我说过,即便如今云岚宗弟子已经解散,我也依然能将他们给找出来!"

纳兰嫣然微微一蹙黛眉,道:"老师才不会做蠢事。你若是愿意见的话,就随我来;不愿意的话,或许以后都没机会了。"说完,她也不等萧炎回话,转身便朝着府外行去。

萧炎微皱着眉头,片刻后站起身来,转向一旁的萧厉,手一抛,将一个卷轴丢给他,道:"二哥,你将这些药材尽数凑齐,我有大用,记着,不要拖延!"

接过卷轴,萧厉一怔。看到萧炎的目光微微闪烁,他似是明白了什么,当下不着痕迹地点了点头。

将卷轴给萧厉之后,萧炎与二人说了几句话,便快步跟了出去。纳兰嫣然所说的话,令他脸色有些阴沉——云韵……她又想干什么?